講談社文庫

緑の窓口

樹木トラブル解決します

下村敦史

講談社

Contents

緑の窓口

樹木トラブル解決します

プロローグ

　僕が彼女を初めて見かけたのは、サクラが咲き誇る季節だった。

『明治神宮野球場』並みの広さを誇る公園には、三、四十本のサクラの木が植えられていた。広がる花の影の中に二十人は集まれるほど一本一本の木が立派だ。真下から見れば、青空を背景にピンク色の雲が間近まで降りてきているようでもあった。

団体の花見客がわいわい騒ぐ中、一人の僕はデジタルカメラを持ったまま、鮮やかなサクラを眺めた。花見を一緒に楽しむ相手はいなくても、一見の価値はある。僕は精神的に疲弊すると、いつも都内の花の名所を巡り、植物と触れ合うことで気持ちを癒している。

「――ほら、マジ綺麗(きれい)！」

甲高(かんだか)い声のほうにちらっと目を向けると、ギャル系の女性がスマートフォンを片手に真横のサクラを指差しながら、友人たちに話しかけていた。

「開花時期が違うから、長く花の期間を楽しめるんだって！」

僕は横のサクラを見上げた。目一杯伸ばした枝々を覆い隠すほどの花が咲いている。満開ではなく、たしかに中には六分咲き、七分咲きの枝も交じっていた。数週間は花を楽しめるだろう。

視線を戻すと、茶髪の青年がその女性に寄りかかり、「じゃ、来週も花見すっか」と笑っていた。「今度は二人っきりで」

女性が「えー、何する気？」と間延びした声で応じる。

はしゃぐ集団を少し羨ましく思いながら眺めていたとき――。

春風にピンク色の花びらが舞う中、黒いロングヘアをなびかせた女性がふっと現れた。目鼻立ちが整った美人だった。二十代半ばくらいだろうか。純白で膝丈のフレアスカートが太ももに纏(まと)わりつき、脚の形を浮き彫りにしている。

僕は思わずサクラの花言葉を連想した。

純潔、美麗――。

彼女に目が釘付けになり、手からデジタルカメラが滑り落ちた。

ロングヘアの女性は隣の集団に近づいていった。

「ん?」ギャル系の女性が怪訝そうに眉を寄せる。「ええと……何か用?」

「開花時期が違うって本当ですか?」

「……ホームページに書いてあるけど。それが何?」

ロングヘアの女性は無言で枝葉を仰ぎ見ると、突然、サクラの花言葉に不似合いな行動に出た。なんと、木に張りついたのだ。斜めに湾曲した幹のコブに右脚を乗せ、巨木の叉の部分に手をかけている。フレアスカートからは色白の太ももが露出していた。

「ちょ、ちょっと、何、何、何。何なの」

赤ら顔の青年数人は、「おおー」と歓声を発しながらスカートの中を覗き込もうとしている。

僕はただただ唖然とするばかりだった。酔っぱらっているのか、何かの罰ゲームなのか。他の花見客たちもロングヘアの女性を注視していた。好奇心、戸惑い、嫌悪——。向けられる眼差しは様々だ。

区役所勤めの公務員としては、大勢が迷惑がるなら公共の場での〝破廉恥行為〟は注意するべきかもしれない。

ロングヘアの女性は木に張りついたまま背伸びし、サクラの枝々に頭を突っ込んだ。黒髪にピンクの花が覆いかぶさり、まるで花冠を被っているかのようだ。

しばらくすると、女性は地面に降り立った。

「一体何なのよ！」ギャル系の女性が睨みつけた。「あんた、〝私たちのサクラ〟に何すんの」

「ここのサクラ、調べないと」ロングヘアの女性は文句も意に介さず、枝々を見つめている。「〝病気〟かもしれません」

「はあ？」

ロングヘアの女性は再びサクラの木に片脚をかけた。そのとき、花見客の一人に連れられて公園の管理者が駆けてきた。広い額に玉の汗をかいている。

「他の方々のご迷惑になりますから……」

彼女は管理者をじろりと見た。

「サクラの開花時期が違うのは問題です」

「え、ええと……開花時期、ですか？　いや、サクラは一本一本別の木ですから、木によって開花時期が違うのは当然のことでは……」

「ヤマザクラは野生種なので個体差がありますから、おっしゃるとおり一本一本、開花時期がズレます」彼女は「あっ」と人差し指を立てた。「でも、ソメイヨシノは一斉に咲くんです。なぜだかご存じですか？」

戸惑う管理者が答える前に、彼女は勝手に説明しはじめた。

「一本の親木から作られたソメイヨシノは、ソメイヨシノ同士の交配では種子が発芽しないので、〝接ぎ木〟で増やすしかありません。分かりやすく言えばクローンですね。遺伝子情報が同じなので、開花条件が揃えば一斉に咲くんです」

管理者が「は、はあ……」と困惑顔を見せる。ギャル系の女性が「あんたサクラ博士？」と揶揄混じりのツッコミを入れた。

ロングヘアの女性ははっとした。

「私が言いたいのはそんな話じゃありません！　ヤマザクラの開花時期が木によって変わるのは問題ないんです。私が問題視しているのは――」彼女は真上のサクラの枝葉を指差した。「よく見てください。同じ木なのに枝によって開花時期がズレています。これは木に何か問題がある証拠です。害虫被害か、巻きつけた針金の取り忘れか……」

再び木によじ登る気配を見せたので、管理者は慌てて止めに入り、彼女を説得して連れ去ってしまった。

「何、今の」ギャル系の女性は眉を顰めていたが、やがてチューハイの缶を掲げると、青年たちに笑いかけた。「サクラ女のことは忘れて楽しもう。あたし、頑張って飲みまーす」

拍手を受けて一気飲みする。

結局、ロングヘアの女性はもう戻ってこなかった。だが、僕は桜吹雪の中に一枚の絵のごとく突如現れた彼女の姿が忘れられなかった。

症例1 スギを診せてください

1

僕は区役所の生活課で乱れ髪の主婦と向き合っていた。彼女は僕の胸の名札――天野優樹と書かれている――を一瞥した後、声を尖らせた。

「――聞いてます、天野さん？　うちの真向かいの白川さん、生活保護を受けてんのに、昼間っからパチンコに入り浸ってんの。おかしいでしょ。生活保護費は私たち国民の税金よね？」

「ですが、法律で禁じられているわけではありませんから……」

「パチンコ容認派は、生活保護費が自分の血税から出てるって実感がないのよ。そういう人は、汗水垂らして稼いだ給料から税金納める代わりに、受給者たちに直接お金を払ってあげればいいんじゃないの？　その受給者がそのままパチンコ店に入って、半日で全額スって出てきても平気でいられる？　それが血税でギャンブルするってことでしょう？」

僕は「おっしゃるとおりです」「お気持ちは理解できます」となだめ続けた。憤る主婦が不満を吐き出し終えて立ち去ると、受給者からの電話を受け、相談に乗り、ケースファイルを読み込み、ケースワーカーとして担当する各々の家庭を訪問した。罵倒、懇願、脅迫、自殺宣言、土下座、涙——。向き合う人々の怒りや苦しみや悲しみが胸を掻き乱す。

区役所に戻ったときには、疲労困憊だった。体は鉛のようなのに、膝はふわふわしていて、視界が揺れる。重力に引っ張られるように椅子に腰を落とした。

デスク上の花瓶に飾っているラベンダーを眺める。最近は〝ハーブの女王〟の癒しの香りも効果が薄い。

仕事柄、困窮している人々にも時には厳しい言葉を投げかけなければならず、精神的に疲弊する。この先ずっとこんな調子で仕事をしていくのだろうか……。

「……天野君、大丈夫？」

顔を上げると、課長が立っていた。眼鏡をかけた三十代の女性だ。心配そうに顔を顰めている。

「は、はい……何とか」

「ずいぶん無理しちゃってるんじゃない？」課長は僕のデスクの生活保護手帳——保護の基準や実施要領や法令規範が書かれている——を見た。「手帳をそこまでボロボ口に読み込んでいるのは、あなたくらいよ」

手帳を凝視するうち、配属された当初の意気込みが脳裏に蘇（よみがえ）ってくる。

――僕ら次第で人の人生が大きく変わるわけですし、生活保護は〝命の砦（とりで）〟ですから、一人一人の声を真剣に聞くことが大事だと思っています。

今では自分こそ誰かに救ってほしいと願っている。こんなことではいけないと思いつつ――いや、思うほど余計に、ネガティブな感情が振り払えない。

「天野君。大事な話があるから、今日は退庁する前に会議室へ来てちょうだい」

僕は困惑しながらも「はい」と返事した。一体何だろう。

「それから――岩浪（いわなみ）君」

課長は僕の隣の席の岩浪大地（だいち）先輩に声をかけた。岩浪先輩が芝居がかったキ、メ、顔で「何でしょう？」と振り向く。動作の余韻でサラサラの黒髪が揺れていた。微笑を刻んだ唇の隙間から白い歯が光っている。

「仕事が終わったらあなたも会議室へ」

「逢引のお誘いですか」

僕と同じ大学だったらしい岩浪先輩――在学中に面識はなかった――は、僕より二歳年上の二十六歳。平成生まれなのに、ときどき死語っぽい言葉をチョイスする。大抵はジョークを言っているときだ。

課長は頰を赤らめながら「天野君も一緒よ！」とむきになって答えた。岩浪先輩はシャープな顔立ちで、二重まぶたの目も大きく、アイドルのオーディションでも合格間違いなしのイケメンだ。ほとんどの女性が見とれる。課長も例外ではなかった。

岩浪先輩は「それは残念です。了解です」と敬礼してみせる。

僕は〝大事な話〟を気にしながらも仕事をしっかりこなし、退庁時刻後に先輩と会議室のドアをノックした。室内には課長が待っていた。

僕らは立ったまま話を聞いた。

「――天野君。このままだとあなたは体を壊してしまう。そう報告を受けたの」

僕が働く生活課では、ケースワーカーの心理的負担を重大視し、去年からカウンセリングを実施していた。『危険信号』を発している、と課長が判断した職員は、診察を受ける。僕は先週受診したばかりだった。

「天野君は親身になりすぎるきらいがあるわよね。美徳もすぎると欠点になるの。受給者一人一人に身内のように入り込んでいたら、体が持たない。必ず潰れる。そこで、生活課を離れたほうがいい、と判断したの」

「え？」

「環境対策課への異動よ」

人事異動の内示の時期は二週間前に終わっていたから、この話は予想外だった。だが、正直、ありがたい。生活課の仕事は大変だ。胃薬と抗鬱剤を飲みながら受給者や申請者の相談に乗る毎日――。彼らより先に自分が倒れそうだった。

課長が岩浪先輩を見た。

「異動の件だけど、岩浪君、あなたも天野君と一緒に環境対策課よ」

岩浪先輩が「俺も？」と目を丸くした。間を置き、「よっしゃ！」とガッツポーズをする。だが、人を氷漬けにしそうな課長の眼差しに気づくや、口元に拳を添え、こほん、と咳払いした。

「いや、課長のもとでケースワーカーの仕事にやり甲斐を感じていましたから、極めて、極めて残念です」

「……あなたの本音はもう分かった」課長が呆れたようにため息をつく。「まあ、いいわ。新しい窓口で頑張ってちょうだい」

「俺の能力を活かせそうな窓口ですか？」

「その名も『緑の窓口』よ」

僕も岩浪先輩も理解がついていかず、妙な間が生まれる。

「ええと……」僕は当惑しながら訊いた。「JRの発券所ですか？」

「違う違う。緑というのは、樹木のこと。こっちは漢字の『緑』。街路樹とかご神木とか、木に関する相談なら何でも承り、住民に貢献する窓口ね」

いまいちイメージが湧かない。

岩浪先輩は課長に詰め寄った。

「お断りします。『緑』なんて冗談じゃないですよ」

「何か不満があるの？」

「木なんて大嫌いです」

「動物や虫ならまだしも、木に何か恨みでもあるわけ？　別に森の中で暮らせと言っているわけじゃないんだけど」

岩浪先輩は眉間に皺を作り、うなり声を上げた。

「俺は――俺は花粉症なんですよ！」

課長は目をしばたたいた。僕も同じだった。花粉症を理由に異動の辞令を突っぱねようとするなんて――豪胆にもほどがある。課長は返す言葉を探すように、「ああー、ええー」とつぶやいた。

そういえば、去年の花粉の季節、岩浪先輩がゴーグル付きの防塵マスクを装着して職場に現れた〝事件〟は生活課の語り草になっている。スーツ姿の特殊部隊員のような異様な出で立ちにパニックが起きた。ケースワーカーを逆恨みして襲撃に来た危険人物と間違われ、通報されそうになったのだ。先日も女性陣から花見に誘われたとき、『俺を引っ張っていくなら鼻を削ぎ落としてくれ！』と抵抗し、結局欠席していた。

「先輩、先輩」僕は岩浪先輩に囁いた。「いいじゃないですか、『緑の窓口』。一緒に頑張りましょうよ。先輩となら僕も心強いですし」

先輩は僕を無視したまま課長に声を荒らげた。

「花粉症の俺に『緑』なんて――小麦アレルギーの人間をパン工場で働かせるようなものですよ！」

「……花粉症じゃ死なないから心配ないわよ」

「充血した目で鼻水垂らしながら、ずびばぜん、とか言っていたら社会的に死にますよ！」

「異動は決定事項だから苦情は受け付けません！　それに新窓口はもう公表済みだから！」


それから二週間、僕らは無事に引き継ぎを終え、段ボール箱を抱えながら二階のフロアへ移動した。壁も天井も床も柱も白を基調としており、誠実な印象を醸し出している。僕らが配属された環境対策課の他に福祉保健課や税務課、子供家庭支援課などがあり、カウンターとデスクが迷路状に入り組んで設置されていた。

「ええと……『緑の窓口』は……？」

僕がフロアを見回していると、段ボール箱を抱えたままの岩浪先輩が器用に肘で小突いてきた。

「おい、あれ。あれじゃないか？」

僕は先輩の視線を追った。様々な課がある中、フロアの片隅に簡易机が二つ並べられており、向かい合わせにパイプ椅子が四脚。相談者と話すスペースだろう。後ろには仕事用のデスクが二人分。天井からは、葉っぱを模した緑色の楕円形の案内板が吊り下げられている。

『緑の窓口』

間違って切符の申請をする区民が相次ぎそうだ。

「俺ら、窓際職か？」

「正確には壁際ですね」

「じめじめしてんな。足からキノコが生えそうだ」

「まあまあ、先輩、ユキノシタを見習いましょう」

「木ノ下？　誰だそれ？　偉人か？」

「違いますよ。日陰で栽培される花です」

「花かよ！　さっそく『緑の窓口』に毒されてんな」

苦笑いを返したとき、環境対策課の室井課長が現れた。垂れ落ちた前髪が眉間で揺れている。楕円の眉は下がり気味で、庭木いじりが似合いそうなタイプだ。

「二人共、よく来てくれましたね」

柔和な顔つきの室井課長は業務内容を語った。生活課の課長の説明とほとんど同じだった。

「――というわけで、区民の皆さんから相談を受けたら、解決のために頑張ってください」

僕らが段ボール箱をデスクに置くと、室井課長が今月の区報を差し出した。カラフルなイラストが盛りだくさんで、区章付きのはっぴを着た『ゆるキャラ』が「交通事故に気をつけよう！」と注意していた。花見で賑わう公園の紹介や、妊婦支援、流行の病気への警告など、数枚にわたって情報が詰め込まれている。『皆様の声をお寄せください』というコーナーには、地域のサービスや施設、部署の連絡先が明記されており、送付用の用紙も挟まっている。

ページをめくると、『今月の目玉情報』の欄には、「区役所に『緑の窓口』を新設！お住まいの地域の木や花に関するご相談、トラブルをお寄せください」と紹介されていた。

新しい課はたしかに気楽に務められそうだった。樹木絡みのトラブルなら、区役所に生殺与奪の権利を握られている困窮者たちから懇願されたり罵倒されたり、自分が非道な鬼になったような罪悪感とは無縁だろう。助けたくても助けられない苦しみは相当だった。僕は早くも気持ちが『緑の窓口』に向いていた。

よし、新天地で頑張ろう！

内心で気合いを入れたとき、室井課長が言った。

「実はさっそく一件、相談が寄せられています」

岩浪先輩が「もう！」と驚きの声を発した。

「はい。需要はありますよ、『緑の窓口』」

「そりゃ、〝CM〟打ったら依頼の一つや二つ、あるでしょ。で、何です？　先週の暴風で街路樹が倒れそうとか、枝が車道まで突き出ていて自転車通行の邪魔になって危ないとか、可及的速やかに対処が必要な重要問題ですか？」

「ええと、ですね……」室井課長は一枚の手紙を取り上げた。『私は邪魔な庭木を伐り倒したいのですが、義母が猛反対しています。そのせいで家族間がぎすぎすしていて困っています。どうか助けてください』と主婦の方からのご相談です」

岩浪先輩は口をあんぐりと開いたまま、何秒か硬直した。「……ただの嫁姑問題じゃないですか！　何で区役所に相談してくんですか」

「一応、木に関するお悩みですからねえ」

「……なるほど。そのうち旦那が草むしりをしてくれません、とか、子供の夏休みの宿題のアサガオが枯れてしまいました、とか——そんな相談が来るんですね。なんてやり甲斐のある仕事！　きっと来月の今ごろの俺はこう言っていますよ」岩浪先輩は右手を上げて元気よく宣言した。「『小学生の女の子のために四つ葉のクローバーを探すので二、三日出てきます！』」

僕はその光景を想像してみた。先輩には悪いけれど、むしろ楽しそうだ。そんな相談事に一生懸命になる区役所職員――。素敵だと思う。

「まあまあ、そう拗ねないでください。区民の皆さんの声に親身になるのも使命です」

「ないがしろにしたらクレームが来ますからね！」

「区民の皆さんからクレームが来るということは、我々の仕事ぶりに不満がある、ということです。どのようなご相談にも誠実に対応しましょう。では、お二人共、よろしくお願いします」

室井課長は飄々としているものの、命令に従わせるのがうまく、反論しても〝柳に風〟だった。そういえば、前髪の形もどことなく垂れ下がった柳に似ている。

岩浪先輩は諦念のため息を漏らし、頭をがりがりと掻いた。

「ところで――」僕は訊いた。「その庭木はそんなに立派なんですか？」

室井課長は手紙に視線を落とすと、答えた。

「樹齢百年のスギらしいですよ」

「スギ！」

花粉症の岩浪先輩は目を剝き、頭を抱え込んだ。

2

僕らは午後一番でさっそく手紙の差出人の住所に向かった。

マスクで顔の下半分を覆った岩浪先輩は、住宅街を歩きながらぶつぶつ愚痴り続けている。

「いいか、俺にとって素晴らしい木ってのは、枯れ木だけなんだよ」

「……ええと、枯れ木マニアなんですか？」

「廃墟マニアみたいに言うな！」先輩が速攻でツッコんだ。「そんなマニア、聞いたことないぞ」

「でも、枯れ木が好きって――」

「花粉を撒かないからだよ！」

「なるほど――って花粉を撒かなかったら絶滅しちゃうじゃないですか！」

「構うもんか。俺は困らない。鉄筋万歳、アスファルト万歳、ビル万歳、だ」

「自然のよさが分からないなんて、先輩、心が死んでますよ」

岩浪先輩は不服そうに僕の顔を見た。

「……お前、異動してから生き生きしてんな。『緑の窓口』なんて俺ら二人だけの窓際仕事だぞ。楽しいか？」

「え、楽しいですよ？　アルストロメリアとか飾りたい気分です」

「何だそりゃ。ギリシャの神か何かか？」

「花ですよ。ユリズイセンのことです。花言葉は『未来への憧れ』。今の僕の心境です。実は昔から植物が好きで、休みの日にはガーデニングを――」

「お前は乙女か！」

「『花言葉』クイズなら誰にも負けない自信があります！」

「自慢になんのか、それ……」

「自慢するために覚えたわけじゃないですよ」

「じゃあ、どれほどのもんか俺が試してやる。薔薇！」

いきなりのクイズ開始！

僕は慌てずに答えた。

「〝愛情〟です」

「キク」

「〝高貴〟」

「アジサイ」

「〝冷酷〟」

「んー、ガーベラ」

「〝希望〟」

「じゃあ次は――」先輩は住宅街を眺め回し、キンモクセイを発見した。「あっ、あれだ、あれ、ほら、あれ」

「キンモクセイですか？　〝謙虚〟です」

「やるな――って待て待て。俺には正解かどうか分からないぞ。俺が知らないと思って適当に言ってんじゃないだろうな？」

「先輩じゃないんですから、そんなズルはしませんよ」

「おい、失礼な！　だいたい、植物なんて何が楽しいんだ？　どんな過去があって植物好きになったんだ？」

「過去って――」

「何かなきゃ、男はスポーツとか、車とか、格好いいものに魅了されるもんだろ」

「偏見ですよ、先輩」

「俺は少なくともそうだった。テレビでサッカーの日本代表の活躍を見て、サッカー部に入ったし、ジャッキー・チェンの映画を観て空手を習ったぞ。お前にも何かあるはずだ」

僕は少し思案するポーズをとった。

「……あれは保育園のころでした。一人で留守番していた僕は、マンションの五階のベランダから落ちたんです」

「死ぬぞ！」

「でも、奇跡的に真下に大樹があったんです。葉っぱが緑の雲のように茂っていて、それがクッションになったおかげで奇跡的にかすり傷一つなく。植物は僕の命の恩人なんです」

「まさか、そんな大マジなエピソードが出てくるとは。冗談で言っただけなんだが……」

「冗談ですよ？　そんな漫画みたいな奇跡のエピソードはありませんって」

「おいっ！」

「先輩の期待に応えようと創造してみました」僕は苦笑いで誤魔化した。「本当は、ただ花が好きなだけです。綺麗じゃないですか」

「お前がまさかそんなジョークを言うとは。まんまと騙された。感動を返せ。詐欺だ、詐欺！」

「ひ、人聞き悪いですよ、先輩。そんな大声で……」僕は住宅街をきょろきょろと見回した。「誤解されたらどうすんですか」

　そんな調子で歩くうち、目的の家が見えてきた。表札には『大河内（おおこうち）』とある。先輩は前線に駆り出された兵士のような目で建物を見つめた。

「……見てろ。絶対に姑さんを説得するぞ。東京から一本でも天敵を駆逐する！」

　岩浪先輩は威勢よくチャイムを鳴らした。少し待つと、靴音が庭のほうから駆けてきた。現れたのは、吊り目の中年女性だった。口元が皺深く、眉が跳ね上がり、眉間に力が籠（こも）っているせいで攻撃的な印象が醸し出されている。黒髪は後ろに引っ張り上げるようにして纏めていた。

「区役所の『緑の窓口』から来ました、天野と――」僕は先輩を見た。「岩浪です。ご相談の手紙をいただきまして」

「ああ、来てくれたのね」中年女性――大河内夫人は舌打ちした。「まったくもう、早く何とかしてよ。お義母（かあ）さん、スギなんか後生大事にしちゃってさ」

「伐り倒したいとか」

「そうそう。日当たりが悪くて洗濯物も乾かないし、隣からもたびたび苦情を言われて……それなのに伐採には猛反対。子供のころから成長を見守ってくれたスギらしくて、自分の死後も大事にして、樹齢数百年の大樹にしてほしい、とかたわごと言って」

岩浪先輩はマスクをつけたままくぐもった声で喋った。

「スギなんて所詮、ただの木ですよ」

「でしょ、でしょ。お役所からも言ってやってよ！」

「伐採業者に依頼する見積もりならお任せを」

大河内夫人は鼻息も荒く同調している。

僕は瓦屋根の向こう側から頭を出している緑を指差した。綺麗な円錐状の樹形で、緑の綿を纏った尖塔のようだ。

「スギってあれですか？」

「そうなのよ。屋根も越えちゃって最悪」

「……ご立派ですね。伐り倒すのはもったいな――」

言い切る前に岩浪先輩の一睨み――口を閉じろ、とその目は言っていた――が向けられ、僕は無言の命令に従った。空咳で誤魔化してから調子を合わせる。

「あれじゃ、たしかに邪魔になりますよね」

「でしょう？　説得しても全然。お義母さん、頑固なんだから」

彼女の瞳は暗く淀んでいた。追い詰められた人間特有の闇を覗いた気がして、少しぞっとした。何だかケースワーカーの仕事を思い出してしまう。たぶん、嫁姑関係は相当悪いのだろう。

「今も変な女がスギを褒めちぎるもんだから、お義母さん、ますます有頂天になって……何とかしてよ」

到着早々、困難の予感がぷんぷんする。住民トラブルに巻き込まれるのは区役所職員の宿命か。穏便に話が進むといいけれど。

大河内夫人に付き従って裏庭に回ると、縁側に老女が腰掛けていた。姑さんだろう。皺が深い顔に丸眼鏡を掛けている。

そして——スギの大樹の前には女性が背を向けて立っていた。黒髪が背中まで真っすぐ流れ落ちている。

何か見覚えがあるような……。

既視感を抱きつつ凝視していると、女性が振り向いた。僕は思わず「あっ」と声を漏らした。先日公園でサクラの木に登ろうとしていた彼女だ。白いノースリーブブラウスに、透かし柄のスカートを組み合わせている。

岩浪先輩は怪訝そうな顔を大河内夫人に向けていた。

「変な女って——彼女ですか？」

「そうそう。『あまりに立派なスギだったもので』なんて言って、いきなり訪ねてきて、お義母さんと意気投合。迷惑ったら！」

岩浪先輩は僕の背に隠れ、スギの大木から距離を取っている。

「天野。話しかけろ」

「先輩……僕を盾にしても花粉は防げませんよ」

「馬鹿。気分の問題なんだよ」

「……お化け屋敷に入った女の子じゃないんですから」

先ほど乙女扱いされた仕返しをすると、岩浪先輩は「うるさい！」とキレた。

「お前は俺の前で空気を吸いまくっていたらいいんだ」

「僕を空気清浄機にしようとしています？」

「ああ！」岩浪先輩は迷いなく答えた。「俺の代わりに少しでも花粉を吸ってくれ！」

なんて自己中心的なんだ——と僕は半ば呆れた。先輩はイケメンなのに花粉症が絡むと残念な人になる。

僕はため息をつくと、彼女を見た。正直、先輩の花粉症より彼女のほうが何倍も気になる。

「あのう……」

呼びかけると、彼女は軽く小首を傾げた。

「私ですか？」

「はい。スギを見て訪ねてこられたそうですが……」

「そうなんです。凛々しさに目を奪われて」

「大河内さんが訝しがられているものですから」

「……私は怪しい者ではありません。樹木医です」

樹木医――？　初めて聞く単語だった。

「ええと……樹木医というのは？」

「獣医は何をする人ですか？」

「え、獣医ですか。動物の病気を診る人――ですよね？」

「正解です」彼女は子供を相手にするように拍手した。「では、樹木医は何を診るでしょう？」

「……木のお医者さんってことですか」

「そうです！　樹木医は樹木を診察して治療するのが仕事です」

「そんな職業があるんですね。僕らは区役所の――」

自己紹介する前に彼女はスギに向き直り、「ほら、見てください」と大樹を撫でた。愛犬を愛でるような仕草だ。「庭木としては立派でしょう？　園芸品種は樹高四、五メートルですが、これはもう十メートルです。まだまだ大きくなりますね。スギは成長が早いので、そのうち屋根も覆い隠すほど育ちますよ」

悲鳴を上げたのは大河内夫人だった。

「なんてこと！」

「スギは日本の樹種の中では最も長寿で、平均寿命は五百年くらいです。うーん、まあ、このスギだと、樹齢二千年の屋久島のスギや、高さ六十メートルもある高知の八坂神社の大スギほどには育ちませんが。残念ながら」

「誰もそんな心配はしてないわよ！」

「この辺りでは、こんな風格のスギがある家はないので……」樹木医の女性は縁側の姑さんに話しかけた。「今のところ、こぶ病や溝腐病もありませんし、健康そのものです。私が太鼓判を押します」

姑さんは最愛の人を褒められたように頬を緩め、顔じゅうの皺を寄せ集めて笑った。一方の大河内夫人は、拳をわなわなと震わせている。

「あたしはね、こんな邪魔な木、伐り倒したいの！」

樹木医の女性は両手で口を覆い、固まった。まるで健康なペットの安楽死でも要求された獣医のように。

「しょ、正気とは思えません！　こんな素晴らしいスギを……」

樹木医の女性はスギの大樹に抱きつくようにし、頬を寄せた。腕も回りきらない巨人の脚に頬ずりしているような光景だった。

大河内夫人は呆れ顔で言った。

「あたしは花は好きだけど――花屋で働いているしね――、木には興味ないの」

姑さんが耳ざとく聞き取り、「何が花屋だい。花言葉もろくに知らないくせに……」とつぶやく。

「少しくらい知ってるわよ！　大体、花屋には、どの時期にこの花が咲くとか売れるとか、そういう知識が一番大事なの！」

険悪になりそうな気配が漂ったので、僕は場を取り成そうとした。

「大河内さんは花屋さんなんですか。僕も花が好きです」

「だから？」

春を追い払えそうなほど冷たい声音と共に睨みつけられても、僕はコミュニケーションをとろうと頑張った。

「は、花は綺麗ですよね。小学校のころ、夏休みの自由研究でアサガオを育てたんですけど、大人になってからふとその思い出を振り返ったとき、懐かしくなって、ノスタルジーって感じで、育ててみたら面白くて、それからはガーデニングに嵌まって――」

「花の話がしたければ花屋に来てちょうだい」大河内夫人がぴしゃりと遮った。「あなたたちの仕事はスギの伐採でしょ」

「いえ、伐採というわけでは……」

「何でもいいから早く何とかして！」

僕は岩浪先輩を見やり、目で『どうしましょう?』と尋ねた。

「俺も奥さんに賛成ですよ」先輩がマスクごしに答えた。「花粉を撒き散らすスギなんか、世の中から滅びればいいんです」

樹木医の女性は大樹に抱きついたまま振り返り、岩浪先輩を一睨みした。

「ジェノサイド宣言ですか!」

「俺は花粉症なんだよ」先輩は敬語を捨ててしまった。「スギは花粉で街を汚染してる」

「針葉樹のスギは、広葉樹のブナなんかの約二倍も二酸化炭素を吸収してくれます。車の排気ガスのほうがよっぽど有害です」

「そりゃ、花粉症じゃないあんたにはそうだろうよ。俺は排気ガスのほうが百倍ましだ。スギは天敵だ。まったく! 山はスギだらけだし、おちおち山歩きもできないぞ」

「スギは植林に適しているんです。枝が広がる広葉樹は、生育環境を考えたら百メートル四方に百本ほどしか植えられませんが、針葉樹のスギは二千五百本は植えられます」

「悪夢だな!」

「針葉樹は、傷ついても豊富な樹脂で固めてしまうので、病虫害に強く、育てやすいんです。同じ針葉樹のヒノキも優秀ですが、スギより成長が遅いという難点がありま す。ですから、昔からスギが植林に選ばれてきたんです。材木に利用する目的以外での伐採はジェノサイドです！」

樹木に向けていた優しいほほ笑みとは打って変わり、今や彼女の表情は雛を守ろうとする親鳥のそれだった。

僕は慌てて二人のあいだに割って入った。

「まあまあ、落ち着きましょうよ。先輩、樹木のお医者さんの前でその発言はまずいですって。彼女が怒るのも当然ですよ」僕は次に彼女に言った。「樹木医さんも、冷静に。ほら、植物は人間の感情を理解して育つ、とか言うじゃないですか。僕らが目の前で喧嘩していたら、樹木も不機嫌になっちゃいますよ」

彼女は『いけない』と言わんばかりに口を閉じ、表情を和らげた。両腕を広げ、岩浪先輩に歩み寄る。聖母が貧者に慈愛の手を差し伸べるようなポーズだった。

「……何だそりゃ、何のまねだ」

「ハグ。人類皆兄弟。樹木も兄弟。彼の言うとおりです。仲良くしましょう」

「わざとやってんのか。〝汚染〟された体で近づくな」

「お、汚染！　失礼な！」

樹木医の女性は再び目を三角にした。

「せっかく収まりかけていたのに……」

「せ、先輩……」僕はあたふたした。

「俺はスギと〝間接ハグ〟する趣味はない」

彼女はムッとしたまま歩を進めた。岩浪先輩は後ずさると、鼻がもぎ取れそうなほど盛大なくしゃみをした。一瞬、マスクが弾け飛ぶかと思った。

「よせ。花粉を近づけるな」

「……マスクしているのにですか？」

「完璧に遮断するマスクなんてあるか」

「いい加減にしろよ。鬼か、あんた」岩浪先輩はまたくしゃみをし、充血気味の目で睨みつけた。

彼女は両腕を広げたまままさらに一歩、詰め寄った。

「本当に抱き締めんぞ。俺の唾と鼻水が欲しいのか？」

マスクをずらしてみせる。

「くしゃみは気のせいですよ。スギは二、三十年で開花するので、そのころから花粉が大量に発生しますが、それも樹齢百年ごろまでです。このスギはもうほとんど花粉を撒いていません」

「そうかそうか、歳とって〝不能〟か。そりゃ嬉しい」

「なんてひどい表現を！」

彼女がまた一歩、迫る。

「止まれ！」岩浪先輩は手のひらを突き出すと、人差し指で彼女の肩を指し示した。

「その肩の黄色っぽい粉は何だ！　花粉だろ。どう見ても花粉だろ」

彼女はきょとんとしながら自分の肩口を確認した。しれっとした顔で言う。

「……フケ？」

「嘘つけ！」

樹木医の女性は根負けしたようにため息をついた。「はいはい。花粉ですね。花粉。認めます。このスギは現役です」自身の肩口を軽くはたく。

「よせ」と先輩が声を尖らせる。「わざわざ撒くな！」

「……もう、ああ言えばこう言う。どうすれば満足なんですか」

「とにかく離れろ」

彼女は不服そうに後退した。

ハブとマングースが対峙する場に迷い込んだハツカネズミの気分だった。先輩と会話を続けさせると大変なことになりそうだったので、僕は彼女に近づき、努めて明るく自己紹介した。

「天野と言います。僕らは区役所に新設された『緑の窓口』の担当なんです。街の樹木や花に関する相談を受ける便利屋みたいなものです」

「あなたは花粉症、大丈夫なんですか？」

「はい。僕は平気です」

背後から先輩が「鼻が鈍いんだろ」と茶々を入れる。

「私は柊紅葉（ひいらぎくれは）です」彼女が言った。「樹木の『柊』に『紅葉（もみじ）』です」

「へえ。ザ・樹木医って感じの名前ですね。姓と名もぴったりで」

純粋に褒めたつもりだったが、柊さんはむしろ心外そうな顔で答えた。

「ヒイラギは常緑小高木で紅葉しません。だから不釣り合いな名前なんです」

「そ、そうなんですか」

「同じ常緑の植物でも、メギ科メギ属のヒイラギナンテンなら葉が紅葉みたいに赤銅（しゃくどう）色に変化しますが」

「……マニアックすぎて分かりません」

柊さんは軽く肩をすくめた。

それが彼女との出会いだった。

3

「あのう」大河内夫人が不満げに言った。「で、スギはどうなるの。伐採してもらえるの？」

「もちろん！」

「駄目です！」

岩浪先輩と柊さんがほぼ同時に声を上げた。

「安請け合いはまずいですよ」僕は先輩に囁いた。「区役所の人間が庭木の伐採の許可なんてしちゃったら――」

「あ、ああ、そうだったな。つい願望が」岩浪先輩は気を落ち着けるように息を吐き、大河内夫人に言った。「区役所としては強制的に何かをすることはできません。お義母様と話し合われて、伐採ということになれば、業者の紹介くらいはできますが……」

「平行線だから相談しているんじゃないの。役立たずねえ。『緑の窓口』はこういうときのためにあるんじゃないの？　早くお義母さんを説得してちょうだい！」

当の姑さんは、梅干しのような唇を尖らせ、ふん、とそっぽを向いている。

僕は岩浪先輩と顔を見合わせた。先輩が小声で言う。

「……天野、説得、任せた」

柊さんは、我が子を護る母親さながらスギの大樹の前で腕組みしている。

うう、板挟み――。

「ええと……」僕は、縁側に腰を下ろした姑さんに歩み寄った。「このスギはとても大事なものなんですよね？」

姑さんはそっぽを向いたまま答えた。萎れた花を連想させるような声だった。

「当然さ。私が生まれる前からここにあるんだから。スギと一緒に育ってきたといっても過言じゃないのさ。それなのにそのスギを伐り倒そうとするなんてねえ。嫁ときたら、居候のくせに家の壁紙を替えたり、普段から好き放題」

「壁紙はお義母さんも賛成したでしょ！」大河内夫人が眉間に皺を刻み、一歩前に踏み出した。「あたしたちはねえ、お義母さんがどうしてもって言うから、同居を決めたのよ」

「家を使わせてやってるのになんて言い草だい」

「……とにかくスギは伐り倒してもらうから！」

「馬鹿言うんじゃないよ。絶対にそんなことさせないからね。まったく、あの人がいなくなったとたん我がまま言い放題でさ」

僕は「あの人というのは？」と尋ねた。

「……私の主人だよ。がんで入院しているけど、強い人だから、絶対打ち勝って帰ってきてくれるはずさ」

姑さんはスギの大樹ごしにはるか遠くを見るような追憶の目をした。悲しみと寂しさと不安が綯い交ぜになった眼差しだった。

大河内夫人は呆れ顔でかぶりを振った。

「お義父さんだって、日当たり悪いなあ、って愚痴ってたんだから。邪魔なスギがなくなったら、帰ってきたとき喜ぶわよ」

「帰ってこなかったら意味ないじゃないか！」

姑さんははっと目を瞠り、自身の失言を悔いるように顔を背けた。大河内夫人が容赦なく畳み掛ける。

「お義父さんが帰ってきたときに喜ぶってのは、言葉のあやで、別にお義父さんのために伐採したいんじゃないわよ。お義父さんの帰宅うんぬんじゃなく、ご近所さんのこともあるし、邪魔だから伐りたいの」

姑さんは夫の回復を信じていないのだろうか。何となく引っかかる発言だった。

風が吹き、スギの枝葉がざわめくと、岩浪先輩は「うおっ」と声を発し、両手でマスクの上から口と鼻を覆った。必死で息を止めているのか、顔が赤らんできた。

「うーん」僕はうなった。「難しい問題ですね。双方の主張にそれぞれうなずけるところがあって、簡単に答えが出せる問題でもない気がします」

「だから『緑の窓口』に相談したんじゃないの！」

「お義母さんが子供のころから一緒に成長してきたスギというのは、やっぱり思い出も詰まっていると思いますし、いきなり伐採してしまうのはどうかと……お義母さんの土地なわけですし」

大河内夫人はぐっと喉を詰まらせた。

「とはいっても、スギが隣近所に迷惑をかけているなら、このまま放置も難しいですよね。だったら、とりあえず剪定で様子見するのはどうでしょう？」僕は柊さんを見やった。「それなら、問題ないですよね？」

彼女はスギの前でためらいがちにうなずいた。

「はい、剪定は問題ありません。私を立ち会わせてもらえるなら、『枝枯れ』を起こさない〝散髪〟方法を指導できます」

僕は「どうでしょう？」と大河内夫人を見た。「この辺りが穏便な解決策かと思いますが……」

彼女は舌打ちし、嘆息を漏らした。

「まあ、そうかもしれないわね。伐採じゃ、お義母さん、絶対にうんって言わないだろうし……」

姑さんは、それくらいなら仕方ないねえ、と言いたげにうなずいた。

一応一件落着――かな？　区役所の職員としては、一方に味方して結論は出しにくい。仲裁できれば成功だと思う。

僕はほっと一息ついた。

4

　後日、柊さん立ち会いのもと、植木屋さんによる剪定が行われた。岩浪先輩は同行しなかった。『枝がバッサバッサ落ちてきたら、花粉が飛び散るだろ。そんな危険地帯には近づきたくない！』というのが言い分だ。柊さんは『今回は伐採、伐採とそそのかす人がいなくてよかったです』とほほ笑んでいた。

　無事に剪定が終わってから二週間。区役所の『緑の窓口』に持ち込まれる悩み事と言えば、誰それの庭木が敷地内に侵入している、とか、突風で倒れた木が邪魔だから運び去ってくれ、とか、些細なトラブルばかりだった。

　花壇の花が踏み荒らされています、という相談を受けた日の帰り、僕は先輩に提案した。

「大河内さんのお宅に寄っていきませんか」

「熱心だな、天野は。投書ももうないんだし、大丈夫だろ。平気平気。仲良くやってるさ」

　実のところ、剪定後に柊さんが『二週間したらまた様子を見に来ます』と言っていたので、彼女に会えるかもしれない、という淡い期待もあった。

「……先輩、スギに近づくのがいやなんでしょ？」

「当然だろ！　花粉の発生源だからな」

「剪定で枝が減ったから大丈夫ですよ。柊さんも、花粉はほとんど作ってない、って言っていたじゃないですか」

「現役だって認めたろ。花粉だらけの体でハグも迫られたんだぞ」

「美人に弱い先輩が喜ばないなんて意外です」

「俺は抱きつく相手には困ってない！」

たしかに先輩はモテる。前に一度だけ合コンに連行されたとき、女性陣が一点集中していた。

「でも、ほら、報告書には相談の〝結果〟を書かなきゃいけませんし、投げっ放しは課長に怒られますよ」

僕は先輩を説得すると、大河内家に向かった。すると――ブロック塀の前に柊さんが突っ立っていた。生真面目にぴったり二週間。本当に会えるとは思わなかった。彼女はスギの大樹を見上げている。枝葉はずいぶんすっきりしていた。

僕は「あの……」と呼びかけた。

彼女は振り返るなり、真っ先に先輩に目を留め、「出た！」と指差した。「伐採男」

「誰が伐採男だ！　そっちこそ、もう花粉まみれで近づくな、汚い！」

「な！」

彼女が大ショックを受けた顔で固まったから、僕は慌てて先輩に注意した。

「さすがに言いすぎですよ、先輩。汚いなんて……」

「そうです、あんまりな言い草です」柊さんが先輩を睨んだ。「受粉のための自然な行いを汚いなんて！」

え、そっち？

彼女の怒りポイントは相変わらず摑(つか)めない。

「花粉を飛ばさなきゃ、子孫を残せないんですよ、植物は」柊さんは唇を尖らせた。

「まったく！」

柊さんは黒髪を翻(ひるがえ)して歩きはじめた。ブロック塀を回る。後を追うと、彼女がチャイムを鳴らしたところだった。

大河内夫人が顔を出した。

「あら？　この前の区役所の――それと、樹木医さん？」

「はい、そうです」僕が答えた。「その後どうされたか気になったもので……」

「それはわざわざありがとう。もう大丈夫なのよ。満足しているわけじゃないけど、一応、日当たりもましになったし、あたしたち、仲直りしたの」

口ぶりは穏やかだった。

「そうなんですか。だったらいいんです」

「ご苦労様。仲良く暮らしているからもう平気よ」

　彼女の微笑で僕が引き下がろうとしたとき、逆に前に出たのが柊さんだった。

「あの素晴らしいスギの木、また見せてください。ぜひ」

「え？」

「スギは『直(すぐ)な木』が語源と言われていて、私、あの真っすぐで逞(たくま)しいスギが大好きなんです」彼女は先輩を横目で見やった。「彼と違って」大河内夫人に向き直る。「だから、また見たいんです。あっ、できれば頬ずりさせてくれると嬉しいです」

「……そ、そう」大河内夫人はためらいがちに答えた。「そんなにご覧になりたければ――どうぞ」

　彼女たちが裏庭に向かったので、僕らも追いかけた。縁側には姑さんが腰掛け、穏やかなほほ笑みを浮かべていた。見つめる先には――スギの大樹がある。以前と違うのは、根元を覆い隠すようにピンク色のアジサイが咲き誇っていることだった。武骨だった裏庭がそれだけで華やいでいた。

「綺麗でしょう？」大河内夫人は縁側に座ると、姑さんの手を握り、笑顔を向けた。「バイト先の花屋で見繕(みつくろ)って庭植えしたの。仲直りの印。お義母さんも気に入ってくれて……ふふ、もうスギを伐り倒したいなんて言わないわ」

和解したようでよかった。

「さ、お義母さん、食事の途中でしょう？　部屋に戻りましょう」大河内夫人は「ちょっと失礼」と笑いかけてから姑さんを立たせ、部屋の奥へ連れて行った。

柊さんは真っ白い喉を晒（さら）すように顎（あご）を持ち上げ、スギの枝葉を観察している。

「よかったですね」僕は彼女に声をかけた。「スギ、伐り倒さずにすんで」

「——そう、ですね」

スギから大分距離を取っている先輩が「頬ずりしないのか？」と茶化す。

「やめておきます。アジサイ踏んじゃいますから」

「なかったらするつもりだったのかよ！」

「樹木の生命力を感じるのが好きなんです。獣医が動物を抱き締めるのは普通なのに、樹木医が樹木を抱き締めたら変なんですか？」

「うっ」

先輩は反論の言葉に詰まっている。

二人も仲良くしてくれたらいいのに——と思う反面、仲良くなりすぎたら困る、という思いもあり、正直、複雑だった。

だが、何はともあれ——。

僕は青空に向かって伸びをした。

「円満解決、万々歳ですね」

岩浪先輩が大袈裟なほど無念そうな口ぶりで答えた。

「スギを伐り倒せなくて残念だった」

「まあまあ。仲直りできたんだから、何よりですよ」

「仲直りはしていないと思います」

そう言ったのは柊さんだった。

「は？」岩浪先輩は眉を顰めた。「仲良くしてただろ。何見てたんだ」

「二人は仲直りなんてしていません。正確には、譲歩したふりをしてお義母さんを騙しています」

「意味が分からん。スギが危ないです」

「それは嘘です」柊さんは岩浪先輩の目を真っすぐ見返した。「全ては樹木が語ってくれました」

5

僕は彼女の自信満々な台詞に興味を引かれ、訊いた。

「一体どういうことですか」

「私はこの数日、通りからスギの枝葉を観察していました。日に日に樹勢が弱まっています」

「剪定に失敗したんですか？」

「剪定には問題ありませんでした。でも、もしかしたら、私の気づかないところで見落としがあったのかも、と思い、今日は思い切って家を訪ねたんです」

「原因が分かったんですか？」

柊さんは「いいですか」と言いながら人差し指を立てた。それは説明するときの彼女の癖のようだった。花見の場でソメイヨシノの蘊蓄を語っていたときと同じだ。

「スギは乾燥にとても弱いので、水が大量に必要なんです。一方のアジサイは水をたくさん吸収する植物です。その二つが同居したらどうなると思いますか」

僕は頭をフル回転させた。

「……スギはアジサイに水を奪われる？」

「正解です。あんなふうにスギの根元を覆うようにピンポイントでアジサイを植えてしまったら、水分を横取りされてしまいます。このままだと、スギはやがて枯れてしまいます」

「じゃあ、仲直りしたっていうのは――」

「私たちを追い返すための嘘です。彼女はアジサイを使ってスギを枯らそうとしています」

「……で、でも、アジサイは本当に仲直りの印で、水分の話は知らなかった可能性もありますよね」

「アジサイの植え替えの最適期は、花が咲き終わった七月から八月か、十二月から三月の休眠期です。開花時期の植え替えは、ストレスがかかるから厳禁なんです。これ、常識です。花屋で働く彼女が知らないはずがありません」

冷酷——。

アジサイの花言葉が頭に浮かんだ。

大河内夫人は、じわじわ樹木の命を奪おうとしているのか。彼女が姑さんに向けた笑顔を思い出し、背筋が薄ら寒くなった。あれは作り物だったのか。彼女は剪定でも満足できず、心の中では怨念のような鬱憤を醸成しているのだ。

これほどのスギを枯らすにはどれほどの月日が必要だろう。目的がなかなか達成されないと分かったとき、樹木に向けていた憎悪と殺意はどこに向くのか。

真夜中、追い詰められた暗い瞳の大河内夫人が姑さんに近づき、真っ暗な部屋で馬乗りになり、枯れ木のような細い首を締め上げる——。そんな光景が脳裏をよぎった。

「大変です。事態が悪化しているじゃないですか！」僕は柊さんと先輩の顔を交互に見やった。「何とかしないと！」

「そうですね」彼女が答えた。「スギを守るためにはアジサイを植え替えさせないと」

「スギも大事ですけど、一番は大河内さんと姑さんですよ。何か事件が起きてからじゃ手遅れです。どうしたらいいんですか、柊さん！」

「私の仕事は樹木を診察して、病気があれば治療することです。人間の病気は肉体的なら医者の領分です。精神的なら精神科医やカウンセラーの領分です。事件が起きそうなら警察の領分です」

柊さんが言い切ったとき、大河内夫人が戻ってきた。

「あら。真面目な顔をして、どうかしたの？」

「ええと、大河内さんが心配で——」

「どうして？　あたしたち、もう仲直りしたのよ」

真実を知ったうえで向き合うと、彼女が浮かべる微笑はどこかいびつで、薄紙のようにたやすく剝がれ落ちそうだった。

「……なぜスギの根元にアジサイを植えたんですか」

「華やかだからよ。一本スギなんて、無味乾燥でしょう？」大河内夫人は裏庭に下り、アジサイの前まで進んだ。「ほら、こんなに綺麗」

こうなったら推測をぶつけるしかない。僕は深呼吸し、覚悟を決めた。

「……本当はスギを枯らすつもりなんでしょう？」

大河内夫人はピクッと肩を反応させた。ゆっくりと振り返った彼女の顔には、もう笑みは浮かんでいなかった。

「だったら何なの？　あたし、何か罪に問われるかしら」

不敵な笑みが似合いそうな挑発的な台詞だったが、表情はむしろ逃げ場を失った人間特有の苦悩と絶望感に塗り込められていた。ケースワーカーとして散々目にしてきた顔だった。大河内さんにとっては悩み抜いたすえの手段だったのだろう。

「大河内さんが心配なんです。思い詰めて、行動がエスカレートしてしまうんじゃないかって」

「じゃあ、どうしろって言うの？　隣近所から苦情は出るし、もううんざり！　あなたたち、強制的に伐採してくれる？」

「それは――」

「できないでしょう？」

「はい。区役所はそこまで介入できません」

「だったら口出ししないでくれる？」

説得の言葉を失い、僕は後ろの二人に目で救いを求めた。岩浪先輩は『俺は無理だ』とばかりにかぶりを振っている。柊さんは大河内夫人には興味なさそうに無表情でスギの大樹に歩み寄った。

「可哀想ですね……」

大河内夫人は「何が？」と顔を顰めた。「スギ？」

「スギもアジサイも」柊さんはしゃがみ込むと、アジサイの花びらに触れた。「無理やり植え替えられたから、弱っています。依頼していただけたら、私がもう一度うまく植え替えますよ」

「必要ないわ。スギを枯らすためよ」

「……一方を殺さなきゃ生きられない状況なんて、可哀想です」

「だったら何？」

大河内夫人は吐き捨てた。聞く耳は持ってくれそうにない。だが、僕は柊さんの言葉を聞いて閃くものがあった。

「大河内さん。旦那さんと相談して、一時的に家を出てはどうですか」

「お義母さんが認めるわけないでしょう」

「スギとアジサイと同じで、近いところで同居していたら必ず相手を傷つけてしまいます。手遅れになる前に離れることが幸せではないでしょうか。幸せに生きる方法、考えてみませんか」

沈黙が降りてきた。大河内夫人は顔を歪めている。

「……お姑さんがスギにこだわる理由、僕、たぶん分かります」

大河内夫人は黙って僕を見返した。

彼女の台詞が引き金になって僕が思い出したのは、姑さんが漏らした一言だった。

――何が花屋だい。花言葉もろくに知らないくせに……。

――帰ってこなかったら意味ないじゃないか！

この二つの台詞から導き出される推論がある。

「スギの花言葉、ご存じですか？〝あなたのために生きる〟です。あのスギには、がんで入院中のご主人との思い出があるんじゃないでしょうか。花言葉をご主人の言葉と重ねて、帰宅を待っているのかもしれません。スギが倒れてしまったら、ご主人も倒れてしまう――。そんなふうに考えているから、スギを伐採されたくないんだと思います」

姑さんの『花言葉もろくに知らないくせに……』という批判は、スギの花言葉を知っていれば自分の秘めた想いに気づくはず、という内心の吐露だったのかもしれない。

帰ってこなかったら意味がない、というのも、スギを伐ってしまったら、当の本人がそれを喜ぶ喜ばない以前に病気に負けて帰ってこられなくなる、という思いがあったのだろう。

こじつけかもしれない。事実ではないかもしれない。しかし、僕は自分の推理が当たっているような気がした。

大河内夫人はしばらく黙っていた。噛み締められた唇は、あふれ出る感情を抑え込もうとするかのように震えている。やがて濡れた瞳でスギを見つめた後、柊さんに向かってぽつりと言った。

「あなた、アジサイ、安く植え替えてくれる？」

「はい！」彼女は飛び上がらんばかりに喜び、うなずいた。「お安いご用です！」スギの大樹を仰ぐ。「樹勢が弱まっていますから、大切に看護してあげてください」

「分かったわ」

「方法は私が教えますから、スギをよろしくお願いします」

柊さんは深々と頭を下げた。

6

大河内家を出ると、僕は安堵の息を吐いた。

「今度こそ解決――ですね」

「まさかの真相だったよな。仲直りしたと思っていたのに、殺意じみた感情を隠し持っていたなんて……」

「スギ、元気になりますかね」

「樹木には〝三つのみる〟が大事なんです」柊さんが言った。「普通の『見る』、診察の『診る』、そして――看護の『看る』です。特に最後の『看る』を忘れては駄目で、樹木は持ち主が看護してこそ治るんです。大河内さんが愛情をかけてくれるよう、願います」

柊さんは大河内家を遠目に眺めると、やがて踵を返し、歩き去ろうとした。

「ま、待ってください！」

僕は焦って呼び止めた。彼女がスカートを翻すようにくるっと振り返った。黒絹のような髪がふわっと舞い、静かに落ちる。

「まだ何か用ですか」

「……ええとですね、その、前にも話しましたけど、僕らは区役所の『緑の窓口』で樹木に関する相談に乗っているんです。でも、中には専門的な相談もあって、困ることも多くて……だから、その……柊さんさえよければ、力を貸してもらえないか、と。もちろん正式な仕事として」

彼女が目を丸くした。

「お、おい！」と岩浪先輩が声を上げる。「何言ってんだ、天野」

「彼女の知識を目の当たりにして、凄いな、と思ったんです。きっと僕らの仕事の助けになると思うんです」

当の柊さんは困り顔で突っ立っている。

「本気ですか」

「もちろんです」

「そんなふうに必要とされるとは思いませんでした。いつもは私が色々言い当てると、みんな不機嫌になります」

「そんなの、相手がおかしいんですよ！　柊さんの知識はきっと人を笑顔にします」

柊さんは驚きの顔を見せた。

「……初めて言われました」

「絶対そうですよ！　間違いないです！」

僕は断言した後、「どうでしょう？」と柊さんを窺った。彼女は気恥ずかしそうな笑みを浮かべ、少し考えてから答えた。

「今日はあなたがいたから丸く収まったと思います。私からしたら、天野さんのほうが凄いです。天野さんが大河内さんのお義母さんの気持ちを解き明かすのを見て、私に樹木のいろはを教えてくれた先生の言葉をふと思い出しました。〝樹木学は木本植物を研究する学問だけど、樹木を診ればその木に関わる人たちの想いも見えるんだ〃。初めてその意味が分かった気がします」

「素晴らしい先生ですね」

「はい。立派な先生です」彼女は名刺を差し出した。『樹木医　柊紅葉』と書かれており、下に連絡先がある。「私は他の樹木医と違って特定の会社には所属していない個人の事務所なので、仕事を依頼してくれる人も必要です」

「じゃ、じゃあ――」

「はい、よろしくお願いします」

僕は内心でガッツポーズをした。初めて彼女を見かけたときから興味を引かれていたが、今はもっと彼女を知りたくなっていた。

「こちらこそ、よろしくお願いします、柊さん」

岩浪先輩は「ちぇっ」と舌を鳴らした。「仕方ねえなあ。奇人変人でも腕は確かそうだし、アドバイザーとしては多少役立つかもな」

「……素直じゃないですね」柊さんは軽く一睨みした後、「そうそう」と思い出したように言った。「この前、私はスギの二酸化炭素吸収量を褒めましたけど、樹木は成長するときにより多く吸収するので、樹齢二十年くらいをピークにどんどん吸収量が下がっていきます。八十年スギだと四分の一以下まで吸収量が下がって、同年齢のブナより劣るんです」

岩浪先輩は口をあんぐり開けていた。

「ちょっと待て。あのスギは樹齢百年だよな？　じゃあ、ほとんど吸収量はないんじゃないのか？」

「はい」

「おい！　じゃあ役立たずじゃないか。騙したな」

「花粉もあまり撒かないから、害はありません。樹木の存在価値はなにも合理性だけじゃないんです。そこにある存在を認めて大事にする。それだけです」

人と同じだ、と思った。互いに尊重し合うこと、認め合うことが仲良く共存する第一歩なのだ。

彼女は満開の花のような笑顔を見せた。

「樹木は大切にしましょう」

症例2

クヌギは嘘をつきません

1

区役所に出勤すると、僕は咳き込みながらマスクを探した。たしかデスクの引き出しに予備があったはず——。

岩浪先輩がキャスター付きの椅子ごと隣に滑ってきた。

「風邪か？」

「あっ、はい、すみません」咳が出そうになり、僕は口元を手のひらで覆った。「マスクが見つからなくて——」

「俺的には花粉じゃなければ気にしない」岩浪先輩は冗談っぽく笑った。「まあ、でも、区民にうつしたら迷惑だし、マスクはしておいたほうがいいかもな」

引き出しの中を順に漁っていると、室井課長が一房の前髪を眉間で揺らしながらやって来た。

「『緑の窓口』は順調のようですね」

室井課長がにこやかに言うと、先輩が不服そうな顔を向けた。

「発券所と間違ってクレームをつける区民は後を絶ちませんが」

「最初だけですよ。『緑』が漢字か平仮名かの違いは、すぐに浸透するでしょう。今のところ、週に十数件の相談でしたよね」

「大半は切符目当てでしたがね。区役所が発券サービスをはじめたと誤解していますよ」

新設の『緑の窓口』は、〝緑〟――つまり、樹木に関する相談を区民から受けつける窓口だ。三週間前、僕と岩浪先輩が担当に回された。植物好きでガーデニングが趣味の僕は比較的すぐ順応できたが、重度の花粉症で樹木嫌いの先輩は日々不満をこぼしている。

「岩浪さん」

声を掛けてきたのは、隣の子供家庭支援課の窓口で働く小柄な女性だった。黒髪を後ろで一本の三つ編みにし、お洒落より機能性を重視したようなシンプルな眼鏡をしている。校則を絶対視する委員長さながら、服装はかっちりしていた。

昭和の文学少女――というイメージだ。まあ、平成生まれの僕の勝手な想像だけれど。

「ストレスにはアメリカンジンセングのハーブティーがお勧めですよ」

女性はお盆に載せたカップを差し出した。

岩浪先輩は「サンキュ！」とウインクしながら受け取った。名札を見つめる。「ええと……おはぎちゃん！」

そんな和菓子みたいに——！

女性の胸元の名札には、『荻村』とある。彼女はそのあだ名を嫌がるどころか、

「い、いえ！」と目を逸らし、頬を若干染めた。そそくさと奥へ去っていく。

彼女はしばらくしてから戻ってきた。

「天野君もどうぞ。カリンのハーブティー」

ハーブティーはイケメンだけの特権かと思いきや、彼女はわざわざ僕にも持ってきてくれた。しかも、僕の名前まで覚えてくれていた。僕はたった今名札で知ったばかりなのに……申しわけない気分になる。

「あ、ありがとうございます」

「敬語はいいよ。同い年だから」

「あっ、そうだっけ」

「職場の先輩がたまたま話してるのを聞いて。どうぞ。カリンには抗炎症作用があって、咳や風邪に効くから」

「え？　何でこれを——？」

「天野君、何度か咳してたし。よかったらこれもどうぞ」

萩村さんが差し出したのは、喉飴の袋とマスクだった。お礼を言いながら受け取り、喉飴を舐めた。柑橘系の爽快さが喉に染み渡り、いがらっぽさが楽になっていく。分け隔てなく誰にでも優しい子だな、と嬉しくなった。だが──岩浪先輩がおどけるように「おはぎちゃんの飴玉、俺も欲しい」と言うや否や、僕の手の中から一瞬で袋は消えていた。萩村さんが袋を両手で「ど、どうぞ！」と差し出している。

前言撤回。イケメンは正義だ。

「お、おう……」岩浪先輩は戸惑いがちに一個だけ取り、口に放り込んだ。「後は天野にやってくれ」

再び僕のもとに袋が戻ってくる。僕は苦笑いしながら受け取った。

喉飴が融けきったころ、開庁時刻になった。

一人の区民がエスカレーターで二階へやって来た。強面(こわもて)の男性だった。五分刈りの短髪にサングラス。ダブルスーツは黒地に白のストライプ。その下の真紅のシャツは襟ががばっと開き、高そうなネックレスが覗いている。肩の筋肉が盛り上がり、怒りを発散させているのが分かる。

うわ、怖そうな人だ。どこの窓口に用だろう。目当ての窓口の担当者はお気の毒だな――と思っていたら、男性は案内板を確認するや、『緑の窓口』に向かってずんずん突き進んでくるではないか。

「おい」岩浪先輩が僕の耳元で囁いた。「お前に任せた！　人付き合いはうまいだろ」

先輩は言うだけ言って椅子をくるりと回し、背を向けてしまった。

「ちょ、ちょっと――」

僕は岩浪先輩の肩を揺さぶった。先輩は置物のように動かず、書類仕事に取り組むふりをしている。

「庭のチューリップが枯れそうなんです、とか、そんな相談なら俺にも声をかけてくれ。ギャップが面白いから」

「絶対違いますよ、そんな――」

「おい！」とドスが利いた声が背中に叩きつけられた。僕はビクッと肩を震わせると、油が切れた機械さながらぎこちなく首を回した。男性は『緑の窓口』の前で仁王立ちになっている。

「こんなおあつらえ向きの窓口があんのか。ちょうどいいや。俺は有馬ちゅうもんだけどな――」

「は、はい。何でしょうか」

「樹木に関するクレームだよ、クレーム」

クレーム――。

チューリップの相談でないことは早くもはっきりしてしまった。面倒な話が持ち込まれる予感……。

「一応、ご相談のための窓口ですが……どのような苦情でしょうか」

有馬さんは両手のひらでバンッと机を叩き、僕に顔を近づけた。

「倒木で俺の大事なマイカーがお釈迦だよ、お釈迦」

樹木が倒れそうで危ない、という相談なら『緑の窓口』として一番それっぽい依頼だと思っていたものの、まさか倒れてから苦情を受けるはめになるとは……。

いやいや。ちょっと待った。もう倒れてしまっているなら、僕らの『緑の窓口』は無関係なんじゃ……。

穏便に説得する言葉を模索していると、有馬さんが区役所内を見回した。

「ここに萩村夏乃って女が勤務してるだろ。出してくれや」

萩村さん――？

僕は思わず振り返り、カウンターの奥の席で仕事中の彼女を見た。背を向けているのでこちらの状況には気づいていない。

有馬さんは目ざとく僕の視線を追い、萩村さんを発見した。「おい、萩村さんよ！」と大声で呼びつける。

仕事によほど集中しているのか、距離的に聞こえているはずなのに彼女は背を向けたままだった。二度、三度と呼ばれ、ようやく振り返った。有馬さんの顔を見たとたん、眼鏡の奥の目が見開かれる。

「待ってらんなくてよ」

萩村さんは当惑した顔で立ち上がり、おどおどした足取りでやって来た。窓口のカウンターを挟んで向かい合う。

「ああああの……出勤するところだったので、その、急いでいて……め、名刺はお渡ししましたよね」

「おいおい、怯えすぎだろ。脅迫だと思われんだろ。違うよな？　俺は被害者だよな？」

「は、はい……」

萩村さんは可哀想なくらい震えている。男性職員たちは気の毒そうな顔をしているものの、彼女のために勇気を振り絞ろうとはせず、見て見ぬふりをしている。代わりに僕が割って入ろうとした。しかし、一歩早く岩浪先輩が僕を押しのけ、有馬さんに向き合った。

「少し落ち着きましょう。女性に凄んでも格好よくはありませんよ」

女性にはとことん優しい先輩は、強面の有馬さんにも躊躇がなかった。さっきまで僕を生贄にしていたのに――。

「何だ、てめえ。話し合いの邪魔だ」

「話し合いというには威嚇的すぎますね。俺が代わりにお話を伺います」

「あんたが上司か」

「一介の職員です。『緑の窓口』の担当者です」

「無関係じゃねえか」

「ですが、有馬さんは『緑の窓口』に苦情を持ち込まれました。もう無関係ではありません」

当の萩村さんは白馬の王子様を見る目で岩浪先輩を見つめている。

先輩はおいしいところを持っていくなあ、と感心したものの、有馬さんの形相を目にしたら、全然おいしくはなさそうだった。

有馬さんは舌打ちした。

「……ま、いいや。俺は弁償してほしいんだよ。マイカーを潰してくれた枯れ木は、この女の所有する空き地に生えてたんだからな」

岩浪先輩が萩村さんに『そうなの？』という目を向ける。

「そそ、その……私、実家住まいなんですけど、祖父が遺した古い隣の家を三年前に取り壊して、寝たきりになった祖母を引き取ってからそのまま放置してあって……そこの枯れ木が車に倒れたみたいで……」

「俺は完全な被害者なんだよ。修理費を払ってくれりゃ、文句は言わねえよ」

萩村さんがおずおずと尋ねる。

「その……いくらくらい……」

「業者に見積もり出してもらわなきゃ、どうにもなんねえけど、そうだな、百数十万から二百万か、あるいはもっとか」

彼女が絶句した。

「そんなお金、とても私には――」

「親に出してもらえ。一緒に住んでんだろ」

「む、無理です」

「こういうときは親が出てくるもんだろ。違うか？」

「……母は女手一つで私を育ててくれて、ずっと苦労して、今も入院中の祖母の世話に毎日、病院に通い詰めで……もういっぱいいっぱいなのに……これ以上、迷惑はかけられません。入院費だってかかりますし。私も給料の中から結構な額を家に入れて、それで何とか、ギリギリで生活しているんです」

重い話が飛び出してきた。

「そんな事情、俺が知るかよ！」

「……みんな倒れちゃいます」

「木が倒れて迷惑してんのは俺なんだよ！」

収まる気配はまるでない。僕は振り返り、遠巻きに様子を見ている室井課長に「あのう……」と呼びかけた。眼差しで僕の言いたいことが理解できたらしく、課長は先手を打った。

「樹木が絡んでいるとなったら『緑の窓口』の出番です。被害状況を確認して、彼女の助けになってあげてください」

「おうおう」有馬さんは睨みつけるように言った。「それじゃあ、惨状を見てもらおうじゃねえか。友人に番させてっから、いつまでも放置はできねえ」

案内されたのは電車で一駅の町だった。高層ビルなどはなく、二階建て、三階建ての邸宅が散らばる閑静な住宅街だ。

人気がないT字路に着くと、有馬さんが空地の前を指差した。

「見ろ、あれ！」

スカイブルーのスポーツカーが停車していて、その上に裸の木——茶色い電柱のようだ——が縦に倒れ込んでいた。ルーフは見事に凹んでいた。葉が付いていない枝々がリアウィンドウに突き刺さり、ガラスが粉々に砕けている。

「あちゃあ……」岩浪先輩は額に手を当て、痛々しそうに言った。「これはまた……」

「曲がろうとしたとたん、後ろからどん！　だ」

有馬さんは見張りの友人を追い返すと、入院する我が子の頭でも撫でる手つきで車体をさすった。

「ああ、こんな無残な姿になっちまってよう」

僕は状況を観察した。空地はT字路の〝真上〟の部分——〝下〟から進めば突き当たる部分——にある。スポーツカーは上から下に向かおうとして停車している。

つまり、〝T〟の横の道を走行中、縦の道へ曲がろうとしたとき、運悪く後ろから倒木の直撃を受けた格好になる。

「心臓が飛び上がってよ」有馬さんが顰めっ面をする。「もう少しで俺もぺしゃんこだ」

萩村さんはただでさえ小さな体をますます縮こまらせている。

僕はスポーツカーの窓から中を覗き込んだ。枯れ木は後ろから車のど真ん中に倒れ込み、天井をU字形にたわませている。もし有馬さんが〝下〟から進んでいたら、木はフロントガラスを突き破り、枝が彼の胸を貫いていたかもしれない。

僕は自分の想像にぞっとした。

怪我人が出なくて不幸中の幸いだった。有馬さんに言ったら怒鳴られそうだけれど。

「とにかくよ――」有馬さんは僕らを振り返った。「責任は空き地の持ち主にある。さっさと弁償しろよ」

萩村さんに救いを求める目で見つめられた岩浪先輩が言った。

「お気持ちは理解できますが、これは自然災害の一種と言いますか……」

「ふざけんなよ。民法の『不法行為責任』ってやつだろ、これ」

危険が予測されるのに何も対処せず、放置した結果、事故が起きた場合に責任を問われるのだ。

「彼女に何か落ち度がありましたでしょうか？」

「今にも倒れそうな木をそのままにしてたんだから、責任重大だろ。ここを通るたび、危ねえなあ、って思ってたんだ」

「ええと……」僕は訊いた。「警察には届けられましたか？」

「警察？　何で？」

「え？　いや、普通、事故が起きた場合、警察に届け出るものでは……」

「電柱とか公共物なら通報が必要だけどよ。これは違うだろ。俺には何の非もねえ」

「では、保険会社には――？」

「自動車保険は掛け金が払えなくなって、半年前に解約したんだわ」

僕は「え！」と驚きながらスポーツカーを見やった。

「おい！　今、こんな車を買えるのに保険を払えないなんて――とか思ったろ？」

　僕は猛然とかぶりを振った。

　言いがかりだ。廃車寸前の中古車ならまだしも、数百万のスポーツカーを無保険で乗り回すなんて――とは思ったけれど。

「俺はな、有り金全てこいつに注ぎ込んだんだよ。ガキのころからの夢だったからな。身も痺れるほど官能的な排気音でよ。駐車中に鳥の糞さえ許したことはねえ。アパートがみすぼらしくても、こいつさえ輝いてりゃ、人生薔薇色だったんだ。それなのに――」

　有馬さんは苦渋の顔で愛車を睨みつけている。

　見た目で判断して申しわけなかったと思う。有馬さんは性質が悪いクレーマーではなく、愛車を失って嘆き悲しんでいる一般市民なのだ。

　しかし、難しい話だ。実際問題、倒木は環境に左右される。雨、暴風、地震――。倒れるには様々な要因がある。必ずしも萩村さんに責任があるわけではない。

　岩浪先輩が進み出た。

「樹木が傾いていた証拠は何かありますかね」

　先輩、その言い方だと語弊が――。

　案の定、有馬さんは頭から湯気を出しそうな剣幕で怒鳴った。

「俺を嘘つき呼ばわりすんのか！　傾いてる枯れ木なんか、わざわざ撮影してるわけねえだろ！」

僕は周囲を見回した。防犯カメラなどはない。住宅同士の間隔も広く、人通りも少ないから目立たない。空き地の枯れ木の様子など、意識して見ている住人が果たしているだろうか。

「あっ」岩浪先輩が声を上げた。「ドラレコとかないんですか、ドラレコ」

ドライブレコーダーが搭載されていたら、傾いている枯れ木が記録に残っているかもしれない。

「んなダセえもん、あるわけねえだろ」

一蹴されてしまった。

駄目、か――。

「逃げ道ばかり探してねえでよ、弁償しろよ、弁償」

萩村さんは「私にはそんなお金とても……」とつぶやいたきり、黙り込んでしまった。先輩も当惑した顔をしている。彼女を助けるにはどうすればいいのか。

「一応ですね……」僕はスマートフォンを取り出した。「現場の写真を撮らせてもらっても構いませんか？」

「証拠保全か？」

「はい。有馬さんもお車をこのまま何日も放置するわけにはいかないでしょうし、状況を記録しておかなければ、後々、食い違いが出るかもしれませんので」

「……ま、そりゃそうだわな。よろしく頼むわ」

僕は現状を観察しつつ、あらゆる角度から撮影しはじめた。スポーツカーの真後ろからルーフを潰す樹木は、〝櫛〟のように枝が一方向だけに伸びている。そして、運悪くその枝々がリアウィンドウを割り、車内まで突き刺さっている。後部座席は傷だらけだ。

枝々が反対側を向いていたら、ここまでの惨状は避けられただろう。車の形状を考えたら、ガラスは割れず、ルーフの凹みだけで済んだと思う。まあ、充分な被害だけれど。

倒木の衝撃だろう、直撃していない右側のリアライトも割れ、その真横にひびが入っている。

続けて空き地に踏み入り、根が張っていた〝穴〟を撮影した。まるで恐竜が空き地から逃げ出そうとした足跡のように、三つ叉の穴が開いている。

事故の説明に必要そうな場所は全て撮影した。

「では、後は修理の業者を呼んで――」

「おい」再び有馬さんの怖い声。「金がねえんだぞ。業者を呼んでも修理しようがねえだろ」

「路上に車を放置するわけにもいきませんし、では、区役所のほうでレッカーを手配します」

「俺だって長くは待てねえぞ。車が使えなきゃ、仕事にも差し障りがあるんだ。引き延ばせば引き延ばすほど賠償金は増えるからな！」

2

こういうケースだと民事だろう。彼女が損害賠償を断った場合、裁判沙汰になるかもしれない。近所の住民から連日「倒れそうで危ない」という苦情があっても無視していたとか、そのくらいの落ち度がないかぎり、自然の倒木被害で相手の言い分丸々賠償させられはしないと思うけれど……。裁判の費用もただではないし、有馬さんとの話し合いがこじれたら困ったことになる。

僕らはスポーツカーと有馬さんを見送った後、顔を見合わせた。萩村さんはしょげ返っている。

「……うちには本当に何百万も弁償する余裕はないんです。勝手に土地を売るわけにもいかないし」

彼女が漏らしたとき、隣からドアの開く音がした。萩村さんの実家だった。ビニール袋とバッグを持った中年女性が鍵を閉め、振り返り——目を瞠った。

「夏乃！」中年女性——萩村さんのお母さんだろう——は、空き地まで駆けてきた。

「何してんの。仕事じゃないの？」

萩村さんは言いよどみ、視線を逃がした。

「まさか、サボりじゃないでしょうね！　お母さんだって大変なのに、あんた——」

「ち、違うの。クヌギが倒れちゃったから、区役所の人たちが手伝いに来てくれて……」

僕らは自己紹介したが、お母さんは無視し、横たえられたクヌギを睨みつけた。眉間に皺を作る。しばらく無言だったものの、やがてぷいっと踵を返した。

「お母さんは今から病院に行くけど……とにかく、仕事はちゃんとしなさいよ！」

鞭を振るうように厳しい口調だった。彼女が歩き去っていくと、萩村さんは僕らに「ごめんなさい」と謝った。

「え？」

「お母さん、挨拶もせずに。昔はあんな感じじゃなかったんですけど……お祖母ちゃんが寝たきりになってからは、うちには余裕がなくて、お母さんもその世話とパートで倒れそうで、ピリピリしていて。私に怒鳴るのもしょっちゅうで……」

ゆとりを失うと、家族を気遣うことも忘れてしまうのだろう。両親が健在で、今でも週に何度か連絡を取って仲良く話す僕は、かなり恵まれているのだと実感した。

職場であんなに明るい萩村さんの苦労を知り、僕は胸が詰まった。

「先輩、有馬さんのこと、僕らで何とかしましょう！」

「同感。だけど——どうする？　現状、かなり不利だぞ」

「倒木の責任がないってことを証明しましょう」僕は萩村さんを見た。「木は前から傾いてたって話だけど、本当？」

彼女は「うーん」と思案げにうなった。記憶を探るようにあちこちに目をさ迷わせる。

「普段から空き地の様子を気にかけていたわけじゃないし……」

「大事なことなんだ。何とか思い出してみてよ」

「そういえば傾いていたかも。倒れそう、って思った記憶が——」

「ストップ！」僕は仰天して両手のひらを突き出した。「ストップ、ストップ！　その感想はまずい！」

ここが法廷なら致命的証言だ。味方の弁護士も大慌てだろう。

「でも——」萩村さんは小首を傾げがちに言った。「空き地の中のほうに傾いていたはずなの」

僕は驚き、先輩と視線を交わらせた。

「外向きじゃなく、ってこと？」

僕が尋ねると、萩村さんはおずおずとうなずいた。

「倒れるとしても中だし――って思った記憶がある」

岩浪先輩の目が輝いた。

「じゃあ、管理不行き届きじゃないだろ。誰だって、木がいきなり反対側に倒れるなんて思わない」

「でも――」萩村さんが枯れそうな草花のようにうなだれる。「私の記憶違いかも。証明もできないし……明日も有馬さんに乗り込まれたらどうしたらいいのか……」

何だか、迷い込んだ洞窟の中で行き止まりに遭遇したような、そんな重たい沈黙が降りてきた。

僕は萩村さんを励ます術を持たず、必死で言葉を探した。気休めは言えない。何とか元気づけられたら――。

自分の無力さを噛み締めていると、突如、岩浪先輩が萩村さんの前に立った。そして、彼女の眼鏡をさっと取り去ってしまった。彼女は今にも『あわわ』と漏らしそうな顔で固まっている。

「おはぎちゃん、眼鏡ないほうが断然可愛いな！」

先輩、セクハラになりますよ！

「あああ、その……」

慌てる萩村さんは、頬を染めてうつむいた。先輩の言うとおり、たしかに綺麗な顔立ちだった。整えられた弓形の眉、長いまつげ、ぱっちりした目。化粧がしっかり施された肌も滑らかだ。三つ編みの黒髪を除けば、文学少女のイメージは消えてなくなった。

岩浪先輩は彼女の横髪にそっと触れた。歯磨き粉のＣＭを連想させる爽やかな笑顔で――。

「綺麗な顔に涙は似合わない……」

決め台詞を口にしたとたん、萩村さんが噴き出すように笑みをこぼした。

「少女漫画の王子様みたいです」

自分の指先で涙を拭う。

岩浪先輩は目をしばたたかせ、「え、え、え」と動揺気味だ。「笑うとこ？」

「すみません。だって――」

「こう、背景に花がぱっと咲いたような赤い顔でボーっと見つめてほしかったんだけど」

「先輩」僕はツッコミを入れた。「やっぱり少女漫画じゃないですか」

「そ、そうだな」

岩浪先輩は後頭部を掻いた。

先輩の場合、おどけたのか本気なのか判別がつかない。

何はともあれ、萩村さんが笑ってくれてよかった。

「明日はコンタクトで出勤してみなよ。三つ編みも解いてさ」先輩がウインクと共に言った。「有馬さんが来ても、今度は職員全員が味方してくれるさ！」

3

翌日――僕は区役所でパソコンを使い、クヌギについて調べた。カブトムシやクワガタだけでなく、腐朽菌もクヌギが大好きらしく、腐りやすい樹木だという。こういう場合、有利な情報なのか不利な情報なのか。

腐朽菌によっていつの間にか枯れて傾き、勝手に倒れた――と解釈したら責任はなさそうに思える。でも、腐りやすい樹木を放置していたと解釈したら、責任を問われそうだ。

なぜ空き地の外側に倒れたのか。それが鍵になりそうな気もする。

そう考えたとき、わっとどよめきが上がった。僕は何事かと思い、顔を向けた。職員たちの視線の先には――綺麗な女性が困り顔で突っ立っていた。

一瞬、芸能人かと思った。

萩村さんだった。眼鏡をコンタクトにして三つ編みも解いている。化粧は少し濃いめだ。昨日の萩村さんは、『本当の姿はあまり見せたくないです……』と乗り気ではなかったが、結局はアドバイスに従ったのだ。好意を持っている相手からあんなふうに言われたらそうだよなあ、と思う。

職員たちは戸惑いがちに近づき、口々に感嘆の声を漏らしている。

「え、え、え？　まさか萩村？」

「ウソー！　超綺麗！」

「びっくり！」

萩村さんはあっという間に囲まれていた。大半は男性職員だ。彼女は視線を泳がせては遠巻きの女性職員たちを一瞥し、目を逸らしている。嫉妬の眼差しと対面することを恐れているかのように。

しかし、幸いそんな心の狭い女性職員はいないようだった。男性職員たちを押しのけ、萩村さんに話しかけはじめた。

話題が化粧の方法や美肌ケアに及ぶと、男性職員たちは完全に蚊帳の外に置かれた。萩村さんは少しずつ状況に馴染みはじめた。女性たちとの会話のほうが盛り上がっている。

彼女は民家の庭に咲くユリから、高級店に飾られるバラに変身を遂げたかのようだった。僕としては今の彼女に話しかけるのはちょっとためらう。

岩浪先輩が親指を立ててウインクした。

「な、俺の計算通りだろ。大人気！」

開庁時刻の午前八時半になると、すぐさまエスカレーターから人影が上がってきた。僕は思わず「げっ」と声を漏らした。一番乗りで現れたのは、有馬さんだった。相変わらずのヤクザ風ファッションだ。

有馬さんは真っすぐ子供家庭支援課の窓口に突き進んでくる。萩村さんは緊張した顔で板切れのように固まっている。

「先輩――」

僕は岩浪先輩を見た。先輩は「今日は大丈夫」と自信満々だ。「おはぎちゃんに格好いいところを見せたい男どもが助けに入る！」

見回すと、男性職員たちは前傾姿勢で様子を窺っていた。ピストルの発砲音で一斉に飛び出しそうに見える。誰が一番にヒーローになるか、まるでビーチ旗（フラッグ）の――いや、目当ては彼女だからビーチ花（フラワー）という感じか――スタートラインに並んでいるように。

有馬さんは萩村さんの窓口の前に立った。

「おう。当事者はどうした？」

真ん前の萩村さんが「え？」と目を見開く。

まさか――有馬さんは気づいていない？

彼女はさりげなく右手で心臓の部分を押さえた。名札を隠したのだと分かった。有馬さんはその仕草を誤解したらしく、表情の怒りを弱めた。

「そんな怯えなくても何もしやしねえよ、姉ちゃん。こっちは被害者だからよ、愛車の弁償をしてほしいだけなんだよ」

男性職員たちはスタートの合図を間違われたようにタイミングを逸し、どう出るべきか答えを出しあぐねている。

有馬さんの矛先は結局僕に向かった。

「弁償はどうなってんだ、おい。当事者出せよ」

「お、落ち着いてください、有馬さん」

「俺の愛車がどうなったか、その目で見たろ」

「それは――」

有馬さんは散々僕に文句を言い立てた後、舌打ちした。

「クソッ、仕事の時間になっちまった。俺が諦めると思ったら大間違いだぞ。また来るからな！」

彼は区役所を出て行った。萩村さんは胸を撫で下ろしている。先輩の計算とは全く違う形だったが、助かってよかった。でも、毎日こうして誤魔化せはしないだろう。

そこで僕は〝彼女〟に頼ることを思いついた。

「先輩、柊さんに相談してみましょう」

「……彼女は弁護士じゃないぞ」

「樹木絡みじゃないですか。僕、気になっているんです。空き地の内側に傾いていたクヌギがなぜ反対側に倒れたのか。柊さんならその謎を突き止めてくれるかもしれません」

萩村さんが「柊さんって？」と口を挟んだ。

「樹木の専門家」岩浪先輩が答えた。「俺とは相性悪いけど、まあ、一応頼りになる──と思う」

「どんな人なんですか？」

「樹木が大好きで、木に抱きついているような変人だな」

「せ、先輩」僕は慌てて言った。「その説明は思い切り誤解を招きますよ！」

全くの間違いというわけではないけれど。

僕は一応フォローを入れた、柊さんの名誉のために。

「木を大事にしている樹木医の女性なんだ。専門家として『緑の窓口』を手伝ってくれてる」

「へえ。樹木医なんて職業があるんだ！　初めて聞いた。会ってみたい！」

萩村さんは自分の置かれた状況も忘れたように、瞳をきらきら輝かせている。

僕はスマートフォンを取り出し、柊さんの名前を選択した。

「はい、柊です」

木立を吹き抜ける春風のような声だった。僕は若干の緊張を意識しながら言った。

「あの……『緑の窓口』の天野です」

「はい。名前は登録されているので分かります」

「で、ですよね」僕は「あはは」と苦笑いした。

「仕事のお話ですか？」

「あっ、そうなんです。実は倒木のことで——」

「倒木！」柊さんは大きな声を上げた。「倒木って……倒れた木ですか？」

「は、はい。倒れた木と書いて倒木です」

「倒れそうな木ではなく？」

「ええと……専門用語だと、倒木と書いて倒れそうな木を意味していたりします？」

「え？　聞いたことないです」

「話の流れからそうなのかと……」

「大丈夫です。ちょっとショッキングだっただけです。倒れる前に相談してもらえれば助けられたかも、と思うと……」

柊さんの声は、春風から枯れ木のざわめきのような物悲しいトーンに変わってしまっていた。

「すみません」

僕は何だか申しわけない気になり、思わず謝った。

相談しにくい空気が生まれる。クヌギが枯れて倒れるまで放置した萩村さんを助けてくれるだろうか。樹木に冷たい先輩にとことん厳しい柊さんの姿が蘇る。

今回は肝心の樹木がすでに死んでしまっている。人間に喩えれば、病気で弱っていく姿を目の当たりにしながら無視し続けたことになる。

柊さんも有馬さんのように『管理責任！』と怒らないだろうか。

不安は残るものの、僕は覚悟して事情を説明した。柊さんは黙って最後まで聞いた後、言った。

「……私、樹木に関しては嘘はつきませんよ？　管理責任があると思ったらそう証言します。それでもいいですか？」

「うっ」

躊躇する。

柊さんなら迷わず真実を告げるだろう。助けを求めて逆に萩村さんが追い詰められたらどうしよう。

でも――と思い直す。空き地の内側に傾いていたクヌギが想定外の〝何か〟が原因で外側に倒れたなら、萩村さんに責任はなくなる。僕は自分の直感を信じる。

「お願いします、柊さん。木を診てください」

4

区役所に現れた柊さんはマスクした僕を見るなり、「花粉症を発症したんですか……？」と少したじろぎながら訊いた。

「いえ、風邪気味で」

柊さんは安心したように息をついた。

「よかったです。樹木嫌いが二人になったら私が不利です」

岩浪先輩が「悪かったな、花粉症で！」とそっぽを向く。柊さんは先輩を相手にせず、萩村さんに名刺を差し出した。

「柊紅葉です」

「あっ、は、初めまして。私は――ええと、こ、こういう者です」

クヌギを放置して枯れさせた罪悪感もあるのだろう、淡々とした柊さんに気圧されたらしく、自分の名刺を渡す萩村さんは緊張気味だった。自己紹介もかなりぎこちない。

「落ち着いて」僕は萩村さんに囁いた。「柊さんは怖くないから」

クヌギを枯れさせてしまったのも故意ではないのだ。柊さんも理解してくれるはず――僕はそう願った。

「あ、あの！」萩村さんは意を決したように話しかけた。「きき、綺麗なお名前ですね！　職業にぴったりって感じで……」

それは僕も前に言った。そして――。

「ヒイラギは常緑小高木ですから、紅葉はしません。姓と名前は不釣り合いなんです」

そう。同じ台詞を返された。樹木医らしい名前だと褒められるたび、毎回この説明をしているのだろうか。

当の萩村さんは、純粋な褒め言葉を否定されて面喰っていた。若干ショックを受けているようにも見える。だが、柊さんはそんな表情の変化には気づかず、続けた。

「私が娘に名づけるとしたら、緑にします。そのほうが姓に相応しいですから」

前は聞けなかった話が飛び出てきた。なるほど、『柊緑』か。柊さんらしいネーミングセンスだと思った。

普通に答えてくれたことに安心したのか、萩村さんは「緑ちゃん！　いいですね！」と楽しそうに同意した。「じゃあ男の子だったらどんな名前なんですか」

それは僕もちょっと気になる。

当の柊さんは——悩ましげな顔をしていた。女の子用の名前しか考えていなかったのだろうか。

彼女はやがて小首を傾げがちにぽつりと答えた。

「棘男（とげお）——？」

「棘！」

僕と萩村さんは同時に素（す）っ頓狂（とんきょう）な声を出した。

たしかにヒイラギの楕円形の葉は、手裏剣のような形状をしていて棘があるけれど……。

冷静な顔でツッコミを入れたのは岩浪先輩だった。

「棘か。まるで俺への態度みたいだな」

柊さんはじろりと先輩を一睨みする。

「ヒイラギは防犯目的で生垣に利用されたりしています。樹木を守るためなら棘は望むところです！」

「前にスギを伐採しようとしたこと、まだ根に持ってるな？」

「当然です！　全樹木を敵に回す発言ですよ」

「良かったよ、〝全人類の敵〟じゃなくて」

「人類は今も昔も自然を壊し続けています。樹木にとって人類は必ずしも味方じゃありません。だからこそ、守りたいんです」

岩浪先輩は「ぐっ」と言葉に詰まったまま、後ずさった。ジャブで小突くようにいじっていたら、思わぬ大真面目な話でカウンターパンチを食らったように。

僕は場をとりなしながら、話を戻した。スマートフォンを取り出し、倒木状況を撮影した写真の数々を柊さんに見せる。

「これなんです」

〝櫛〟のように片側にだけ枝々が生え揃ったクヌギ。枝がリアウィンドウを突き破り、後部座席を傷つけている。空き地には、通りへ逃げ出そうとする恐竜の足跡のような穴――。

「空き地の内側に傾いていたらしいんですけど、なぜか外側に倒れてしまって……そんなことがありうるんでしょうか」

「内側に傾いていたというのは間違いないんですか？」

「それが――」

「私の記憶なんです」萩村さんが自信なさげに答えた。「だから、証明できなくて彼女は写真をスライドさせながらじっくり順に確認していき、やがて顔を上げた。

「……証明はできるかもしれません。現場を見たいです」

僕はうなずくと、室井課長に事情を説明してから区役所を出た。四人で電車に乗り、問題の空き地へ向かう。

現場に着くと、柊さんは空き地に踏み入り、横たえられたクヌギの前にしゃがみ込んだ。衰弱する愛犬をいたわるような手つきで樹皮を撫でる。

「可哀想……」

しんみりした口調だった。萩村さんが申しわけなさそうに「すみません」と後ろで頭を下げた。

僕は「どうでしょう？」と訊いてみた。柊さんはクヌギ全体を診てから立ち上がった。黙ったまま、クヌギが生えていた跡まで歩み寄り、穴を観察した。何度も往復し、木と穴を調べる。

僕らは二十分ばかり、顔を見合わせながら眺めているしかなかった。

そのうち僕は耐えきれなくなり、彼女の後ろ姿に訊いた。

「倒木の原因は分かりそうですか？」

柊さんは、クヌギの根元から二メートルほどの高さに刻まれた傷跡――樹皮が一センチ幅で斜め下方に削れている――を撫でると、立ち上がり、振り返った。

「はい。このクヌギが倒木で車を潰すことはありえません。全ては樹木が語ってくれました」

5

地面を踏み鳴らすような足取りで空き地までやって来たのは、有馬さんだった。

「雁首揃えやがって……で、話って？」

有馬さんは僕らを順に見やり、萩村さんに目を留めた。サングラスを持ち上げ、「んん？」と目を細めながら顔を近づけ――。

「お、お前だったのか！」

漫画の悪役じみた台詞を言う。目の前の美人が萩村さんだと気づいたらしい。欺かれたと思ったらしく、歯軋りしている。

「騙そうとしたわけじゃありませんよ」僕はマスクを外して萩村さんをフォローしつつ、さらなる言いがかりをつけられる前にさっさと本題に入った。「電話でもお伝えしましたが、倒木の件です」

「……ようやく賠償の覚悟が決まったか。待ちくたびれたぜ」

萩村さんがビクッと肩を震わせる。

僕は返事に窮し、柊さんを見た。実際、どういう話になるのか僕自身よく分かっていない。彼女は『倒木に直接的な責任はありません』と繰り返すだけで、それ以上の説明はしてくれなかった。

柊さんは「倒木の件でお話があります」と一歩踏み出した。有馬さんがかけ直したサングラスごしに睨みつける。

「弁護士か、あんた」

「いえ」岩浪先輩が口出しする。「彼女は六法全書より植物図鑑を愛しているタイプです」

有馬さんが怪訝な顔を見せた。

「樹木マニアか？」

「違います」柊さんがきっぱり答えた。「樹木医です」

「ジュモクイ？」

「一言で言えば、木の医者です」

一般的な知名度は高くないから、毎回説明するのは面倒そうだ。しかし、柊さんはそんな素振りを全く見せず、自分自身、初めての説明であるかのように淡々と答えている。

「ふーん、で、そのお医者様が何の用だよ。倒木を診察したのか？　診断は？」

柊さんは有馬さんに人差し指を突きつけ――。

「クヌギを殺したのはあなたです！」

びしっと宣告。

柊さん、それは医者じゃなく、探偵です！　僕は動揺のあまり心の中でツッコむのが精一杯だった。岩浪先輩の後ろで身を縮こまらせている萩村さんも、「あわわ」と口を押さえている。先輩だけだ、面白くなってきた、なんて顔をしているのは。

しかし、柊さんの瞳に茶化すような色はなく、怒りと悲しみが混在していた。

「こ、殺したって、な、何だそりゃ……」有馬さんの声色はわずかに上ずっていた。

「俺は被害者だぞ」

「クヌギは空き地の内側に傾いていました。強風が吹いても道路側に倒れるはずがありません」

「嘘つくな！　道路側に傾いてたのを俺は見てんだよ。危ねえなあ、事故の原因になるぞ、って思ってたから間違いねえ」

クヌギはどちら側に傾いていたのか。それによって管理責任の有無が変わってくる。しかし、映像などの物的証拠は何もない。柊さんは本当に証明できるのだろうか。

僕はハラハラしながら事の成り行きを見守った。萩村さんは胸の前で両手を合わせ、神様に——いや、柊さんに祈る面持ちだった。

「傾きが空き地側だった証拠はあります」柊さんはクヌギが根っこから抜けた穴を指差した。「見てください。道路側に向かって放射状に太めの穴が伸びています」

例の恐竜が空き地から逃げ出そうとしている足跡のような穴だ。

「これが何だってんだよ」

「木が傾いた場合、針葉樹は前側を太らせ、下から押し上げるようにして体を支えます。前に倒れそうになった人間が一歩を踏み出すようなイメージでしょうか。ですが、クヌギのような広葉樹は逆なんです。傾きの反対側を太らせ、後ろ側へ引っ張るようにバランスを取るんです」

そうか！　道路側に太い根っこが伸びていたということは、クヌギが空き地の内側に傾いていた証拠になるのか。

萩村さんの表情がぱっと輝いた。

だが、それでは有馬さんも引き下がらなかった。

「そんなもん、ただの、そ、想像じゃねえか。現に俺の愛車は押し潰されてんだよ！」

柊さんは落ち着き払っている。

「天野さん、例の写真を」

僕はたぶんこれのことだろうと思い、倒木の状況を記録したスマートフォンを差し出した。

彼女は操作して印籠のごとく画像を突きつけた。〝櫛〟のような枝々がスポーツカーのリアウィンドウを破っている一枚だ。

「ああ、無残だ！ 俺の愛車が……」

有馬さんは演劇学校の生徒のような口ぶりで嘆き悲しんでいる。逆に演技なのかどうか判断しにくい。

「これこそ、不自然さの決定的証拠です」

「は？」

「枝が突き刺さっています」

「見りゃ分かる。おかげで大惨事だ！」

「こんな状態はありえないんです。枝々が片側にだけ伸びている理由が分かりますか？」

「知るか、んなもん！」

柊さんは人差し指を立てると、大学の講師のように説明しはじめた。

「生存本能です。生物はその環境を生き延びるため、長い年月を費やして進化します。樹木も同じなんです。いえ、むしろ、樹木の適応力は他の生物のそれとは比べ物にならないほど早く、それこそ、個体それぞれが数ヵ月単位で進化します」

「枝と何の関係があんだよ」

「大ありです。枝がなぜ片方にしか伸びていないのか——。それはバランスを取るためです」

「何のバランスだよ」

「重心です。このクヌギは今にも倒れそうなほど傾いていました。倒れそうな樹木は根で支えるだけではありません。傾いている側に枝を伸ばさず、反対側にだけ伸ばしてバランスを取ろうともするんです」

あっ、だから〝櫛〟のように片側だけに枝々が伸びていたのか。恐るべし、樹木の進化！　適応力！

「——あれ？」僕は疑問を持った。「待ってください。仮にクヌギが外側に傾いていたとしたら、枝は空き地の内側に伸びているはずです。何で車に突き刺さったんですか」

「そう。そこが大きな矛盾なんです」

「ですよね。傾いている方向には枝が生えていないんですから、そのまま倒れたら枝がない部分が直撃するはずです。なのに車には枝が刺さっています。しかも、クヌギは空き地の内側に傾いていたはずなのに——意味不明です。なぜこんなことが？」

「……人為的な力が加えられたとしか考えられません」

柊さんは信じられない発言をした。有馬さんは絶句していた。岩浪先輩と萩村さんは顔を見合わせている。

柊さんは倒れたクヌギに近づき、根元から二メートル近い位置に触れた。〝手前側〟の樹皮が半周を描くように一センチ幅で削れている。四十五度くらい下方に向かって。「ここ……縄がこすれて生まれた傷ではないでしょうか」

有馬さんが唇を歪めた。

「な、何が言いたいんだよ」

「縄をかけて引っ張れば、内側に傾いているクヌギを外側に引き倒すことは可能です」

「意味分かんねえ。自分の大事な愛車に木を倒して何の得があるってんだ」

柊さんはためらいもせず「さあ？」と首を捻った。僕は思わず『ええー！』と大声を上げそうになった。ここまで樹木を診て推理を組み立てながら、肝心の動機は分からないなんて――。

考えてみれば、柊さんの専門は樹木だった。木を診ることは得意でも、人は違うのだ。

得、か。

僕は彼女の代わりに頭を絞った。有馬さんの話でヒントになることはなかっただろうか。あるいは車そのもので。そういえば、破損した車の写真を撮っているとき、不自然な〝何か〟を目にした気がする。あれは何だったか。

一人でうなるうち、はっと思い当たった。脳裏を駆け抜けた映像の断片。それは
――。

「有馬さん、スポーツカーの後部、クヌギが直撃していない部分も傷ついていましたよね。ライトが割れて、横にひびも」

有馬さんの顔色が一瞬で変わった。僕はこれこそ決定打なのだと確信した。

「倒木の衝撃で破損したのかと思っていましたけど、実は以前から壊れていたのでは？」

有馬さんが目玉を剝いた。

「変な言いがかりつけんなよ。出るとこへ出るぞ」

僕はぐっと勇気を振り絞り、覚悟を決めて続けた。

「自動車保険は掛け金を払えず、解約しているとおっしゃっていました。つまり、自損事故などを起こして車が破損した場合、保険金が出ないってことですよね」

「だ、だったら何だ」

「その上からでも誰かが代わりに壊したとしたら、賠償金を出させることはできるだろうなあ、って……その、思っちゃったり、したりして……あはは」

隣の岩浪先輩が「自信を持て！」と肘で小突く。萩村さんは期待に満ちた眼差しで

僕を見つめている。

もう引き返せない。突き進め！

「あ、有馬さんは修理費を誰かに肩代わりさせて、自損事故の破損部分も一緒に修理させたかったんじゃないですか！」

有馬さんは言葉を失っている。だが、唇を引き攣らせながらも反論した。

「俺が引っ張り倒したってのか、え？　木を？　俺が綱引きチャンピオンに見えんのか！」

改めて眺めると、威圧的な風貌の割にはすらっとしていて、肉体派には見えない。だが、枯れたクヌギがどの程度踏ん張っていたかは誰にも分からない。それこそ、小学生の体当たりで倒れた可能性すらある。

どうしよう、と思いながらクヌギの倒木に目をやったとき、縄の痕跡に意識が集中した。根元から二メートル付近で半周を描く傷は、四十五度近い角度で下方に刻まれている。

待てよ。こんな急角度で縄を引こうと思ったら、四つん這いにでもなって引っ張るしかない。そもそも、車の上に木を倒そうとして、車と木のあいだに立って引っ張ったら、自分の頭に直撃する。木、車、人——の並びで縄を引かなければ成功しないはず。でも、木と人のあいだに車を置いたなら、クヌギに回した縄の傷は二十度くらいの角度になっているだろう。

　この急角度の意味は――。

「車！」僕は声を上げた。「車のリアに縄を結んで、引っ張ったんです。クヌギに刻まれた縄の痕は、人間が立ったまま引いたにしては角度が急すぎます。でも車を利用したなら、屋根の真上にクヌギを倒すのは容易です。人間が引っ張るより目立ちませんし。空き地に背を向けた状態で車を停車させ、クヌギに縄を回してリアに結び、発車させる――。そうしたら倒木の直撃を作り出せます。幸い、住宅同士が離れていて人気もないですし、縄を回収する時間的余裕はあったはずです。推測どおりなら詐欺ですよ！」

　閃きに興奮した勢いのまままくし立てると、有馬さんの顔は青ざめていた。

「僕らも穏便に済ませたいですから、彼女にクヌギの管理責任はなかった、と認めてもらえれば事は荒立てません」

「と、投書するぞ！」荒立ったのは有馬さんだった。威嚇的な怒声を上げる。「ネットでも暴露する。区役所は一般人を犯罪者扱いするって。炎上するぞ。いいのか！」

　あまりの剣幕に僕は気合い負けした。ここまで状況証拠が揃っているのに逆ギレするなんて――。

　肉食獣を目の前にした小動物の気持ちが理解できた。僕は反論する勇気を失い、ただ立ち尽くしていた。

有馬さんが鬱陶しそうに舌打ちしたとき、岩浪先輩が頭を掻き毟りながらやや面倒臭そうに踏み出し、彼の険しい目を真正面から受け止めた。

「全面対決は望むところですよ、有馬さん」

――望んじゃ駄目です、先輩！

「本当にいいんだな！　俺はマスコミ関係者にも顔が利くんだぞ。明日にはマイクとカメラ持った記者が自宅まで押し寄せるぞ」

ハッタリかどうかは分からない。

「まあ、こっちもその道のプロを使いますけどね」岩浪先輩は柊さんを見やった。

「植草組に顔が利くよな？　今回のトラブルの解決を任せたいんだけど……紹介してくれないか」

僕は啞然とした。柊さんがヤクザの組と繋がりがある？　まさか実家が極道とか――。

先輩はどこでそんな情報を仕入れたのだろう。

「……私じゃ頼りにならないってことですか？」

「いやいや、そうじゃなくて――分かるだろ」

「早くもお役御免ですか」

「お役御免とか、お役に立てずに御免とかじゃなくて――」

「お役に立てず御免とは言っていません！」

柊さんが膨れっ面を見せる。

「ち、違う違う。植草組の力を借りるのは今回だけ」

先輩は慌てた様子でウインクを送る。二度、三度――と。

彼女は少しの間を置き、答えた。

「分かりました。私は植草組の人間ではないですが……紹介程度ならできます」

「ありがたい！」

有馬さんは今や死人のような顔色だった。腰が引けたまま二、三歩後ずさる。

「ま、まあ、俺も大人げなかったかな。管理責任までは――その、言いすぎだった」

有馬さんは逃げるように退散した。あっという間の逃走劇だった。場の空気が一気に緩む。

「やったな、おはぎちゃん！」

岩浪先輩がピースすると、萩村さんは「はい！」と大きくうなずいた。全員に向き直り、「ありがとうございました！」と順番に頭を下げていく。

樹木トラブルが解決したのは嬉しいけれど、僕には聞き捨てならないことが一つ。

「こじれずに助かりました。でも――」僕は柊さんを見た。「植草組って、まさかそ

ん な接点が？」

「おいおい」先輩が呆れた声を出す。「お前も誤解してんのか。植草組は造園の会社だぞ」

「へ？ ぞ、造園……？」

「土木や造園の会社は、昔っから何とか組なんて屋号を使ってるから、区内の造園関係の会社名を出せばそれっぽく聞こえるかな、と思ってな」

なんだ、そういうことだったのか。

「びっくりしました」

「まあ、なかなかの機転だったろ」岩浪先輩は「ふふん」と鼻を鳴らした。「天才的に窮地脱出！」

「……あ、いえ、びっくりしたのは、柊さんが実はそっちの業界と付き合いがあるのか、と思って」

岩浪先輩はわざとらしくガクッと肩を落とした。「いや、ここは俺の機転を称えるべきところだろ」

先輩が大袈裟にブーブー言うものだから、僕は少し調子に乗り、代わりに柊さんを称賛した。

「よく先輩の作戦に気づきましたよね。凄いです。柊さんの判断あってこその成功ですよ！」

先輩は「そりゃないだろ」と愚痴っている。

当の柊さんはしばらく小首を傾げていた。が、突然合点がいったように「ああ！」と声を上げ、ぽんと手のひらを打った。

「あの人は植草組をヤクザの組と間違えて逃げていったんですか」

「え？」と驚きの顔を見せたのは岩浪先輩だ。「ちょっと待った！　俺の作戦を理解して乗っかったんじゃ――」

「全然」

「ウインクで合図したろ」

「花粉症で目が痒いのかと思っていました」

岩浪先輩はずっこけかけていた。

「ええー、マジかあ。あっぶね。もう少しで大恥掻くとこだった。『植草組？　あ、はい、樹木医として造園の会社とは付き合いがあります』なんて言われてたら――」

先輩はぶるる、と震えてみせた。

想像したら笑えるような笑えないような……。

いや、決め顔で植草組の名前を出して有馬さんを見つめる先輩。深く考えず造園業者だと暴露してしまう柊さん。場に満ちる沈黙。気まずい空気——。

僕もいたたまれなかったかもしれない。何より、事態が複雑化して萩村さんが困ることになっただろう。

萩村さんは岩浪先輩を眺め、クスクスと楽しげに笑っていた。彼女がまた笑えるようになってよかった。

何はともあれ、結果オーライだ！

区役所に着くと、萩村さんは自動ドアの前でくるっと振り返り、改めて深々と頭を下げた。

「本当にありがとうございました」

岩浪先輩がきりっとした表情を作る。

「樹木トラブルを解決するのが俺らの仕事だからな！」

配属が決まったときからずっと不満を口にしていたのに、美人を助けられたとたん調子がいいんだから。萩村さんはまんざらでもないらしく、頬を赤らめている。美男美女でお似合いだなあ、と思う。

僕は平凡な容姿だし——。

横目で柊さんを見た。彼女は区役所前のプラタナスの木を観察している。樹木しか目に入らないのだろう。小さくため息が漏れる。今回は僕も頑張ったけれど、あまり評価されなくて少し切ない。そもそもガーデニングが趣味で、花言葉に詳しくて植物が好き、という以外に取り立てて役立ちそうな長所は何もない。だから先輩と違って自分になかなか自信が持てない。

僕は柊さんに礼を言い、別れた。区役所に入り、室井課長に事の顚末を報告する。

「それは『緑の窓口』、大活躍でしたね」

萩村さんが「はい、格好よかったです！」と相変わらずうっとりした眼差しを――先輩に向けている。

「今回は身内のトラブルでしたが、今後はどんどん区民の皆様の依頼を解決していってほしいですね。さしあたって『緑の窓口』に事務を一人、付けようと思いまして。二人が外出中、対応する人間が必要でしょう？」

僕が「大助かりです」と答える。

「さて、とりあえず、職員を探さなければなりませんね。ええと――」

室井課長が周囲を見回したとき、「あのう……」と子供家庭支援課の席から萩村さんが控えめに手を挙げた。答えに自信がない生徒のように。

全員の視線が集まるや、彼女はますます小さくなった。だが、口調はきっぱりしていた。

「私、事務やりたいです！　『緑の窓口』楽しそうです！　今の仕事量は多くありませんから、掛け持ちも可能だと思います」

室井課長は彼女のやる気を確認するようにじっと瞳を見つめた後、「分かりました」とうなずいた。「子供家庭支援課に話をしてみましょう」

6

萩村さんが『緑の窓口』の事務担当に決まった。

翌々日の日曜日――僕は柊さんと例の空き地を訪れた。クヌギを失っても、枯れそうな樹木がまだ数本残っている。彼女が「休みの日にでも治療したいです」と言ったから、付き合うことにしたのだ。岩浪先輩抜きで会える数少ない機会だと思った。

だが――。

仕事抜きだと何を話していいのかいまいち分からず、ほとんど診察と治療を見物する研修医同然だった。

「の、飲み物でも買ってきますね」

柊さんは平気でも僕は沈黙が苦手だ。背を向けたまま「はい」と答えた彼女を残し、コンビニへ向かう。

先輩は僕を人付き合いがうまいなんて褒めてくれるけれど、実際は全然だよなあ、などと自分に呆れつつ、自動ドアを開ける。考え事に夢中で注意力が散漫だった。コンビニの買い物袋を提げた女性――地味な色合いのトレーナーと体操着を思わせるハーフパンツ姿だった――とぶつかった。

「あ、す、すみません！」

相手と同時に謝った。

頭を上げると、目が合った。女性が「げっ」と声を発した。僕は『あれ？』と思いながらまじまじと顔を見つめた。ゴムで簡単に縛った黒髪、薄く短い眉、小さめの目、鼻の周りのそばかす。素朴な顔の彼女は、まさか――。

「もしかして萩――」

言い終える前に彼女が僕の口を両手のひらで塞(ふさ)いだ。まさに全身全霊――という感じだった。

「駄目！」

僕は『むぐぐ』と声にならない声を漏らした。

「みみみ、見なかったことに！」

そう言われても……。

困ったまま見つめ返していると、萩村さんは諦めたようにため息をつき、手のひらを離した。

「……何で天野君が休日にこんなところに――」

僕は空き地に来た理由を説明した。彼女は「ああ、そう言えば――」と納得したようにうなずいた。間を置いてから自嘲気味の苦笑いを漏らす。

「びっくり――したでしょ？」

すっぴんのことだと分かり、僕は即座にかぶりを振った。

「むしろ僕は今のほうがいいと思うよ！」

萩村さんは驚いた顔を見せ、はにかんだ。

「ありがと。買い物はいいの？」

「あっ、そうだった」

僕がコンビニで数種類の飲み物を購入して出ると、萩村さんは店の前で待っていた。僕らは一緒に歩いた。先に口を開いたのは彼女だ。

「私、中学時代も高校時代も地味で、よく男子にからかわれてたの。だから大学に入って化粧の仕方を研究して、美容院でお洒落な髪型にしてもらって……気づいたら奇跡の一枚みたいに美人になれて。で、自信を持ったんだけど、そうしたら今度は女子から嫉妬されて意地悪されて……だから、眼鏡をして三つ編みにして、少し控えめにして。そのくらいが一番平和だから」

何となくややこしい話だけど、理解はできた。素顔が地味だから化粧で美人になったものの、今度は目立ちすぎるから眼鏡と三つ編みでほどよく〝美〟を抑えている――と。

萩村さんは語り終えると、両手を合わせた。

「天野君、岩浪さんには絶対秘密で！　お願い！」

「も、もちろん！」

僕は即答した。

萩村さんが『本当の姿はあまり見せたくないです……』と漏らした真の意味が今理解できた。

引っ込み思案ながら気立てのいい萩村さんの恋を応援したい。僕自身、彼女の気持ちがよく分かるから。

萩村さんは控えめな胸を押さえ、安堵の息を漏らしている。

しばらく青空の下に立っていると、彼女がしみじみ言った。

「私ね、今回、ちょっと反省しちゃった。樹木って、凄いバイタリティがあるんだね。柊さんの話を聞いて、今まで気にしたことなかったなあ、って」

「うん。それは僕も同じ」

「……家の色々で正直倒れそうだったけど、踏ん張って頑張ろうって気になった。これからもよろしくね、天野君」

萩村さんはにっこり笑った。そばかすは彼女の愛嬌だった。

空き地に着くと、僕は診察中の柊さんに呼びかけた。彼女は振り返るや、僕から萩村さんに視線を移し――。

「ああ、一昨日の――」

「一目で分かるんですか！」

萩村さんが驚きの声を出した。柊さんが小首を傾げる。

「はい、分かりますけど？」

「見ただけで気づかれたの、初めてです。やっぱり樹木医さんの観察力って凄いんですね」

「樹木を診るのが仕事ですから」

柊さんはズレた返事をした。

萩村さんは枯れそうな木の前に近づき、裸の枝々を見上げた。

「木、元気になってくれるといいなあ」

「私が責任を持って治療します。必ず回復します」

「……樹木って凄いですね」

「樹木は繊細で、でも、タフです」

「私、クヌギの話、お母さんにしたんです。そうしたら、びっくりされて。柊さんには言いにくいんですけど、もっと前に伐っておかなかったことを謝られて……」

「なぜ伐採しなかったんですか？」

「危ないと思いながらも、伐るのが忍びなかったそうです。私も初めて聞いたんですけど、倒れそうでもバランスとって、倒れないように必死で頑張ってる姿に、感傷っていうか、何ていうか、感じるものがあったみたいで。入院中のお祖母ちゃんのことがあるので」

萩村さんの苦労話を思い出した。お母さんはパートをしながら毎日のように祖母の見舞いに行き、世話をしているという。

「今回は人為的な原因で倒されたわけですけど、それを知って、お母さん、私のことも気遣ってくれるようになったんです。倒れるギリギリまで放置していたら、ちょっとした〝何か〟が原因である日突然、ばたん、なんてこともあるって心配になったらしくて」

給料の中から結構な額を家に入れているという萩村さんは、今は憑き物が落ちたような表情をしていた。忙しい日々の中で余裕を失い、家族同士、この空き地と同じくほんの少しの気遣いが欠けていたのだろう。

「伐らずにいてくれてありがとうございます」柊さんがお辞儀をした。「おかげで残った木はまだ生きることができます」

「そ、そんな！」萩村さんが恐縮したように手を振る。「私たちが気にかけなかったからこうして枯れそうになってるわけだし……」

「それでも、伐り倒されなければ生きるチャンスがあります。私の母なんて――」

柊さんは怒りを噛み殺すように下唇を噛み、地面の一点を睨んでいた。

「お母さんがどうかしたんですか」

「……いいえ。個人的なことです。何でもありません」

彼女が垣間見せた表情は、私利私欲でクヌギを引き倒した有馬さんに向けていたものと同じだった。気になったものの、人を近づけない囲いのような雰囲気に僕はそれ以上何も訊けなかった。

気まずい空気を破ったのは萩村さんだった。

「柊さん。これからも『緑の窓口』をよろしくお願いします」

萩村さんが丁寧に頭を下げた。柊さんが「はい」とうなずく。

僕は改めて萩村さんに向き直り、言った。

「これからよろしく、萩村さん」

萩村さんは一瞬、固まった後、「あのう……」と言いにくそうに口を開いた。

「私、萩村（はぎむら）じゃなく、荻村（おぎむら）なんだけど……」

「ええー！」

僕は近所じゅうに響き渡りそうなほどの声を上げた。

「い、いやいや、だって、岩浪先輩、〝おはぎちゃん〟って」

「岩浪さんはいいんです。あだ名は愛情を感じますから！　でも、名前は荻村です」

ごめん、ずっと萩村さんだとばかり。そういえば、彼女が大変身して出勤した日、驚いた職員たちが彼女を取り囲んで声を上げる中、誰かが『荻村？』と呼んだのだ。僕はたしかにそれを聞いている。ただ、『オギ』も『ハギ』も発音が似ているから、聞き間違いかな、空耳かな、と思ったのだろう、普通に聞き流してしまった。

どうりで有馬さんが区役所で彼女の背中に呼びかけたとき、反応がなかったわけだ。彼も勘違いしていたから、彼女は自分のことだと思わなかったのだ。

「あの……名札の漢字、間違ってたりしない？」

「往生際悪いよ、天野君」萩村さん改め荻村さんが笑った。「ちゃんと〝荻〟になってるから！」

名札を読み間違えたのは、先輩の〝おはぎちゃん〟呼びを耳にした直後に確認したからだろう。

「駄目ですよ、天野さん」柊さんが口を挟む。「人の名前を間違えたら」

「で、でも、柊さんも名刺で名前を見たとき、間違えませんでした？」

「いいえ」

「あっ、きっと名刺には読み仮名があったんですね」

「いいえ」

「うう、そうですか。でも、『萩』と『荻』は漢字が紛らわしすぎて……」

「『萩』と『荻』は全然違いますよ。萩はマメ科ハギ属の落葉低木で、荻はイネ科ススキ属の植物の一種です。間違うはずがありません」

どっちも植物にあったのか。

「……なるほど、納得しました。でも、漢字を覚えるのとはちょっとわけが違うような」

「『クサカンムリ』に『秋』と書く萩は、〝秋の七草〟です。常識です」

常識だったのか……。

僕は苦笑いするしかなかった。

「もう間違わないよ。改めてこれからよろしく、荻村さん！」

そして——家族のように仲良く寄り添う空き地の樹木を見つめた。荻村さんのためにも倒れず、持ち直してくれれば、と心底思う。

症例3

モッコクの落とし物です！

1

大通りに面した物流センターの敷地内に、カヤの巨木が立っていた。

僕らはその木を見上げた。広がる枝には左右二列に細い葉が生えていた。綺麗に身を取った魚の骨を濃緑色に塗ったようにも見える。しかし全体的にスカスカで、枝葉の隙間から青空の大半が覗けた。

僕ら『緑の窓口』は、物流センターの管理者から、カヤに元気がない原因を調べてほしい、と相談されたのだ。マイナーな雑誌の特集で、都内の見応えがある巨木百本の中の一本にも選ばれたカヤだという。

「一応、自慢の木でよ」管理者のおじさんが鼻頭を掻きながら言った。捩(ね)じった手ぬぐいを鉢巻きにしている。「みすぼらしいナリじゃ困るんだわ」

専門知識が必要だと思い、今回は最初から柊さんに協力を仰いでいる。今日の彼女はロングの黒髪を紅葉(もみじ)の髪留めでポニーテールにしていた。桃色のブラウスの上から、ポケットが多い薄手の半袖ジャケットを羽織り、ジーンズを穿いている。大きなリュックサックを背負った姿は、まるで山ガールだ。樹木の診察時はいつもこの格好だという。スカートはプライベートのときだけらしい。

彼女はカヤを触診すると、リュックサックを下ろし、打診用木槌を取り出した。樹木の周りを回りながら幹を軽く叩く。

「……空洞はなし」

続けて貫入試験用鋼棒――というらしい――を握り締め、幹の前でしゃがみ込んだ。T字の細い杖のような形状で、先端は尖っている。それをカヤの周辺の土に突き刺していく。

柊さんは納得したように一人でうなずくと、土を撫でながら振り返った。

「この辺り、トラックが通過します？」

「そりゃな」管理者のおじさんは工場に目を向けた。「出荷用のトラックはしょっちゅうだ。排気ガスがまずいんか？」

「いえ、排気ガスではなく……〝踏み圧〟で土壌が固くなっています。透水性や通気性が悪くなって、根が呼吸困難に陥るんです。たぶん、樹木のそばを通るトラックのタイヤです。人の体重ではここまで固くなりませんから」

「トラック――か。そりゃ、参ったな」

柊さんは軍手を嵌めると、スコップを取り出し、カヤの根元の土を掘り起こしはじめた。子供が砂遊びをしているように見えた。

「おっ、植え替えか！」

岩浪先輩が茶々を入れた。明らかに違う。倒れてきたら大人数人くらいはぺしゃんこにしそうなほどの巨木だ。

「植え替えはしません」柊さんは素直に否定し、固い土を砕いていく。「こうしてから埋め戻すことで土壌を柔（やわ）らかくするんです。土壌改良剤や肥料を混ぜる方法もありますが、そこまでは必要ないと思います」

土を掘り返してはほぐして埋め直す、土を掘り返してはほぐして埋め直す——。彼女は地道な作業を繰り返した。僕も途中から手伝った。柊さんはやがて立ち上がり、土で汚れた軍手の甲でふうと額の汗を拭った。野外作業が多い職業にしては色白の肌に、黒ずみが付着する。

「後は——土を踏まれないように柵（さく）を作ってください。トラックが根の真上を踏まなければ、土は固まりません」

「柵、ねえ」管理者のおじさんはカヤの巨木を眺めた。「どの程度の範囲を囲むべきかねえ」

「見てください」柊さんは真上の枝葉を指差した。「根というのは、伸びている枝の先端付近まで張っているので、柵を垂直に伸ばしたら木全体を囲える広さが最低限です。もちろん、もっと広く囲えるならそれに越したことはありません」

「トラックの出入りの邪魔になりそうだなあ」

「樹木とトラックとどちらが大切なんですか」

考えるまでもないでしょ、という口ぶりの柊さんに問われ、管理者のおじさんは返答に困っている。そこへトラックが入ってきた。減速し、僕らの真横で停車する。

太鼓腹のおじさんが降り立つと、僕らを見回した。

「おっ、何だ、あんたら」

ぶっきら棒な口調だった。

「カヤの診察をしていたんです」柊さんは樹皮を優しく撫でた。「立派な木なので、元気になってほしくて……」

その手つきを見てにやにや笑う。

「嬢ちゃんは大きくて立派なモノが好きか？」

躊躇せず「はい」と答える柊さん。羞恥は微塵もない。

その手の店の利用者が言いそうなセクハラだと思った。太鼓腹のおじさんは好色そうに顔を緩めた。

「どうせなら俺のモンも——」

言い終える前に少女漫画の王子様よろしく立ちはだかったのは、岩浪先輩だった。頭の中で『助けなきゃ』と考えてから行動する僕と違い、先輩は素早い。

モデルも羨みそうな美形の顔に挑発的な笑みを刻む。

「あんたのモノなんて――」足元の土から突き出た人差し指サイズの小枝を見やった。「せいぜいこんなもんだろ。ジョークも度がすぎると――」靴底で小枝をポキッと踏み折る。「こうだぞ」

太鼓腹のおじさんは、くの字に折れた息子を想像したらしく、「おうっ」と痛そうに股間を押さえたまま腰を引いた。

多くの女性が憧れそうな守り方だ。案の定、柊さんは感動したように口を手のひらで覆い、岩浪先輩を見つめている。

ああ――と僕は情けない声を漏らしそうになった。

岩浪先輩が両手を腰に添えてキメ顔でポーズをとったときだ。柊さんが「な、な、何してるんですか！」と悲鳴じみた声を上げ、先輩の足に縋（すが）りついた。足首を握り締めて持ち上げる。

「お、おい――」岩浪先輩がよろめく。靴の下からは、へし折れた小枝が顔を出した。

柊さんはキッと先輩を睨み上げた。

「これだからガサツな人は！」

「お、俺？」先輩は自分の顔を指で指し示した。「俺が怒られてんの？」

「ソメイヨシノの苗木を踏み折るなんて！」

柊さんは小枝――ならぬ苗をさすっている。

「え、え、え？　それ、ただの小枝じゃないのか？」

「違います。見て分からないんですか？　オオシマザクラの苗の芽を切り取って、ソメイヨシノの芽を接ぎ木したものです。ソメイヨシノはクローンですから、接ぎ木でしか育たないんです。赤ん坊を踏んづけたようなものですよ！」

「待て待て。俺だって生き物だったら踏んだりしない」

「植物も生きているんですよ。こんなふうに殺されなきゃ、一年後には――」彼女は先輩の腰の辺りを人差し指で突っついた。二度、三度と。「これくらいまで伸びたはずなのに……」

管理者のおじさんは、「いやあ、サクラもいいなあ、と思って植えてもらったんだけど……早く柵で囲っておけばよかったな」とむしろ申しわけなさそうにしていた。

まさかそんなに大事なものだったとは――。

彼女は〝王子様〟の登場に感激して固まっていたのではなく、ソメイヨシノの苗を踏み潰されたショックで固まっていたのか。

先輩には悪いけれど、正直、ちょっとほっとした。それにしても、先輩は柊さんの前だとなかなか決まらないな、と思う。

太鼓腹のおじさんはいつの間にか逃げ去っていた。

物流センターを出た僕らは、柊さんの後ろを歩いていた。

「悪かったって！　知らなかったんだよ。なあってば」

岩浪先輩は背中に謝り続けている。立った黒いポニーテールがぶんぶん揺れている様は、攻撃的になった犬の尻尾のようだった。かなりおかんむりだ。

先輩は歩きながら僕の二の腕を肘で突っつき、顔を寄せながら囁いた。

「おい、天野！　助けてくれ！」

「え！　ぼ、僕がですか？」僕は囁き返した。「無理ですよ。接ぎ木を折ったの、先輩じゃないですか」

「だからだよ。折ってないお前の助けがいる」

「僕まで巻き添え食らったらどうするんですか」

「薄情だぞ！」

突然、柊さんがぴたりと止まった。岩浪先輩が「やべ！　密談がバレた！」と口を押さえる。

「み、密談とか言わないでください！　まるで悪巧(わるだく)みしているみたいじゃないですか！」

僕は慌てた。柊さんは一向に振り返らない。よほど怒りを溜めているのだと思い、僕は恐る恐る「あの……」と話しかけた。反応がない。そっと横に回ると、彼女は地面を見つめていた。

怒っているような感じではなかった。

何だろう。

彼女の視線の先には、一枚の葉っぱがあった。彼女が拾おうとした瞬間、六月の生暖かい風が吹き抜け、葉をさらった。前かがみになったまま追いかけていく。まるで紙幣を飛ばされて焦るアニメのキャラクターのようだ。

「柊さん――？」

彼女は電信柱の前で葉っぱを捕まえた。拾い上げて凝視する。

僕と岩浪先輩は彼女のもとに駆け寄った。

「どうかしたんですか」

柊さんは僕の質問に答えず、住宅街を見回した。建ち並ぶ邸宅の庭をブロック塀が遮っており、その向こう側に電信柱にも負けじと伸び上がる常緑樹がある。

彼女は樹木を見ながら歩きはじめた。各家の樹種を確認しているようだ。角を曲がったとき、彼女が立ち止まった。十メートル級の樹木をじっと見上げている。

「何だ何だ」岩浪先輩が訊いた。彼女から怒りが消えているのを感じ取ったらしく、いつもの口調に戻っている。「珍しい木なのか?」

「いいえ。これはモッコクです。ツバキ科モッコク属の常緑広葉樹です。『庭木の王』って呼ばれていて、東京では人気がある木です」

「ありふれた木か」

柊さんは「はい」とうなずいた後、突然ブロック塀に飛びついた。懸垂の要領で身を持ち上げ、そのままジーンズに包まれた伸びやかな脚を塀に掛けようとする。

「ちょ、ちょっと柊さん!」

「よせ」岩浪先輩も声を上げた。「住居侵入だぞ」

聞く耳を持たない彼女がブロック塀によじ登ろうとしたとき、塀の向こう側から野太い怒声が炸裂した。

「──おい、何してる!」

彼女の顔面に液体が弾けた。片脚を塀に引っ掛けたまま硬直する。家の主に水を掛けられたようだ。

「だ、大丈夫ですか!」

柊さんは無言でブロック塀から下りた。額と頬から濡れ髪を引き剝がし、ハンカチで顔を拭う。ボタンを留めていない薄手のジャケットのあいだから覗くピンクのブラウスが濡れて、体に張りついている。僕は目のやり場に困った。

「ほら見ろ」岩浪先輩は呆れ顔で言った。「空き巣の真似事なんかするから――」

柊さんは黙ったまま塀を回っていく。僕と岩浪先輩は顔を見合わせた後、彼女を追った。

彼女は門の前に立っていた。

「すみません！」

謝っているトーンではなかった。彼女は裏庭のほうに声をかけながら門を押し開けた。少し間があり、バケツと柄杓(ひしゃく)を持った中年男性が歩いてきた。駿馬(しゅんめ)のような顔立ちで日焼けしている。

「何だ、あんた。泥棒――には見えないな」

「はい。落とし物を発見しました」

「へ？　洗濯物でも飛ばされたかな。いやいや、今日は干してないしな……」

「これです」

柊さんは先ほど拾った葉っぱを差し出した。

彼女以外の全員が同時に「え？」と声を発し、目を真ん丸にして葉っぱを見つめた。

「何これ？」中年男性の顔はあからさまに困惑していた。「どう見ても葉っぱなんだけど……」

「はい」柊さんは至って大真面目な顔で答えた。「お宅の庭木から落ちたんだと思います」

「……ま、まあ、そりゃ、葉っぱは落ちるだろうな」

「そこで、モッコクを診せてくれませんか」

柊さんの中では筋道が通っているのかもしれないが、僕らには何が何だか分からない。中年男性も混乱しきっている。

「……他人ん家の庭木を見て何すんだ。あんた、誰だ」

「私は柊紅葉です。樹木医です」

「樹木医？」

柊さんは相変わらず淡々と樹木医について説明した。中年男性の警戒心は全く薄れていない。胡散臭そうに僕らを睨みつける。

「あんたらもお仲間か？」

「え、ぼ、僕らは――」

「仲間じゃないですよ」岩浪先輩がきっぱり否定した。「俺たちは区役所の職員で、彼女のお目付け役です」

柊さんは「え？」と振り返り、かなり不満げに先輩を見返した。彼女にすれば、区役所の仕事を助けている自負があるのだろう。

「僕らは天野と岩浪と言います。区役所に新設された『緑の窓口』の職員なんです」僕はフォローの必要性を感じ、名刺を手渡しながら説明した。「樹木に関するご相談を受けつけている窓口で、柊さんは専門家として僕らを助けてくれています」

彼女は満足げにうなずき、再び中年男性に向き直った。

「――というわけで、モッコクを診せてください」

「すみません」岩浪先輩は中年男性に苦笑いを向けた。「彼女の奇行には戸惑わされます。すぐ連れて帰りますんで。ほら、行くぞ」と柊さんの袖を引っ張る。「迷惑かけるな」

彼女が微動だにしなかったので、ブラウスの袖が三角状に伸びた。両足は地面に根付いていて、テコでも動かなそうだ。根の張り方は先ほどのカヤにも負けない。

中年男性は不審そうに訊いた。

「……何でうちの庭木をそんなに見たいんだ？」

「これを見てください」柊さんは改めて葉っぱを見せた。「端っこです」造花のようにつるつるした楕円形の葉の両側は、赤錆色になっている。「変色しています。ハダニの被害に遭っている証拠です。ツバキ科独特の艶(つや)やかな葉の表面がこんな哀れに

「……」

「だから何だ」

「近所でモッコクは一本だけでした。お宅の庭木です。もしかしたら木が傷んでいるかも、と思い――」

「ああ、そういうことか！」中年男性は合点がいったようにうなずいた。「治療の押し売り商法だな！　結構だ。帰ってくれ。こちとら親父の介護でヒイヒイ言ってんだ」

「依頼ではありませんから、お代はいただきません」柊さんは体が接触しそうなほど距離を詰めた。「どうか確認だけでも！」

柊さんは樹木のことになると周りが全く見えなくなる。中年男性は「お、おう……」と上半身を反らした。もちろんそれは了承の返事ではなく、戸惑いの声だった。

「お願いします！」

「……えらい剣幕だな、こりゃ」中年男性は柄杓をバケツに突っ込むと、ため息をつきながら短髪の頭をがりがり掻き毟った。「分かった、分かった。タダなんだったら、ま、まあ……いいか」

「ありがとうございます！」

柊さんはお礼と同時に迷わず門を抜け、裏庭に駆けていった。

2

「はあ。まったく……」

呆れ顔でつぶやく岩浪先輩。僕は中年男性に頭を下げた。

「すみません。突然押しかけたうえ、こんなお願いを……」

「いや、まあ、いいよ。あのモッコクにはちょっと俺も思うところがあってな。あっ、自己紹介がまだだったな。俺は高部喜和ってんだ」

喜和さんが裏庭へ歩いていく。僕らは「失礼します」と声をかけ、後を追った。

柊さんはモッコクの前で枝葉を仰ぎ見ていた。樹高は七メートル前後だろうか。ずいぶん立派だ。

彼女は振り返った。目がきらきらと輝いている。

「外からも見えていましたけど、改めて間近で見ると……本当に立派な樹形ですね。綺麗な二等辺三角形で……」

「そんなもんか？」

「はい！　見事です！　モッコクは成長が遅く、丈夫なので、ある程度放任しても乱れにくく、育ってくれます。ですが、これは放任してありません。かなり丁寧に剪定してあります。難しいことです。あなたが？」

「いや、前に親父が……」

「素敵です！　モッコクは枝の先にしか葉がつかないので、美しく整えるには『枝透かし剪定』でなくてはいけません」

岩浪先輩が「肩透かし？」と聞き返す。

「枝透かしです。肩透かしはあなたの反応です」

「お、おい、失礼だな！」

「枝透かしは、枝を付け根から間引く剪定方法です。安易に枝の先端を剪定すると、樹形が崩れてしまいます。誤魔化しが難しいので、植木屋さんでも初心者には扱わせません」

「でも――」喜和さんが言った。「親父が手入れしていたの、一年以上前だぞ」

「先ほども言いましたが、モッコクの成長は遅いんです。一度の剪定で長く持ってくれます。逆に言えば、手入れを誤ったら元に戻るまで歳月がかかるということです。ですから繊細な技術が必要になります」

「へえ。親父も大したもんだったんだな。やっぱ思い入れがあったからかな」喜和さんは感慨深そうに独りごちた後、柊さんを見やり、すぐ視線を逸らした。頰を掻きながら言う。「それ、悪いことしたな。泥棒かと思っちまった」

僕は反射的に柊さんの服を見てしまった。肌に貼りつく濡れたブラウスの生地が胸の丸みを浮き彫りにしている。

「お気になさらず」

彼女はさらっと答え、再びモッコクの枝葉を眺めた。

「いや、気にするのは俺じゃなく——ま、いいや。で、何か分かったのか？」

「うーん……」柊さんは生壁色（なまかべいろ）の滑らかそうな樹皮を撫でた。「もっと近くで診てみたいです。脚立はありますか」

「いや。親父が落ちてから処分した」

「そうですか。困りました」彼女はきょろきょろと周りを見回した。僕に目を留め、『名案が閃いた！』という顔をする。「天野さん、肩車をお願いします」

「へ？」

「肩車してください。ほら、早く早く」

柊さんはリュックサックを置き、手招きした。

肩車なんて、父親が小さな我が子にするものじゃ——。

僕は戸惑ったものの、彼女の迷いのない眼差しに断り切れず、「は、はい」と応じながら駆けつけた。

岩浪先輩が「花の茎みたいにポキッと折れんなよ」とからかう。

「天野さん、スギの大木になったつもりでお願いします！」

柊さんが鼓舞すると、重度の花粉症の先輩が「スギなら折れてもいいぞ」と真剣に横槍を入れた。彼女に一睨みされて肩をすくめる。

僕は苦笑いしながらしゃがみ込んだ。中高と美術部だった僕は運動全般が苦手で、体育の授業も実技ではチームメイトに迷惑をかけないよう、片隅で縮こまっていた。サッカー部のレギュラーとして活躍していたスポーツマンの先輩とは違う。

そんなことを考えていると、柊さんの両脚が乗ってきた。僕は心拍数の急上昇を実感した。ジーンズごしとはいえ、頬に触れた柔らかな感触に緊張する。意識しまいと努めるほど、全神経が両頬に集中してしまう。

もっとも、彼女は全く意識していないだろう。どぎまぎしているのが僕だけだと思うと、少し悲しかった。

上に乗っているのは岩浪先輩、岩浪先輩、岩浪先輩――。

自分に暗示をかけると、奮起のパワーが萎えてしまいそうだった。駄目だ。作戦失敗！　慌てて先輩のイメージを追い払う。そして――ふんと気合を入れつつ立ち上がった。

上目遣いで様子を見ると、柊さんは真剣な顔で枝葉を注視していた。よこしまな感情を抱いていた自分に罪悪感を覚える。彼女は樹木のことだけを考えて行動しているのだ。

柊さんが腕を伸ばし、枝葉を引っ張った。顔を寄せ、茂った葉の裏表を確認する。

「天野さん。右に一歩お願いします」

若干ふらつきながら移動すると、彼女が再び枝葉を調べた。そして――「ごめんなさい」と謝りながら葉を一枚千切った。

「オーケーです。下ろしてください」

柊さんは地上に降り立つと、一枚の葉っぱを見せた。緑色の表面に針で刺したような無数の白い斑点がある。

「吸汁被害の痕です。葉緑素が抜けてこうなるんです」彼女はリュックサックから虫眼鏡を取り出した。「見てください」

僕は喜和さんと一緒に分厚いレンズを覗き込んだ。拡大された葉には、〇・五ミリ程度のハダニが数匹蠢いていた。赤茶けた袋状の体に白い八本脚――子グモにそっくりだ。喜和さんは「うげっ」と顔を離した。無理もない。アップで目にしたら誰でも気持ち悪くなる。

ガーデニングが趣味の僕は比較的慣れているけれど……。

喜和さんは柊さんに訊いた。

「放置すっとどうなる？」

「落葉します」彼女は樹皮を撫でた。丸裸になったモッコクを想像したように悲しげな顔をしている。「せっかく丁寧に手入れされている庭木なのに、虫害で駄目になったらもったいないです」

「……まあ、俺もそう思わんでもないけどなあ。正直、家族内でいろいろあって、どうすればいいのか決めかねてんだ」

柊さんは小首を傾げた。

「樹木を元気にするのをためらう理由はないと思いますけど？」

「いや、そりゃ正論だろうけどさ、お袋がちょっとな……」

「お父さんが大切にされているモッコクなんでしょう？」

「大切にしている、ってか、していた——。過去形だよ。認知症でボケちまった今じゃ、進んでこいつを傷めるようなまねするし、俺も困ってんだ」

喜和さんは顰めっ面をしている。僕は話しかけた。

「お父さんの介護をされているんですよね？」

「親父に認知症のケがあるって、お袋から相談されてな。二年前に実家に帰ってきたんだよ。そのころから虫を撒き散らしたり、奇行はあったんだけど、急激に悪化しちまって……」

「同居までして介護なんて、優しいですね」

「よせよ。男に褒められたって嬉しかねえや。褒めてくれるならそっちの樹木医さんがいい」

柊さんは相変わらずの大真面目な顔のまま断言した。

「優しくはないです」

「え！」予想外の台詞に喜和さんは口をあんぐり開けていた。

「優しい人は樹木を大切にします」

「い、いや、だから事情が——」

「モッコクハダニは小さいので水滴で溺れます。葉を洗うように水をかけてやれば、駆除できますよ。最近は雨が降らないから増殖したんだと思います」

一方的にアドバイスし、喜和さんをじっと見つめる。根負けしたのは喜和さんのほうだった。

「分かったよ、分かった」

バケツの水を柄杓で掬（すく）い、上方の枝葉に振りかける。ちょっと投げやりな動作だ。

水をかけていると、遠方から救急車のサイレンが聞こえてきた。ブロック塀の向こう側を音が通りすぎ、遠のいていく。

「まずいな……」

喜和さんがつぶやくと同時だった。

「――空襲だ！」

家の中から怒鳴り声が聞こえた。格子のガラス戸がガラッと勢いよく開け放たれ、禿頭（とくとう）の天辺に玉ねぎのような白髪が残った老人が姿を現した。震える両脚が折れ曲がり、倒れ伏す。

僕は「あっ」と声を上げた。老人がガラス戸にしがみついて立ち上がろうとしたとき、喜和さんが駆けつけ、支えた。

「親父。落ち着け。今は戦時中じゃない」

老人は傷んだ渋柿のような顔をしていた。

「いや、たしかに空襲警報だった。わしは間違えん。早くモッコクの下へ。敵機に見つかるぞ」

「救急車のサイレンだ。ボケてっから――」

「誰がボケだ、馬鹿もん！」

「今が何年かも知らんだろ」

「昭和二十年三月十日だ。間違うものか」

喜和さんは嘆息を漏らすと、老人の後ろから両脇に腕を差し入れた。引きずるように室内へ連れて行く。

しばらくして戻ってきた。顔を歪めている。

「みっともないとこを見せたな」

異動前の生活課で生活保護のケースワーカーだったときは、認知症の親を抱えて苦労する家族からの相談も珍しくなく、世話の大変さは目の当たりにしている。

室内からは「喜和！　喜和！」と呼ぶ大声が聞こえてくる。喜和さんは疲労感たっぷりにかぶりを振った。

「本当、親父には困ったもんだよ。処方された薬は飲ましてっけど、進行を食い止めるどころか、ますます悪くなっちまって」

陰鬱な空気を破ったのは、演歌のメロディだった。喜和さんはズボンのポケットから携帯電話を取り出し、「すまん、電話だ」と言い、喋りはじめた。

「どうしたお袋。え？　金？　いや、今はちょっと……親父がさ、騒いでっから……」

当惑した顔を曇らせていく喜和さんは、何かを思いついたように僕らを見た。

「あ、待ってくれ。何とかする」

彼は電話を切るなり、僕に向き直った。

「実は、厚かましい相談なんだが……」

「何でしょう？」

「お袋がスーパーで金が足りなくなったみたいでさ。呼ばれてんだけど、親父を放置しておくわけにもいかなくてさ。騒いでるときに俺がいないと、何すっか分かんなくて……」

喜和さんは『ここまで言えば分かるだろ？』と言いたげな顔をしている。たしかに分かる。

「僕らに少しのあいだ留守を預けたいってことですね」

「そう！　そうなんだよ！」喜和さんは手を合わせた。「頼むよ。区役所の人間なら信用できるしさ、引き受けてくんないか？」

僕は岩浪先輩を見た。先輩が小さくうなずいた。

「分かりました」僕は胸を叩いた。「お任せください！　元々、僕らは一方的に押しかけてしまった身ですから、お手伝いします」

「助かったよ！　ありがとな！」

喜和さんは『親父の名前は一之助だ』『食事はあるから』『食後の薬はテレビの横だ』と色々指示してから家を駆け出て行った。

3

柊さんがマイペースに庭木を観察する中、僕は和室で一之助さんの世話をしていた。急須のお茶を淹れ、用意されていたサンマの身を切り分けて皿を差し出す。

「どうぞ。ご飯ですよ」

一之助さんが腕を横ざまに振り払った。箸が弾け飛んだ。

「飯など食っとる場合か、喜和！　防空壕へ――防空壕へ！」

僕は箸を拾ってハンカチで拭き、座卓に置いた。手のひらを耳たぶに添え、耳を澄ませるポーズをとる。

「空襲警報なんて聞こえませんよ？　大丈夫です。安全ですから食事をしましょう」

認知症患者と接する場合、妄想に付き合うと、悪化させかねない。かといって全否定してしまうと、怒らせてしまう。そのあたりのバランスは極めて難しかった。僕の受け答えも最善とはかぎらない。ケースワーカーとしての経験もあまり役立たない。

一之助さんは疑念の顔つきで僕を睨んでいる。十秒、二十秒――。僕は忍耐の二文字で待った。やがて、彼は箸を取り上げ、サンマの身を口に運んだ。

ふうと安堵の息が漏れる。

和室の入り口では岩浪先輩が音を立てずに拍手していた。

「喜和も大きくなったなあ……」

一之助さんは食事しながら嬉しそうな笑顔を見せた。顔がくしゃっとなっている。

喜和さんに成りすましたら後々面倒になる気がして、僕は「いえ、区役所の職員の天野です」と正直に告白した。

「区役所？　また喜和が呼びおったんだな」

一之助さんの顔に若干の警戒が走る。

「だい、サービスとかそんな話だろう？」

「ええと……デイサービスですね。そんなお話が？」

「施設の人間がしばしば訪ねてきよる。そのたび追い返してやるが。わしを病人扱いしおって」

一之助さんは苛立たしげに食事を進めると、茶を飲み干し、「もう寝る！」と言い放った。立ち上がろうとしてよろめく。僕は慌てて手助けした。だが、痩せ衰えているとはいえ、全体重を預けられると予想以上に重く、僕もふらついた。

「うわっとっと……」

真横に踏み出した足で辛うじてバランスを取る。次の瞬間、勝手に歩き出そうとした一之助さんが前のめりになった。体重の移動が間に合わず、一緒につんのめる。

あっ、こける——！

畳が迫ったとき、反対側から支える手があった。驚いて顔を向けると、岩浪先輩の姿があった。

「まったく非力だなあ」

先輩は力強く、僕ら二人分を平然と受け止めている。先輩こそスギの大木のようだった。

岩浪先輩は反対側から一之助さんを支え、隣室へ連れて行った。畳敷きの和室に不釣り合いな簡易ベッドが置かれていた。

「あっ、ベッドなんですね」

僕が思わずつぶやくと、岩浪先輩が小声で答えた。

「足腰の問題だろ。布団の上じゃ、立ち上がるのに苦労するからな」

先輩は一之助さんを正面からハグする形で抱きかかえ、ベッドの縁に優しく座らせた。そのままそっと横たえていく。ベッドの周囲には新聞紙、アルバム、ラジオ、筆記用具が適当に散らばっている。

僕ははたから見ているだけだった。

「先輩、手慣れてますね」

「ん？」岩浪先輩は「ああ……」と頬を掻きながら言った。「まあ、長いこと祖父ちゃんの介護をしてたから多少は、な」

「そうだったんですか。全然知りませんでした」

「馬鹿。そんな話、わざわざ自分からしないだろ」

岩浪先輩は照れくさそうに視線を逸らした。

おちゃらけてばかりの先輩の意外な一面を知った。思い返してみれば、ケースワーカーをしていたとき、先輩が苦情を受けたり怒鳴り込まれたりしているところを見たことがない。実はかなり優秀だったのではないか。僕など、人一倍気を遣っているのに怒られてばかりだった。

結局、一之助さんをなだめたのは岩浪先輩だ。新聞や拡大鏡を要求する声にも笑顔で応え、時には世間話すら交えている。一度など、先輩のジョークに一之助さんが大笑いした。

興味を引かれたのか、柊さんが和室に入ってきた。岩浪先輩が世話している姿を見るや、目を瞠った。

「先輩がまるでベテランの介護士みたいで、僕の出る幕はなしです」

僕が「あはは」と笑うと、柊さんは真顔でつぶやいた。

「へえ。誰にでも取り柄があるものなんですね」

「おい！」岩浪先輩が反発した。「聞き捨てならないな。俺なんて取り柄だらけだろ。容姿とか、スタイルとか、見た目とか、顔とか顔とか顔とか」

柊さんは疑り深そうな流し目を向けている。仕方なく、僕が「全部同じじゃないですか！」とツッコんでおいた。

「あっ！」柊さんがはっとした顔で大きくうなずいた。「本当ですね。全部同じですね」

「今さらかよ！」

「私にとって重要なのは、樹木を大切にしてくれるかどうかです」

「……本当に樹木一筋なんだな」

「当然です！」

僕は二人に割って入った。前から興味があったことを質問できる流れだと思った。

「そういえば、柊さんはどうして樹木医になったんですか。やっぱり子供のころから樹木が好きで？」

柊さんは裏庭のモッコクを見やり、目を閉じた。少し間を置いてから目を開ける。

「……私の子供のころの遊び道具は、植物の観察キットでした。母もよく植物の話をしました。そういう意味では植物が好きでした。でも、樹木に本格的に興味を持ったのは小学生のころです」

「何かきっかけがあったんですか」

「はい。一人っ子の私は、母に妹が欲しいとねだったんです。父と離婚していて困った母は、ユリノキをプレゼントしてくれました。ワイセイ品種です」

岩浪先輩が「ワイセイ？」と首を捻る。

「矮小（わいしょう）の『矮』に性質の『性』で矮性です。標準より小さい品種のことです。ユリノキは私より少し低い身長だったので、妹みたいに思って世話しました。でも、成長が早いからあっという間に追い越されて、五メートルになりました。そのときに樹木の生命力に圧倒されたんです」

「妹がそんなに大きくなったらびっくりですね」

「はい。樹木の世界は合理的であり、神秘的でもあります」

岩浪先輩は「なるほどねえ」とうなずいている。「それにしても、人形とか絵本じゃなく、植物の観察キットってのも独特のプレゼントだな、お母さん」

母親の話に触れられると、柊さんの眼差しにわずかな険しさが忍び込んだ。

『それでも、伐り倒されなければ生きるチャンスがあります。私の母なんて――』

先日、怒りを噛み殺していた柊さんの顔と台詞が蘇る。親子間で何か確執があるのだろうか。

地雷に触れそうで訊くに訊けない。

「どんなお母さんなんだ？」

岩浪先輩は柊さんの表情の微妙な変化にも気づかず、躊躇なく訊いた。わっ、と思った。だが、考えてみれば、先日の彼女の顔と台詞がなかったら、僕も普通に訊いていたかもしれない。

柊さんは唇から静かに息を吐き――そして答えた。

「植物学者です」

「学者！　だから観察キットか！」岩浪先輩は勝手に納得している。「なるほど、サラブレッドだったってわけか」

「……いいえ。樹木の知識に関しては、母の相棒の樹木医の先生から教わりました。母ではありません。母とは誕生日が近い以外に接点はありません。同じ三月下旬です。母は昔っから家を空けて、研究や論文のために全国——時には海外を飛び回っていました。中学や高校のころの私はその先生のお宅でお世話になっていたほどです」

「お母さんは今も？」

「……はい。何ヵ月に一度か、絵葉書が届きます」

柊さんの先日の台詞を思い返せば、放任されていた寂しさが確執の原因とは思えない。一体何があったのか。気にはなったものの、プライベートにそこまで不躾に踏み込む勇気はなかった。

岩浪先輩がさらに言葉を発しようとしたとき、またもや救急車のサイレンが聞こえた。甲高い悲鳴は次第に大きくなり、近所を走り抜けていく。

うわあ、ヤバイ——。

僕は恐る恐る隣の部屋に顔を向けた。

案の定、ベッドの一之助さんは目を見開き、上半身を起こしていた。布団を剝ぎ取り、畳に降りようとする。

「お前ら！　空襲だぞ！」

「お、お、落ち着いてください」僕は隣の部屋に駆けつけ、一之助さんをなだめようと試みた。「今のは空襲じゃありません！　ほ、ほら、もうサイレンは聞こえないでしょう？」

「爆撃で破壊されたんだ。早う避難せんか！」

一之助さんは歩きはじめた。戦時中まで若返ったように足取りもしっかりしている。岩浪先輩の制止も通じず、草履を突っかけ、裏庭に降り立った。僕は革靴の踵を踏んだまま、先輩と共に追いかけた。

「戻りましょう。空襲はありませんから」

「B29だ！　敵機だ！」一之助さんが見上げた青空には、タイミング悪く、白い航跡を残すジェット機の姿——。「さっさと隠れんか！」

一之助さんは僕の手首を握り締め、モッコクの樹冠の真下へ引っ張っていく。僕はけんけんをするような滑稽な動きになった。

一之助さんは、縁側から様子を窺っている柊さんを見やり、大声を張り上げた。

「おーい、こっちだ、こっち！　何しとる。さっさと来んか！」

彼女はきょとんとしていたが、すぐさま命令に従った。意外と素直だ。彼女はモッコクの下――僕の真横に駆けつけ、服ごしに二の腕同士が触れ合う距離で身を寄せる。綺麗な横顔がそばにあり、僕は胸の高鳴りを覚えた。

二人きりなら相合傘なのに――。

一之助さんは樹木に背を預け、青空を仰ぎ見ている。目尻に寄り集まった小皺が影になっていた。

「敵機は――敵機は行きおったか？」

返事に困っていると、買い物袋を提げた喜和さんが帰ってきた。

「喜和！　お前も早く！」

喜和さんは困り顔で「またか……」とつぶやいた。

「親父よう、いい加減にしろよな。B29も焼夷弾もねえから」

「空襲警報を聞き逃すな」

「今は平成だって。何度言ったら分かるんだよ」

「東京が焼ける……焼け野原になる。町が、人が……」一之助さんはうわ言のように繰り返している。「燃える。全て燃える」

喜和さんは諦めたように肩を落とし、僕らに目を向けた。心底申しわけなさそうな顔だ。

「すまんなあ。面倒かけちまって……」

一之助さんは木陰から顔を突き出し、機影を探索している。警戒心が剝き出しだ。

「サイレンが聞こえると、いつもモッコクの木の下に避難すんだわ。戦時中、お袋と一緒にそれで救われたらしくてさ」

二十四歳の僕にとって、戦争は歴史の教科書で学んだ遠い昔の出来事だ。実感に乏しい。祖父母は戦中世代だが、あまり戦争の体験談を聞いた記憶がない。

喜和さんが語った話によると、東京大空襲の日、小学生だった一之助さんはB29の爆撃で両親や兄弟を失ったという。悪夢の光景の中、辛うじて命拾いすると、隣の家の幼馴染――一歳年下の絹代さんの手を引いて逃げ惑った。

戦火に包まれる東京で敵機の影に怯え、逃げて、逃げて、逃げて……。

だが、B29の速さには到底敵わない。もう駄目だと思ったとき、道端のモッコクが目に入った。一之助さんは一か八かで樹木の下に身を隠した。死の恐怖の中、絹代さんと抱き合っていた。

迫る爆音――。

死も覚悟した。だが、生い茂る枝葉が隠れ蓑の役目を果たしてくれたのだろう、機銃掃射するB29は二人に気づかなかった。路上を逃げ惑う人々を撃ちながら消えていった――。

「――ってわけらしくてな、このモッコクは親父とお袋の命の恩人なんだよ。終戦後も焼け野原にぽつんと残っていたんだけど、親父が大人になってからもまだ元気だと知って、ここの土地を買ってな。今に至るってわけ」

柊さんは「いいお話です！」と少し涙目になっている。「だから、これほど丁寧に手入れされていたんですね」モッコクの樹皮を慈しむように撫でる。「本当に愛情が注がれているのが伝わってきます」

「いや、まあ、な。そうなんだけど、今はそのモッコクが原因で家族間が——」

言い終える直前、玄関側からお婆さんが歩いてきた。彼女は枯れ葉色のワンピースにショールを引っかけている。ウェーブした白髪は頬にかかっていた。噂の絹代さんだろう。

彼女はじろりと僕らを睨み回した。

「あなた方がモッコクの治療に来た区役所の方？」

「は、はい」

僕は自己紹介し、名刺を取り出そうとした。

「結構よ」絹代さんはぴしゃりと言った。「夫の面倒を見ていてくれたのは感謝するけど、お仕事をお願いする気は全くないから。うちの庭木のことは放っておいて」

柊さんが進み出た。

「今は樹勢が弱まっていますが、モッコクハダニを駆除すればまた元気になりますよ」

絹代さんは眉間に縦皺を刻み、憐憫混じりのうんざりした顔で一之助さんを凝視した。

「あたしにはただの邪魔な木なの！」

きっぱりした語調だった。一之助さんの耳にも入ったらしく、振り返った彼の顔は悲しげだ。

僕は何とか取り成そうとした。

「で、でも、思い出のモッコクなんでしょう？　空襲から命を救ってくれたと聞きましたよ」

「……こだわってるのは夫だけよ」

「でも、旦那さんには大事な木なわけですし……」

「そんなの、枯れたら忘れるでしょ。とにかく、あたしは早いところ処分してしまいたいくらいなの。治療なんて結構よ」

一之助さんは、緑の傘になったモッコクの枝葉を見上げていた。どこか懐かしむように目を細めている。重なり合う葉の隙間から過去を透かし見ているかのようだ。

「悪いな」喜和さんが僕に手を合わせた。「そういうわけでさ、俺も板挟みで……」

以前に持ち込まれた樹木トラブルを思い出した。スギを伐採したい女性と、伐採を許さないお姑さんの確執と構図は似ている。

今回は二人にとって思い出の木なのに、一方は大事にし、もう一方は伐採したがっている。何だか悲しい。

喜和さんが一之助さんに歩み寄り、手を取った。

「親父、中に戻ろう」

「わしには仕事がある。邪魔をするな！」

一之助さんは喜和さんを振り払うと、物置小屋へふらふら進み、錆びだらけの戸を滑らせた。中から取り出したのは、五百ミリリットルほどのポリエチレン瓶だった。

何だろう、あれ。

「またか……」喜和さんの口調には絶望が絡みついていた。「一体どこからいつ入手してんだか」

喜和さんが一之助さんに近づこうとしたとき、絹代さんが「好きにさせなさい！」と制した。

「いや、でもよ、あんなもん撒かれたら色々厄介だろ」

「もういいのよ。自分で枯らせたら諦めもつくでしょ」

一之助さんは「脚立はどこだ！」と叫んでいる。

「脚立はないよ、親父」喜和さんは一之助さんに歩み寄った。「危ないから処分した。また落ちたら困る」

「何だと！　それじゃ撒けん」

一之助さんの剣幕に近寄りがたさを感じた。だが――そんな緊迫した空気をものともしないのが柊さんだった。いつの間にか平然と二人に近づいていた。ポリエチレン瓶に顔を寄せ、眺める。

「それ――チリカブリダニですね」

一之助さんは彼女を見やり、力強くうなずいた。

「そうだ」

「ダニ！」岩浪先輩が素っ頓狂な声を上げ、痒そうに自分の体を掻き毟る仕草をした。「そんなもんぶちまけられたらたまらんな」

「あっ、いや、先輩、あれはたぶん――」

「生物農薬です」

先に柊さんが答えた。ガーデニングが趣味の僕も知っている。

岩浪先輩が「うへえ」と顔を顰めた。「生物農薬？　何だか毒々しい響きだな。国際法で禁じられてそうだ」

「いいえ」柊さんは先輩のジョークに真面目に答えた。「違法な薬品ではありません。チリカブリダニはハダニの天敵で、ハダニだけを捕食するんです。イチゴの栽培などでも利用されています」

「ダニでダニを駆除――。恐ろしい。害はないのか」

「ハダニを食べ尽くすと、餌がなくなるので自然に餓死します。活動範囲も狭いので、周辺に広がる心配もありません。殺ダニ剤だと、散布回数が多くなってダニに薬剤抵抗性がついてしまうんです。ダニは世代交代が早いですから。殺ダニ剤は持続期間も短いので、必ずしも効果的ではないんです」

柊さんの説明に対し、喜和さんも絹代さんも絶句していた。大袈裟なほど動揺が顔に表れている。

「どうしたんですか？」

僕が尋ねると、喜和さんは愕然とした顔のまま答えた。

「てっきり害虫を撒いているとばかり……」

僕ははっと思い出した。

――そのころから虫を撒き散らしたり、奇行はあったんだけど、急激に悪化しちまって……。

喜和さんはチリカブリダニの散布を認知症ゆえの奇行だと勘違いしていたのか。だからといって現状が好転するわけではないけれど。今の一之助さんは明らかにその症状を発症しているのだから。

「何を撒いているのか、尋ねなかったんですか」

喜和さんは首を横に振った。

「ある日、お袋からいきなり電話があってさ。親父が認知症かもしれない、って。深刻な声で。モッコクに虫を撒いてた、って言うんだ。俺もびっくりして。でも、親父はプライドが高いから、病気だって指摘したら、激怒して余計に頑なになっちまう」

――施設の人間がしばしば訪ねてきよる。そのたび追い返してやるが。わしを病人扱いしおって。

一之助さんの苛立たしげな声が耳に残っている。たしかに病人扱いされたら相当怒るだろう。

「結局、咎めたりせず、様子を見ることにしたんだ。でも、お袋からの電話で、また虫を撒いてる、って何度も言われて。後は坂道を転げ落ちるようにあっという間。兆候があったら悪化するまでは早いもんだよな。いよいよ、ヤバイな、と思って、同居を決めたんだ。まさか虫の散布が異常なことじゃないなんて、考えもしなかった」

植物を育てていない人ならぎょっとするかもしれない。勘違いは仕方がない。

「もしかして――」柊さんは咎める眼差しを喜和さんに向けた。「チリカブリダニが撒かれるたび、駆除しませんでしたか」

一之助さんが「何だと！」と睨みつけた。

「ま、まさか！」喜和さんは慌てたように頭を横に振り立てた。「俺は知らんぞ」

「本当ですか？」

「本当だ」

「本当に本当ですか？」

「ほ、本当だって」

　全く信じていない様子の柊さんは、一之助さんに訊いた。

「前にもチリカブリダニを使ったことがあるんですか」

「何度も使っとる」

「最後に使用したのは？」

「前だ。前」

　一之助さんの記憶は曖昧だから、正確な時期は分からないだろう。柊さんは喜和さんを見た。

「チリカブリダニはご本人が購入しているんですか」

「いや、親父はずいぶん一人で外出させていない。だから、俺もどうやって虫を手に入れたんだろうって、疑問で……」

「あの……」僕は柊さんに尋ねた。「何か気になるんですか」

「チリカブリダニは生存期間が短いので、購入後はすぐに使う必要があります。長期保存はできません。使用前に毎回買う必要があるんです。誰が仕入れていたんでしょう?」

喜和さんが「あっ」と声を上げた。「近所の秀正おじさんがよく親父を訪ねてきていたな。何か手渡しているのを見たことがある」

「その人に話を聞けませんか?」

喜和さんに連れられてきた秀正おじさんは、白髪頭で唇が分厚く、頬が垂れていた。気弱な犬のような印象だった。

「――ああ、チリカブリダニか。私が購入して届けていたよ。専門店と顔見知りなもんでね」

「前回届けたのはいつですか?」柊さんが訊く。

「三週間ほど前かな」

「三週間前……」

柊さんはモッコクの前に立ち、枝葉を眺めた。怪訝そうに眉が寄っている。

僕は「どうしたんですか」と訊いた。

「変なんです。三週間――というのは、チリカブリダニの効果が最も表れる時期なんです。渡されてから一両日中に使用したなら、ハダニはほとんど捕食されているはず。でも、実際は減るどころか、ずいぶん増殖しています」

「チリカブリダニの効果がなかったってことですか」

「そんなはずはありません。撒いたなら効果はあったはずです。チリカブリダニを撒いたのにハダニが減っていないとしたら――」

彼女は黙ったまま、モッコクの枝葉を仰ぎながら衛星よろしくその幹の周囲を公転しはじめた。樹木を診ているというより、結論を導き出すために足を動かしている感じだ。

やがて柊さんは立ち止まり、くるっと振り返った。

「樹木が――全てを語ってくれました」

4

岩浪先輩が大真面目な顔で言った。

「ハダニにまつわる大事件、解決か！　よし、容疑者を一堂に集めて一大推理劇開始だな！」

「先輩、先輩」僕は岩浪先輩を肘で小突いた。「茶化すのはよくないですよ」

僕も正直、何が何やら分からない。チリカブリダニを撒いたのにハダニが増殖していたから何だというのだろう。

柊さんは喜和さんを見つめた。

「やはり、チリカブリダニを駆除していますね」

「な、何を根拠に――」

「本当にチリカブリダニを撒いていたら、ハダニは激減しているはずです。それなのにハダニは増殖しています。なぜか。チリカブリダニが活動する前にチリカブリダニが全滅したからです」

僕は「何が原因なんですか」と尋ねた。

「チリカブリダニと併用が禁じられているものがあります。殺ダニ剤です」

「それは――そうですよね。ハダニと一緒にチリカブリダニも死んでしまいますから」

「殺ダニ剤でチリカブリダニが全滅しました。薬剤の効果でハダニも一時的には減少しましたが、また増殖しました。殺ダニ剤は持続期間が短いですから。つまり、散布されているはずのチリカブリダニが効果を発揮せず、ハダニが増殖しているのが、殺ダニ剤使用の根拠です」柊さんは喜和さんにびしっと人差し指を突きつけた。「殺ダニ剤を使いましたね？」

論理的な追及だった。喜和さんは諦めたようにうなだれ、「あ、ああ……」と力なしたのか。

彼はチリカブリダニの散布を一之助さんの異常行動だと誤解し、撒かれるたび駆除く認めた。

一之助さんが「喜和！」と声を張り上げた。「愚かなことを！　だからモッコクが弱っとんだな！　どうりで虫害が続くと思うとった！」

「よ、良かれと思って……」

「馬鹿もんが。理由を聞けばよかろう！」

「それは――」

喜和さんは答えられなかった。その苦しげな顔を目の当たりにし、柊さんの詰問にも殺ダニ剤の使用を隠していた理由に気づいた。こういう流れになれば、認知症を疑っていたと告白せねばならなくなる。ぎくしゃくしている家族の関係がより悪くなってしまう。喜和さんはそれを恐れていたのだろう。

結果論ではあるものの、柊さんが突き止めた真相は喜和さんの家族関係にますます大きなひびを入れてしまった。たぶん、彼女としては、喜和さんが駆除の事実を隠すから不審に思ったのだと思う。認めさせなければ、一之助さんがチリカブリダニを散布するたび、喜和さんが絹代さんに味方して――モッコクを枯らせるために――殺ダニ剤を使うのではないか、と疑ったのだ。

両親のあいだで板挟みの喜和さんには元よりそんなつもりはなく、ただ一之助さんを傷つけまい、と思いやっていたのに――。

今回ばかりは真相解明が裏目に出てしまった。

柊さんは気にせず、アドバイスを続けている。

「――ハダニを水で溺れさせるのは応急処置ですし、全ての葉に万遍なく水をかけるのは不可能ですから、チリカブリダニがあるのならそれを使用してください。殺ダニ剤はお勧めしません。先ほども説明したように、ダニにはすぐ薬剤抵抗性が生まれますし、使う種類によっては人間にも害がありますから」

喜和さんは半ばうわの空で「ああ」と返事していた。今後の家族関係を思えば気の毒だった。

一之助さんが認知症にならなければ、夫婦間でモッコクに対する考え方が対立していること以外、それなりに良好な家族関係だったのではないか。

僕はそう考えたとき、頭の中に電流が走った気がした。

認知症が悪化したのはいつだった？　話によると、一之助さんが虫――チリカブリダニ――を撒いていることに絹代さんが気づき、喜和さんに相談した後からだ。

まさか――。

「あの！」僕は思わず大声を上げた。「使用した殺ダニ剤って、種類は分かりますか」

喜和さんは困惑顔で首を捻った。

「いや、適当に良さそうなのをホームセンターで買ってきたから、種類まではちょっと……」

「じゃあ、まだありますか？」

「あ、ああ。部屋に置いてある」

「見せてください！」

僕の勢いに負けたのか、喜和さんは理由を問うこともなく、室内に姿を消した。
二、三分してから戻ってくると、スプレー缶を差し出した。
「これだけど……」

僕はスプレー缶の表示を確認した。

「やっぱり」僕は柊さんにスプレー缶を見せた。「これって――」

「ネオニコチノイド系の殺ダニ剤ですね」

岩浪先輩が恐る恐る「なんかヤバイのか？」と訊く。

柊さんが説明する。「極めて殺虫効果が高い神経毒です」

「ネオニコチノイドは文字どおり猛毒のニコチンに化学構造が似ている殺虫剤です」

「おいおい、マジで国際法で禁じられていそうだな」

「メーカーは人畜無害だと宣伝していますす。全てがそうとは言いませんが、中には危険度が高い製品もあるのは事実です。種類や使用量、接する期間など、様々な要因で害の度合いは変わってきますが、人が過剰に摂取すると、中枢神経系や自律神経系に悪影響を及ぼします。他の症状では不整脈や手足の震え、発熱、腹痛、頭痛、記憶障害——」

「そうなんです」僕は恐るべき仮説に思い至っていた。可能性にすぎない以上、口にするには勇気が必要だった。「ネオニコチノイドを摂取し続けたら神経に作用して記憶障害が起こる可能性があります」

喜和さんも絹代さんも目を剝いた。

「え、ちょっと待て」岩浪先輩は啞然としている。「天野、お前、まさか——」

「チリカブリダニを散布した矢先に駆除されるからハダニが減らず、一之助さんは短期間で何度もチリカブリダニを撒きました。そして喜和さんはそのたびに大量の殺ダニ剤を使いました。相当な頻度です。ネオニコチノイド系の殺ダニ剤だらけのそんなモッコクに毎日接していたら、知らず知らず体にどんどん取り込まれ、そして……」

一之助さんの手前、言葉を濁した。しかし、喜和さんと絹代さんにはそれで充分伝わった。二人は愕然とした顔を見合わせている。

「嘘だろ……」喜和さんは今にも倒れそうだった。聞き取るのも困難な声でぶつぶつと漏らしている。「俺のせいで親父が？　そういや、俺が駆除しはじめたころから悪化して――いや、虫を撒いてんのが異常じゃなかったんなら、健康だったのに急に記憶障害が出たことに……俺か。俺が原因なのか」

　ハダニ被害に遭っているモッコクの葉っぱ一枚からこんな真相に繋がるとは思わなかった。

「治療しましょう！」岩浪先輩が喜和さんの肩をがっと摑んだ。「病院なら紹介できます。ポジティブに考えましょう！　原因がもし薬剤だったなら治療できる可能性があるじゃないですか！」

　力強く、説得力もある言葉だった。喜和さんは岩浪先輩の目をしばらく見つめ、無言でうなずいた。

　僕は絹代さんに向き直った。

「どうかモッコクを駄目にしないでください。一之助さんが回復したとき、思い出の木がなかったら悲しまれると思います。記憶障害があっても、それでも忘れず、気を配って、守ろうとされていたモッコクなんです。お願いします！」

　僕は深々と頭を下げた。沈黙が降りてくる。絹代さんから肯定の返事を貰うまで頭を上げないつもりだった。

　十秒ほど経ったとき、絹代さんのか細い声が耳に入った。

「――がうの」

僕は上半身を折り曲げたまま、顔を上げ、上目遣いに絹代さんを見上げた。

「え？」

「違うの」

絹代さんは脇に落とした拳を固く握り締めていた。小刻みに打ち震えている。

「モッコクが枯れてもいいと思ったのは、そうしたほうがこの人のためになると思って……」

「いや、だって、一之助さんはモッコクをとても大事にされていて……」

「もちろん、重々分かっているわ」絹代さんはぽつぽつと思いの丈を吐き出した。

「この人が認知症になったときは絶望的な気持ちになったものだけど、でも、記憶からは、大空襲で家族を全員失った悲惨な過去もすっかり抜け落ちていたの。それは不幸？」

「……いいえ。つらい体験は忘れたほうが幸せなこともあると思います」

「でしょう。戦時中の記憶がなくても、サイレンとこのモッコクが大空襲の記憶の引き金になってしまう。自宅じゃなければ、サイレンが聞こえてもあんなふうにはならなかったものだから」

「あっ、だから、モッコクが邪魔だと――」

「ええ。悲惨な体験を呼び起こしてしまうなら、いっそのこと枯れてしまっても、って思っていたの。自分で害虫を撒くくらいだから、もうモッコクへの愛情も薄れていると思って……でも、違ったのね。この人はモッコクを愛していた」

僕は黙ってうなずいた。

「結局、あたしの独りよがりだったのね。全てすれ違いだった。喜和だって、悪意があって薬剤を撒いたわけじゃなく、ただ、害虫を駆除しようと……モッコクを護ろうと……」

絹代さんは濡れた瞳で下唇を噛んでいた。

彼女の言うとおり、すれ違いだった。誰にも悪意はなかった。一之助さんはただ思い出のモッコクを護ろうとしていた。絹代さんはそれを認知症ゆえの奇行と誤解し、どうせ記憶を失ったなら戦争の悪夢の引き金になる唯一のモッコクをなくそうと考えた。それは思いやりだった。喜和さんも父親のために実家に戻った。両親のあいだで板挟みになりつつ、モッコクを護ろうとし、結果的に薬剤で記憶障害の原因を作ってしまったのかもしれない。

「あ、あたしたち、取り返しがつかないことを……」

絹代さんの瞳から涙がぽろぽろとこぼれ落ちる。彼女は口を押さえたまましばらく嗚咽(おえつ)を漏らしていた。

「……まるでモッコクと同じですね」柊さんがぽつりと言った。「モッコクは丈夫で、放任しても育ってくれる、育てやすい樹種ですが、気の遣い方を間違えたら大変なことになります」

柊さんの台詞を受け、僕は必死で言葉を探した。彼女の話だけでは救いにならない。

「僕は未熟な人間ですし、経験も浅いですから、何て言えばいいのか……うまくは言えないんですけど、人間関係も、ほんの少しのボタンのかけ違いですれ違ったり、想像もしなかったほうへ転がったりしてしまうんだと思います。彼女の言うとおり、成長が遅いモッコクでは失敗を挽回するまでに歳月がかかりますが、人間は違います。過ち(あやま)が分かったら正せばいいんです」

喜和さんは僕の言葉を嚙み締めるように地面を見据えていた。やがて顔を上げると、絹代さんに話しかけた。

「親父が回復する可能性があんならさ、願ってもない話だよな。回復したらさ、俺の馬鹿さ加減を謝るよ」

「……あたしもこの人には謝らなきゃ」

絹代さんは一之助さんの腕にそっと触れた。その眼差しには、一之助さんがモッコクに注いでいるのと同じ、深い深い愛情があった。

5

それからしばらく経ったある日、僕ら三人は住宅街を歩いていた。モッコクの様子を見たいという柊さんに付き添ったのだ。

角を曲がった先にはブロック塀が続き、例のモッコクが緑色の頭を突き出していた。

バサッと音がして短い枝が落ちる。

「おお、すまんね、あんたら！」

枝葉の隙間からひょこっと顔を見せたのは、一之助さんだった。脚立に乗っているらしく、ブロック塀の上から僕らを見下ろしている。片手には枝切りバサミ――。

枝透かし剪定の最中だったのか。

「立派なモッコクですね！」

僕は下から声をかけた。

一之助さんは孫を褒められたような笑顔を見せた。年齢は彼よりモッコクのほうが上だけれど。

「分かるかい、あんたも。手塩にかけとるからな」

一之助さんは薬剤で神経が冒(おか)されていた時期の記憶を失っている。しかし、代わりに元気を取り戻したのだから何よりだ。その笑顔を見れば、家族関係が良好だと分かる。やはり、過ちを正して修復するまでに時間はかからなかったのだ。

彼とモッコクを見上げる柊さんの眼差しは優しい。

僕は小声で彼女に言った。

「一之助さんを助けられて万々歳でしたね」

「……私はモッコクを助けようとしただけです。彼のことはその結果の幸運です」

当然のように答えた柊さんだったが、表情も声も柔らかく、ほっとしたような微笑を浮かべている。

岩浪先輩が肘で彼女の二の腕を軽く小突いた。

「照れ隠しだろ。お爺さんの回復が嬉しいくせに!」

茶化したつもりの先輩に対し、柊さんはほほ笑んだまま「もちろんです」とうなずいた。

「およ。素直だな」

「愛情を注いでくれる人間がいなければ、街の中の樹木は元気に育ちませんから。樹木を愛する人がいてこそです」

やはり彼女も、長年一本の樹木を愛してきた一之助さんの元気な姿が嬉しいのだ。

再び何かからかうかと思いきや、岩浪先輩は共感の笑みを彼女に返している。

いい雰囲気になりかけた二人に慌てた僕は、あいだに割って入り、あえて威勢よく声を上げた。

「この調子で樹木トラブルを解決していきましょう！」

症例4

ソメイヨシノは実は、

1

「え？」

僕と岩浪先輩は依頼者の少女の顔を見返した。高校生だという。栗色の巻き髪、ミニスカートのワンピース、厚底のブーツ――。ギャル風の格好をしている。

「ええと……」応対している事務の〝おはぎちゃん〟こと荻村さんは、困惑顔を見せていた。最近はずっと完璧なメイクの〝美人〟で勤務している。「『緑の窓口』はその名のとおり、緑――つまり、街の樹木に関するご相談を受け付けている窓口なんですけど……」

華月桜（かづきさくら）と名乗った少女は迷いなくうなずいた。

「うん、知ってる。区報を見たから」

「ですが、ご依頼の内容は……タイムカプセル探しですよね？」

「そう。タイムカプセル」

岩浪先輩が「樹木とは無関係な気が……」とつぶやく。

うん、僕もそう思う。

「えー、イケメンなのに冷たーい」華月さんはわけの分からない理屈を持ち出すと、カウンターに身を乗り出した。「関係はあるってば！　ちゃんと樹木絡み！」

彼女の気迫に押され、岩浪先輩は「お、おう……」と上半身を引いた。浮気がバレてたじたじになっているようにも見える。

「タイムカプセルはサクラの木の下に埋めてあるの！」

切り札を突きつけるかのような口調で言い放たれた言葉に、僕は理解が及ばず岩浪先輩と顔を見合わせた。先輩も同様だったらしく、僕の顔を見つめたまま二重まぶたの目をぱちくりさせている。

「ちょっと待ってください」僕はおずおず訊いた。「樹木に関係しているというのは……」

「サクラの木。ほら、関係してるじゃん」

新手のクレーマーだろうか。しかし、華月さんは大真面目らしく、助けを得られると信じ切っている目で僕らを凝視していた。

「そのサクラの木の場所はご存じなんですか」

「当たり前じゃん！」

彼女は自信たっぷりに答え、問題のサクラがあるという通りの名前を口にした。場所が判明しているとは思わなかった。彼女は僕らの沈黙の理由を理解していないようだ。

「ええと……」オブラートに包みようがないので、僕は率直に疑問をぶつけることにした。「だったら後は掘るだけでは？」

「もちろん掘ったよ。通報されて警察の人に注意されるくらい深く。でも見つからなくて」

「え、え？」先輩が恐る恐るという口ぶりで訊く。「まさか、消えたタイムカプセルを探してほしい――なんて依頼じゃ？」

「そうだけど？」

「……サクラの木の下に埋められていた、という以外に何か樹木が絡んでいるとか？」

「ううん？」

純真無垢（じゅんしんむく）な顔で首を横に振られ、岩浪先輩は大袈裟にガクッと姿勢を崩した。

荻村さんが「探偵事務所向きっぽいですね……」とつぶやく。

「でも、そういうところって結構な依頼料が必要だし……。樹木が関係してるし、いいかなあ、って」

華月さんは「あはは」と苦笑いを浮かべた。他意のなさそうな笑い方に毒気も抜かれる。

岩浪先輩も「あはは」と乾いた笑いを漏らした。「よし、天野。後は任せた」

先輩はそのまま背を向け、立ち去ろうとする。僕は慌ててベルトを引っ摑み、引き止めた。

「ちょ、ちょ、ちょ――職務放棄は駄目ですよ、先輩！」

岩浪先輩は振り向き、「ええー」と不本意そうに声を上げた。「無理だって。どう考えても『緑の窓口』の守備範囲外――」

僕は横目で華月さんを窺った。僕らから視線を外した彼女の眼差しには、海の中で縋る藁すら失ったような失望があった。

「頼れるのはもうここが最後なの……。本当に駄目？　あたし、見捨てられんの？」

先ほどまでの表情とのギャップに、胸がきゅっと締めつけられた。

「あ、あの……」僕は思わず言っていた。「せめてもう少し詳しいお話を聞かせていただければ……」

「本当に！」華月さんの表情が一瞬で明るんだ。ぱんと手を叩き合わせる。「良かったあ。区役所でも断られたらどうしようかと思っちゃった！」

あれ？　泣き落としに引っかかった？

「い、いえ、まだお引き受けするとお答えしたわけでは……」

彼女の嬉しそうな顔を目の当たりにすると、否定の言葉は日陰の花のように萎(しぼ)んでいく。

岩浪先輩は隣で親指を立てた。

「前の俺の予想が的中しつつあるな！ 今回はこれだ。『課長！ 困っている女子高生のためにサクラの木の下のタイムカプセルを探しに行ってきます！』」

『緑の窓口』への異動に反対していた岩浪先輩の台詞が蘇る。

――来月の今ごろの俺はこう言っていますよ。小学生の女の子のために四つ葉のクローバーを探すので二、三日出てきます！

先輩の台詞を皮肉だと受け取らなかった荻村さんは、「素敵です！ 頑張ってください！」と応援している。

華月さんは『区役所でも断られたらどうしようかと』と言った。たぶん他にもいろいろ相談し、断られたのではないだろうか。だからこそ、こじつけは承知で『緑の窓口』に縋ったのだ。

僕は胸をどんと叩いた。

「大丈夫です。『緑の窓口』にお任せを！」

2

華月さんの案内で僕と岩浪先輩が向かったのは、住宅街から離れた通りの歩道だった。レンガで四角く囲った〝植樹帯〟が一定間隔で並んでおり、プラタナスが街路樹として植えられている。片側は車道になっていて、ときおり車が行き交う。

「あそこ」

彼女が指差した先に目を向けた僕らは、啞然として立ち尽くした。

「あ、あれ？」

一本のサクラの細木があるのは、歩道ではなく、土が盛り上がった斜面の土手だった。雑草が覆う中、赤みがかった葉を茂らせて立っている。木の直径は両手で包めそうな細さだから、まだ若いのだろう。他にサクラは見当たらない。

僕は土手に近づき、木を見上げた。今にも倒れそうで不安に駆り立てられる。誰だろう、こんな場所に植えたのは。そばの樹木が植わっていない〝植樹帯〟に目をやり、普通サクラはこういう平らな場所に植えるべきではないか、と思った。

サクラの木の根元を凝視した。土は周辺に比べて変色している。最近掘り返した跡だ。

「苦労して掘ったのに見つからなくて」

岩浪先輩が「場所を間違えてるんじゃないですかね」と興味なさげに口を出した。

「ううん、そんなはずない。絶対にここ！」華月さんは断言した後、僕らを見つめた。「敬語なんて堅苦しいし、タメ語でいいよ。二人は年上なんだし」

矛盾しているというか、何というか……。

「オッケー！」岩浪先輩が持ち前の軽さで言った。「桜ちゃん」

許可が出たとたん、ためらわず応じる先輩はさすがだ。しかも、早々と名前に〝ちゃん付け〟――。

当の華月さんはむしろ嬉しそうだ。

「タイムカプセルの場所ですけど――」僕に先輩の真似はできない。敬語を貫く。

「なぜここだと分かるんですか」

華月さんは事もなげに答えた。

「だって他にサクラないし」

見回してみても、たしかに目が届く範囲にサクラはない。

「サクラの木の下にタイムカプセルがあるというのは、誰から聞いたんですか」

「聞いたっていうか、見ちゃったっていうか……」華月さんは「えへへ」と誤魔化すように笑った。「お父さん宛ての手紙、勝手に読んじゃったんだよね」

「事情がいまいち分からないんですが……」

「えー、何で分かんないのお？　たまたまポストを確認したら、お父さん宛ての封筒があって、送り主が女の人の名前だったのね。女の勘ってか、娘の勘？　中身は――」彼女がポーチから手紙を取り出した。「これ」

『これ』と言われても、勝手に開封した手紙を見るのはモラル的にちょっと――。

僕の躊躇を尻目に岩浪先輩は「どれどれ」と目を通しはじめた。

「天野。読まなきゃ、事情が分かんないぞ」

それはそうだけれど――。

僕は仕方なく一緒に読んだ。


お久しぶりです。あれからもう十五年。思いがけず予想より長く生きられました。

ですが、私もそろそろ駄目かもしれません。静かに逝くつもりでしたが、ごめんなさい、最期だと思うと、ついついこんな手紙をしたためてしまいました。

病院の窓からサクラを見ていると、十五年前にあなたと別れた後、私たちの思い出をある場所に埋めたのを思い出しました。そうです。タイムカプセルです。

私はもう病院から外出できません。他の誰かに掘り起こすのを頼むのも何だかはばかられます。私たちの秘めた真実が埋められているからでしょうか。

扱いはあなたに委ねます。

埋めた場所ですか？　あの思い出の四月十五日。二人で通りかかったとき、一本だけぽつんと満開のサクラがありましたね。花ばかりで葉が一枚もないから、全体が綺麗なピンク色をしていました。その場で口にしたあなたの言葉が忘れられません。

蘭

最後には、念のため、という理由でここの住所が記載されていた。

「写真も同封されててさ」

華月さんはポーチから手帳を取り出し、挟んである一枚の写真を抜いた。

「これ」

写真には三人の男女が写っていた。男性を両側から挟むように女性二人が身を寄せている。愛情深い三人の目は、幼い女児——十数年前の華月さんだ——に注がれていた。真ん中には綺麗な黒い筆記体で『I'm yours forever』と走り書きされている。

私はいつまでもあなたのものです——か。

「真ん中がお父さん。で——」華月さんは、黒髪をショートカットにした女性に触れた。「こっちがお母さんの華月美紀子」

「もう一人の女性が蘭さん？」

セミロングの茶髪の女性は、ずいぶん親しそうに見える。

「お父さんの元カノかな？」

「元カノっていうか――」先輩が口を開く。「浮気相手だったりして？」

デリカシー皆無の発言に華月さんが眉根を寄せる。

「家族写真にこの一文だしな。このころに付き合いがあったのかも。ほら、手紙にも『十五年前にあなたと別れた後』って」

華月さんの眼差しが尖った。

「……だったら許せない。私ね、最近アルバムでさ、生まれたばかりの赤ん坊を幸せいっぱいの顔で抱いているお母さんの写真を見たばかりだったから、なおさら。一時は命も危ない難産だったんだって」

「そうか。浮気ならひどいよな。でも、タイムカプセルを見つけてどうする気だ？」

「……正直、分かんない。手紙じゃもうすぐ亡くなるみたいな書き方だし、お父さん優しいから、思い出の品ってやつを見たらつい同情しちゃって――ってこともあるかもしんないし。とりあえず、私が先に見つけてやろう、って。なのに掘っても、全然なくて」

「お父さんが先に掘っちゃったとか」僕は言った。

「それはないと思う。手紙はずっと私の机ん中だし。お父さんは知らないし。とりあえずもう一回掘ってみるから手伝って」華月さんが手提げの紙袋の中から「じゃん！」とスコップを取り出した。

「そ、それはちょっと――」

「何でだよ？」岩浪先輩が言った。「掘ってみなきゃ確かめられないだろ。桜ちゃんの力じゃ、掘り足りなかっただけかもしんないし」

「いや、樹木が弱る、って柊さんに怒られそうで」

「平気平気。本人はここにはいないんだし」

「でも――」

「バレたら、土壌を柔らかくしてるとか誤魔化せばいいさ」

カヤの木の治療の際、柊さんが根元の固い土を掘り返しては埋め戻していた光景が脳裏に蘇る。

うーん、通じるかなあ……。

岩浪先輩はすでにサクラの根元を掘りはじめていた。木は土手に植えられているものだから、立ったまま、トンネルを掘るように水平にスコップを突き刺している。

華月さんが「はいっ」と屈託のない笑顔で僕の分を差し出している。僕は不承不承、発掘作業を開始した。根を傷つけないよう、掘る場所と力加減には気を配る。

区役所職員たるもの、自分の窓口の業務と多少ズレていても区民のために働かなきゃね——。

元スポーツマンの先輩は一掘り一掘りが力強く、僕の二倍以上のスピードで進んでいく。

僕らは小一時間、サクラの周辺を掘った。コツッと硬質の音がして期待したら、ただの石ころだった。

結局、何も見当たらなかった。そもそも、地面じゃなく土手にタイムカプセルを埋める人なんているのだろうか。何となく不自然な気もする。

僕は額の汗を袖口で拭うと、腰を伸ばした。

「……出てきませんね」

「だな」岩浪先輩は徒労感でいっぱいの顔をしていた。「十五年のうちに誰かが見つけちゃったんじゃないのか？　雨で露出したとか、プチ土砂崩れが起きたとか、奇特な樹木医が土を柔らかくしていて発見したとか」

「そうなのかなあ……」華月さんは首を捻っている。

「まあ、いいんじゃないの。ないことが分かったんだし、親父さんが見つける心配もなくなったろ。はい、万事解決！」

岩浪先輩は早くも引き揚げようとしていた。華月さんが持ち前の積極性でずいっと迫る。

「解決してない、解決してない。ないってことは誰かに盗まれたのかもしんないじゃん。行方を追ってよ！」

「む、無茶言うな」

「掘るだけなら私だって出来たんだけど！」

先輩がたじたじになっている姿は少し面白かったけれど——。

「あの……」僕は軽く手を挙げた。「柊さんに相談してみましょうか？」

「これはさすがに無理だろ」

さすがに——か。顔を合わせれば言い争ってばかりの二人だが、彼女を意外と評価している先輩の本心が垣間見えた気がした。

「ほ、ほら、駄目もとで」僕としては、十日ぶりに柊さんに会いたい打算もあった。

「この前のモッコクのときみたいに、奇跡的に解決する可能性もあるじゃないですか」

「無茶言いすぎだろ。樹木、全く関係ないし」

「それはそうですけど……〝三人寄れば文殊の知恵〟って言うじゃないですか」

「……冷静さを欠いてんな」岩浪先輩は「ひい、ふう、みい——」と僕と自分自身、そして華月さんを順に指差していった。「すでに三人いるぞ」

「あっ！」僕は内心かなり慌てた。「い、いや、寄るなら大人三人というか、何というか」

「なんかパニクってっか？　お前、もしかして——」

訳知り顔になった岩浪先輩が言い終える前に、タイミングよく華月さんが割り込んでくれた。

「ねえねえ。柊さんって？」

「樹木の専門家だな。木がある場所ならどこにでも生えてくる」

柊さんが聞いたら怒りそうな表現をさらっと口にする。

「……樹木が恋人！　みたいな？」

「そうそう。まさにそう」

「木が好きなんだあ。優しそう！」

「いやいや、人間には優しくない」

人間には、じゃなく、先輩には、でしょ、とフォローしたくなった。

「——なんせ、俺がスギの伐採を提案したら、猛反対された。俺、花粉症なのに！」

「えー」と華月さんはドン引きした顔。「それは岩浪さんが悪いじゃん。花粉症だからってスギを伐り倒すなんて……」

「邪魔な庭木だから何とかしたいって依頼だったんだよ。思い出の木だからって理由で姑さんが反対しててさ」

「ますます岩浪さんがアウト！」

「マジか……俺がアウトか！」

岩浪先輩はショックを受けた顔をしている。

僕は苦笑いしながらその姿を眺めていた。

「で、で」華月さんは今度は僕に迫った。「その柊さんはイケメン？」

「……女性なんですけど」

「女の人？　なーんだ」

彼女は露骨にがっかりした顔を覗かせた。

「ここ、ここ」岩浪先輩が自分の顔を指差す。「イケメンはここ。イケメン枠は一人で充分だろ」

華月さんはまたしても「えー」と不服そうな声を上げた。「岩浪さんはさっきの話でもう駄目。落第！」

「き、厳しいな……」

「でもまあ、女の人でもいいや。頼りになるなら相談してよ。ヘルプ！」

岩浪先輩は「仕方ないなあ」とつぶやき、僕に命じた。「出番だぞ。召喚してやれ」

そんな、魔物か何かみたいに——。

僕は咎める眼差しを送ってからスマートフォンを取り出した。柊さんの名前を選択する。コール音が四度、五度、と続く。

手が離せない用事中なのだろうか。

留守番電話に切り替わるかも、と思ったとき、反応があった。電話の向こうから「もしもし」と気だるげな声が聞こえてきた。

「あ、天野です。今、お時間大丈夫ですか」

「……熱があって寝ています」

柊さんは、こほ、こほ、と咳を漏らした。

「か、風邪ですか？」

「はい。樹木と触れ合えないので悪化しそうです」

「大丈夫なんですか」

「樹木にうつると大変だから仕事はお休みです」

「え？」

柊さんのジョークだと気づくのに二、三秒の間が必要だった。彼女がこんな冗談を言うなんて――。熱の影響に違いない！

何週間も前の僕の風邪がうつった可能性はないにしろ、日ごろ彼女に頼りっぱなしで負担をかけている身としては責任を感じる。とはいえ、女性の一人暮らし――たぶん――の部屋に押しかけるわけにはいかない。有難迷惑になってしまう。

岩浪先輩が横から「ダウンしてんのか？」と僕に訊いた。僕は送話口を押さえ、「そうみたいです」と答える。

先輩は仕草で『スマホを貸せ』とアピールした。渡すと、僕の代わりに柊さんと話しはじめた。

「俺だ、俺。風邪だって？　医者の不養生ってやつだな」

「……私の専門は樹木です。人間じゃありません」

僕がスマートフォンに顔を近づけているから、柊さんの反論の声が漏れ聞こえてくる。

「医者には？」

「寝ていれば治ります」

「心配だし、これから見舞いに行ってやるよ」

僕はびっくりして岩浪先輩の顔を見つめた。迷惑がられるかも、なんて意識はまるでなく、決定事項のように言い放った。

動揺した僕は、「ちょ、ちょっと先輩――」と焦って止めようとした。先に答えたのは柊さんだ。

「結構です」

蔓（つる）で鞭打つようにぴしゃりと一言。しかし、岩浪先輩はそれでも引き下がらなかった。

「遠慮は無用。長引かれるとこっちも困るしな」

「……何を企（たくら）んでいるんですか？」

「人聞き悪いな！」

「あなたが私を気遣っているとは思えません」

「俺を誤解しすぎ！　じゃあ、こうしよう。天野を送るよ」

僕と柊さんは同時に「え？」と声を上げた。

「せせせ、先輩！　な、な、何を言い出すんですか！」

動揺する僕を無視し、岩浪先輩は柊さんに話しかけている。

「それなら安心だろ」

「ですが……」

「俺か天野だったらどっちがいい？」

なんて質問を！　僕と岩浪先輩なら大抵の女性は間違いなく先輩を選ぶだろうし、この場合は二者択一の話でもない。僕の顔色はデルフィニウムより真っ青になっているに違いない。

あっ、でも、デルフィニウムの花言葉は『清明』だし、そんなに悪くもないか

――。

「天野さんがいいです」

僕は驚きのあまり、スマートフォンを二度見したほどだった。『まし』ではなく『いい』という表現に、タンポポの綿毛のごとく天高く舞い上がる心地だった。

いやいや、と二人でかぶりを振る。

綿毛が遠くへ飛んでいくタンポポの花言葉には、『別離』がある。縁起でもない！

「なんか今日はフラれてばかりだな」岩浪先輩は沈んだ口調でつぶやくと、嘆息してから言った。「じゃ、ま、決まりだな。俺の代わりに天野を送るから、よろしくな！」

強引に了承させた先輩は、住所を聞き出しながら振り返り、僕に親指を立ててみせた。

あの……先輩、何か誤解しているんじゃ……いや、まあ、あながち誤解でもないけれど。

「ねえねえ」華月さんが岩浪先輩の服の裾を引っ張った。「結局、樹木の人、どうなったの？」

「残念ながら風邪でダウンしてる」

「えー、ちょっと期待したのに！」

「まあまあ。一日で解決する話でもなし。調査はするから」

暇なときに――という心の声が聞こえそうだった。
「――ってことだから」岩浪先輩は僕の肩を叩いた。「部屋ん中に木が生えてたりしたら今度教えてくれ。頑張れ！」
何を頑張るんだか――。
何はともあれ、僕は柊さんを訪ねることになってしまった。

3

柊さんのマンションは、区内の一角――街路樹と植込みの緑が綺麗な住宅街にあった。彼女の目が行き届いているのだろう、付近の樹木や草花は元気に輝いている。

僕は十二階建てのマンションを見上げたまま、しばらく突っ立っていた。柊さんの部屋は五階だという。知り合って間もないのに本当に訪ねていいのだろうか。彼女も岩浪先輩の冗談だと思っているかもしれない。

電話で来訪を告げる案も考えたものの、先輩ほどの強引さがない僕は、困られたら引き下がってしまいそうだ。

建物の前で行ったり来たりするうち、通行人から不審な目で見られるようになった。僕は通報される前にマンションに入った。エレベーターで五階まで上がる。

五〇三号室の前には、『柊』の表札がある。僕はチャイムに指を伸ばし、そこでも何分か迷った。

清水の舞台から飛び降りる決意で、えいっ、とチャイムを押し込む。ピンポーン、と音が鳴るや、心臓が騒ぎはじめた。

反応があるまでの数秒、緊張しっぱなしだった。インターフォンから「どちら様ですか」と柊さんの風邪声が返ってきた。

「あ、あ……ええと、『緑の窓口』の天野です！」

今さら〝『緑の窓口』の〟は不要だったか。緊張のあまり、挨拶も不自然になってしまった。

「……一人ですか？」

「はい。先輩はいません」

「……安心しました」

少し間があり、ドアが開けられた。柊さんだ。葉っぱ模様がちりばめられた緑のパジャマで上下を統一している。プライベートに踏み込んでしまった事実を改めて実感し、どぎまぎした。

「あ、あの、これ！」僕は途中のスーパーで買ってきた編み籠入りの果物の詰め合わせを差し出した。「お見舞いです！」

彼女はきょとんとした後、「ああ、ありがとうございます」と受け取った。「お見舞いは初めてなので、ルールが分かりませんでした」

「ルールなんて……いや、そんな大袈裟なものじゃなく、ええと……僕の気持ちです」

「じゃあ、どうぞ」

「……ほ、本当にいいんですか？」

「はい」

案内されるまま部屋に踏み入った僕は、何度もまばたきした。観葉植物や樹木の類いはなく、普通に散らかっていた。樹木関係の専門書は絨毯の上に何冊も出しっ放し。への字のように開いたまま、あちこちでうつ伏せにしてある。周辺に散乱したA4サイズの紙、紙、紙、紙――。壁紙の模様の確認すら困難なほど、周囲の壁にもべたべたとセロハンテープで貼りつけてある。紙には木のイラストや図表、注意文などが殴り書きされている。ベッドの枕元には数色のボールペン。

柊さんは紙と紙のわずかな隙間を巧みに縫い、ベッドにたどり着いた。僕は人形遣いに操られたマリオネットになったように、不自然な挙動で絨毯の上の紙を避けながら歩いた。

「す、凄いですね……」

部屋を見回しながら自然と漏れた感想に、僕は脳内で自分の頭をぽかっと叩いた。

女性の部屋に上がって第一声が『凄いですね……』って——。

間抜けにもほどがある。不躾すぎた。何か気の利いたことを言わなければ——。そう思うほど頭が空回りする。

異性の部屋に入ったのは、中学時代、班の六人で集まって勉強したとき以来だ。

「閃きはすぐにメモしないと逃げてしまいますから」

樹木医というより、気難しい文豪の仕事部屋のようだった。

「観葉植物とか、あふれているかと……」

「植物を置くと、毎日掃除しなきゃならないので、大変です。汚れた空気は吸わせられませんから」柊さんはベッドの周辺の紙を重ね、座布団サイズの空間を作った。

「どうぞ」

「あっ、はい、お邪魔します」

ズレた返事をしてしまったものの、柊さんは特に気にした様子もなく、「どういたしまして」とこれまたズレた台詞で応じた。

僕はベッドの前に正座した。

柊さんはベッドの縁に腰掛けた。見つめ合ったまま気まずい沈黙だけが流れていく。そう感じているのはもしかしたら僕だけで、彼女は見た感じ普段どおりだった。

岩浪先輩に先んじて彼女の部屋に上がれたときは喜んだが、今さら先輩の存在のありがたみに気づいた。空気を読まない先輩のノリにどれほど助けられていたか。

「ええと……体調はどうですか」

沈黙を破るために口にした台詞は、月並みすぎた。

「人間は樹木と違って、自分で何とかできますから。寝ていれば治ると思います」

「すみません、邪魔してしまって……」

「いいえ。助かりました」

「え？　僕はまだ何も――」

「岩浪さんの訪問を止めるために代わってくれたんですよね？」

あっ、そういう意味か。

「そうそう。そうなんです」僕は笑いながら後頭部を掻いた。「先輩が来ると騒がしいかと思って」

すみません、先輩。

柊さんは握り拳を作り、「あの人は徹底的に無神経ですから！」と大真面目に主張した。

「いや、先輩は樹木の気持ちは分からなくても、あれでいて、結構人の気持ちは分かるほうだと……」

「私には樹木の気持ちのほうが大事です」

「あはは、ですよね……」

答えた後に降りてくる沈黙。僕は話題を探した。その結果、思いついたのは——内容を相手に委ねてしまおう、という小ずるい方法だった。

「そうだ！　僕にできることがあったら何でも言ってください！」

彼女からお願いされた内容に応える。それが一番だ。親切の押しつけになる心配もないし。

「そうですね……」柊さんは少し思案した。「黄金水松に会えたら、い、い、元気になるかもしれません」

「……樹木、ですか？」

「あの生命力を眺めていたら風邪なんて吹っ飛びます！」

「そんなに凄い木なんですか？」

「はい。指定文化財で推定樹齢千七百年のイチイの木です」

「せ、千七百年！」

「まだ一度しか会ったことがありません」

「どこに立っているんですか」

「北海道の芦別市黄金町の黄金水松公園です」

北海道――。

うん、無理。危うく『写真か動画くらいなら撮ってきますよ』と安請け合いするところだった。

「さすがにそれはどうにも……」

もごもごと言葉を濁すと、柊さんは水不足のアサガオのように力なくしゅんとうなだれた。

わわわ、見舞いに来て落ち込ませてどうする！

「ひ、柊さんは本当に木が好きなんですね！」

彼女はゆっくり顔を上げた。ほほ笑んでいた。

「はい。大好きです。樹木は樹種ごとだけでなく、一本一本に個性があります。環境が個性を作るんです。どんな環境がその木を作ったのか、観察しているだけでも楽しいです」

樹木を語る柊さんの瞳は、恋する少女のようにきらきらしている。

「動物と違って嚙んだりしませんし」

「え？　もしかして柊さん、動物は嫌いですか？」

「だって、犬は嚙むんですよ！」柊さんは真顔で力説した。「吠えて追いかけ回されますし！　猫はうなるんです！　猿は私のおやつを横取りしますし、鹿は私の服を食べるんですよ！　信じられません！　樹木と違って気持ちが理解できません」

柊さんが慌てている姿を想像し、思わず笑いをこぼしそうになった。

「意外です。柊さん、ハダニなんかも平気なのに……」

「虫は樹木と共生したり、時には害になったり――。樹木医の仕事とは切り離せませんから」

柊さんは「それよりも――」と話を変えた。「天野さん、今日は私に何か仕事の話があったんじゃないんですか」

「ど、どうしてそれを……」

柊さんは小首を傾げた。

「天野さんが電話してくるのは仕事の話があるときでしょう？」

落ち着いて考えてみれば、そのとおり。鋭い、というより、当たり前のことだった。

「今の柊さんに仕事の話はちょっと――」

「樹木の危機は一刻を争うものもあります。風邪くらいで弱音は吐いていられません！」

熱っぽい顔つきで決然と語る彼女を見て、僕は縮こまりたいくらい申しわけない気持ちになった。

樹木の危機というような大袈裟な話ではなく、実はサクラの木の下に埋められたタイムカプセルが見当たらない、という『緑の窓口』とは無関係の依頼なのだ。

「し、心配しないでください。樹木は別に危機じゃありませんから。僕はすぐお暇しますし、柊さんは休んでください」

「天野さんは樹木医ではないでしょう？　素人判断は危険です。はた目には元気に見えても、実際は違うことなんて、珍しくありません。人間の病気と同じです。専門家の診察が必要なんです」

ぐうの音も出ない正論。風邪だと自己判断している柊さんにも当てはまる気がするけれど……。納得してもらうためには、樹木が本当に無関係だと説明しなければいけない。

僕は恐縮しながら依頼内容を話した。女子高生の華月桜さんがタイムカプセルを埋めたという女性からの手紙を読み、父親の浮気相手だった可能性を考えた。父親より先にタイムカプセルを見つけようと件のサクラの根元を掘っても発見できず、困っている――と。

僕がメモした蘭さんの手紙の内容を読み聞かせていると、柊さんはついに目をぱちくりさせた。

「あの……病気の樹木はどこに？　あっ、掘り返したときに根を傷つけてしまったとか」

「い、いいえ！」

「土壌が緩んでサクラが倒れそうになっているとか」

「いいえ！」

柊さんの顔にクエスチョンマークが浮かんでいる。

「……原因が分からないから私なんですね！」

「す、すみません！　タイムカプセル探しが主眼なんです。実は樹木トラブルは特になく――」

怒られる覚悟をし、僕は肩を強張らせた。しかし、柊さんは怒気どころか安堵の笑みを見せていた。

「よかったです。病気の樹木はなかったんですね！」

なるほど、そういう捉え方もあるのか。

病気の樹木がなくて申しわけなく感じていた自分を恥じた。彼女にしてみれば、樹木が健やかなことが一番なのだ。

「そ、そうなんですよ。幸い樹木は健康なんです。華月さんは、サクラの根元に埋められたタイムカプセルなんだから樹木絡みでしょ、って。僕ら『緑の窓口』としても、引き受けた以上、何とか力になれたら――とは思っているんですけど、探偵ではないので、快刀乱麻を断つように一発解決！　とはいかず」

「それなのに私に相談を？　私も探偵ではないですよ？　樹木のことなら分かりますが」

「ですよね……」

僕は苦笑いした。相談にかこつけて彼女に会いたかったという下心は口にできない。

「写真なんかはあるんですか？」

「は、はい、一応……」

僕はスマートフォンを取り出し、画像データを選択した。歩道脇の土手とサクラの木——開花時期を終えているから、赤茶けた葉が付いているだけだ——が写っている。彼女のマンションを訪ねる前に念のため撮影しておいたのだ。

「……ずいぶん不安定なところに植えてあるんですね」

「そうなんです。僕も最初びっくりしました」

「ヤマザクラだからこそ生きているんですね。ソメイヨシノなら今ごろは倒れているかもしれません。枝を剪定しただけでも、菌が入ってあっという間に弱ってしまうほど繊細ですから」

「この木、ソメイヨシノじゃなかったんですか」

「ヤマザクラです。似ているので間違われやすいですが」

「たしかに——見分けにくいですね」

「サクラは六百種類以上の品種があるので、正確に樹種を見分けられる人は少ないです」

「六百種も！」

「固有種だけでなく、交配種も含めての数ですが。何にしても、サクラを植える場所としては不安定で、よくありません。対処しないと、将来、倒れる危険性があります」

「本当ですか」

「見た感じ、これは推定年齢十数年でしょうか。ヤマザクラの寿命はサクラの中でも長く、樹齢数百年の木も珍しくありません。想像してみてください。斜面になっている土手に植えられたこのヤマザクラが百年後、二百年後、どうなっているか」

数百年先——か。僕はとても生きていない。途轍もない未来だ。でも、百年、二百年と育った大木がその重みで土手を崩しながら倒れ込む光景は容易にイメージできた。

「危険ですね！」

「はい。対処が必要です」

柊さんは思案するように宙の一点を睨みつけている。頭の中ではこのヤマザクラを救う方法を考えているのだろう。

再びの沈黙。若干の気まずさを誤魔化すために改めて部屋を見回すと、壁に飾られた一枚の賞状が目に留まった。『樹木医認定証』と達筆でしたためられている。樹木医資格審査に合格したことを証明する文章が並んでいた。

「格好いいですね」

普通すぎる感想だったが、素直な気持ちを口にした。

彼女は僕の視線の先を見やった。

「……認定証ですか？」

「はい。柊さんは小学校のころに樹木の魅力を知って、樹木医を目指したんですよね」

「最初は母のような植物学者に憧れていました」

「そうだったんですか。なぜ樹木医に？」

「母の職分は学問です。木が弱っていても治したりはしません。単に母の資質だったのかもしれませんが」

お母さんの話をするときの柊さんは、敵意と表現しても差し支えがなさそうな表情を覗かせる。

「私が惹かれたのは、母の相棒の樹木医の先生でした。彼の手にかかると、木がみるみる元気を取り戻していくんです。幼い私にはただただ魔法のようでした。私はそんな先生の知識と治療に感動したんです」

「その先生から学んだ知識を活かして試験に合格したんですね」

「……大学に進学後も、専門の知識を学びました」柊さんは指を順番に折りながら学問の名前を挙げていく。「樹木学、植物形態学、森林生態学、植物病理学、菌類学、樹木医学、森林保護学――。とにかく知識を深めたんです」

「あっ、普通に大学で学んだんですね」

「そうですよ？」

柊さんは個性的だから、大学で講義を受けているイメージがなかった。

「その先生の教えで樹木のプロになったのかと」

「少しでも早く樹木医になるには、樹木医補になる必要があったんです」

「補？」

「はい。樹木医の活動を補佐したりするんです。樹木医補になるには、樹木医補資格養成機関として認定された大学で学んで、卒業しなければならないんです」

柊さんの説明によると、認定された『分野別科目対応表』のうち、講義科目六分野十四単位以上、実験・実習科目四分野四科目以上を履修しなければならないという。

「その条件を満たした卒業生は、申請書を提出し、認められたら樹木医補になれます。樹木医になるための樹木医研修受講者選抜試験を受けるには、本来、実務経験が七年以上必要ですが、樹木医補の場合は一年ですむんです」

「最短コースってわけですか」

「先生は、焦って半人前のまま樹木医になるより、しっかり実務経験を積むべきだ、とおっしゃいましたが、私は待てませんでした。一年半前――二十五歳のときに念願の樹木医に認定されました。今は樹木医として経験を積みつつ、先生のような一人前を目指しています」

「格好いいです！　その先生は？」

「今はもう七十になられていますが、地元の神戸のほうで現役として仕事を続けています。先生は『樹木が語ってくれないときは、周りの人に語ってもらう』と言いますが、私は人から話を聞き出すのが苦手で、いつも木と対話してばかりです」

話を聞き出すのが苦手というより、樹木に一途すぎて一般の人と会話がズレてしまって、コミュニケーションがうまくいかないだけではないだろうか。

僕が柊さんの耳になりますよ！

そんな勇ましい台詞は口から出てこなかった。

「は、話なら僕が聞き出します。柊さんは樹木との対話に専念してください」

意気地なしの僕では、そう言うのが精一杯だった。柊さんはそれでも微笑を見せてくれた。

「天野さん、聞き上手ですから、頼りにしています」

柊さんを前にしたテンパり具合を考えたら、とても聞き上手とは思えない。

気恥ずかしさと嬉しさを隠すため、僕は視線を逸らした。ベッドサイドテーブルの写真立てが目に入る。セーラー服姿の柊さん――中学生だろうか――が庭木に抱きつくようにして写っている。

貴重な一枚だ！　十代の柊さんを見られただけでも、ちょっとした宝くじに当籤したような幸運だ。

眺めていると、その視線に柊さんが気づいた。

「私の妹なんです」

「え？」僕は思わず写真立てを手に取り、まじまじと凝視してしまった。

「柊さんそっくりですね」

彼女は不思議そうに小首を傾げた。

「何を言っているんですか？」

「いや、写真の女の子が妹さんなんですよね？」

「違います。妹は隣のユリノキです」

「へ？」

何秒か間を置き、理解できた。そういえば、柊さんは小学生のころに妹が欲しいとお母さんにねだり、ユリノキをプレゼントされたのだった。これがその〝妹〟か。

僕は自分の勘違いを笑い飛ばした。

「仲がいい姉妹ですね」

柊さんがまぶたを伏せた。悲しげな眼差しが絨毯を睨んでいる。

「……いい、いい、妹は殺されました。私が樹木医になって間もないころです。帰宅したら切り株だけになっていたんです。邪魔だから、という理由で母が伐採したんです」

僕は唖然として彼女の伏せた顔を見つめた。

『それでも、伐り倒されなければ生きるチャンスがあります。私の母なんて――』

前に言いかけた柊さんの言葉を思い出した。

まさかそんな事情があったなんて。柊さんが十年以上、一緒に仲良く育ってきたユリノキを無断で伐採――お母さんの話をするたびに怒りが漏れるわけだ。

「切り株を見ては怒りや悲しみが強まって、母に感情をぶつけました。私は耐えられなくなって実家を飛び出し、独り暮らしをはじめたんです」

慰めの言葉も見当たらず、沈黙がしばらく続いた。柊さんが布団の中に脚を差し入れる。

「少し喋りすぎました」柊さんは、こほっと咳をした。「すみません。休みます」

「え、え、え？」

僕が戸惑っているうちに、柊さんはベッドに横になってしまった。異性の前でそんな無警戒に――。マイペースというか何というか。僕のほうが心配になる。

「あの、僕はどうしたら――」

彼女はすでに目を閉じている。元気そうに見えて実は結構無理をしていたのか、早くも寝息を立てていた。

女性の部屋で寝姿を眺める経験は初めてだ。物音を立てずにそっと出て行くべきだろうか。でも、そうしたら鍵はどうしよう？　最近は物騒だから開けっ放しは危ない。

僕は動きが取れず、ただ黙ってそこに座っていた。寝息に交じって置き時計の秒針が時を刻む。

痺れてきた足を崩し、時には伸びをし、時間が経つのを待った。

そういえば、まだ勤務時間内だけど、どうしよう。先輩は今ごろ妙な勘繰りをしているかもしれない。

困ったなあ――と思っていたとき、突然、柊さんが目をパチッと開けた。黒い瞳が天井を睨みつけている。

「あっ、ひ、柊さん……」

僕が何かを言う前に彼女はがばっと跳ね起き、室内を見回した。僕の姿はまるで目に入っていない。

「あ、あの……」

柊さんは適当な紙とペンを取り上げると、真っ白な裏面に猛烈な勢いで何やら書き殴りはじめた。僕は啞然としてその様子を眺めているしかなかった。

紙にはサクラと土手の簡易イラストが描かれている。その周囲に走り書きの文章が散らばっていく。

やがて彼女はペンを止め、僕のほうを向いた。

「閃きが降りてきたんです！」

小説家のような台詞だった。

「ええと……何かアイデアが？」

「違います。『緑の窓口』の依頼の件です」

「何か分かったんですか！」

「現場へ行きましょう。タイムカプセルの場所は、樹木が語ってくれるかもしれません」

4

柊さんはクローゼットを開け、仕事着——診察道具がポケットに詰め込まれた薄手の半袖ジャケットにズボン――を取り出した。

「む、無茶は禁物ですよ！　風邪が悪化します！」

「真相が分かったかもしれません。一刻も早く確かめたいんです」

「依頼者はもちろん喜ぶと思いますけど……」

「依頼者のためではありません。私の閃きが――推測が正しいかどうか確かめたいんです」

そんなふうに言われたら止めるのが難しい。

困った僕が立ち尽くしていると、柊さんは両腕を交差させてパジャマの上着の裾を摑み、まくり上げようとした。

「ままま、待ってください！　でで、出て行きます！」

僕は絨毯を覆う紙の隙間をうまく飛び越え――散らかり具合を考えたら奇跡だった――、部屋から駆け出た。ドアを閉め、高鳴りっ放しの胸を撫で下ろす。

五分後、ノブが回った。僕はドアの前から飛びのいた。着替え終えた柊さんが顔を出す。

「お待たせしました。行きましょう」

「で、でも、風邪は――」

「吹き飛びました。今は何よりも早く確かめたいです。寝る前に見ていた色んな断片がふっと結びついたんです」

　四六時中樹木のことを考えているから、夢の中でも〝答え〟を求めて脳がフル回転しているのだろう。

　——閃きはすぐにメモしないと逃げてしまいますから。

　散乱した紙の数々は、何かを思いつくたびに記録している結果だ。

　彼女の体調は気がかりだが、もう止められそうにない。

「……分かりました」僕は仕方なくうなずき、彼女が背負うリュックサックを指差した。「その代わり、それは僕が持ちます」

　柊さんはつかの間迷いを見せたものの、「はい」と素直にリュックサックを渡してくれた。

「天野さん。僕はそれを右肩に担いだ。岩浪さんは区役所ですか」

「そうだと思いますけど……」

「確認してほしいことがあるので、電話できますか」

「はい。もちろんです」

　僕はスマートフォンで岩浪先輩に電話した。先輩は開口一番、「よろしくやってるか」と興奮した口ぶりで訊いてきた。

「せ、先輩！」

「まさか、チャイムを鳴らす勇気がなくて、ずっとドアの前に突っ立ってるなんてこと、ないよな？」

「ありませんよ。実はタイムカプセルの依頼の件で――」

僕は事情を説明し、柊さんに電話を替わった。彼女は小声で何やら頼み事をした後、電話を切った。

「岩浪先輩には何を？」

「私の推測が正しいか、確信を得るためのお願いです。岩浪さんは調べ物をした後、依頼者を連れて現場に来るそうです」

気になったものの、無理には問いたださなかった。現場に着けば、きっとすぐ分かるだろう。

電車で移動すること十五分。土手の前では、岩浪先輩と華月さんがすでに待っていた。距離は区役所からのほうが近い。調べ物は簡単に終わる内容だったのだろう。

「よう！」岩浪先輩が手を上げた。「仲良くご登場だな」

先輩のからかいに動揺する僕に対し、柊さんは動じた様子もなく、「真相の確認に来ました」と真面目に答えた。

華月さんが期待感いっぱいの眼差しで彼女に駆け寄った。

「噂の樹木医さん？　わあ、初めて見た！」

ハイテンションで眺め回された柊さんは、明らかに困惑している。

「あのう……私は観察しに来たのであって、観察されに来たのではありません」

「ご、ごめんなさい！　珍しくて！」

華月さんが頭を下げると、岩浪先輩は笑いながら言った。

「まあ、気持ちは分かる。彼女はタオヤメザクラやツクバネザクラみたいな珍種だからな」

なんて失礼な！

案の定、柊さんは目を見開き、岩浪先輩をじっと見つめている。

ほら、怒らせた！

先輩は冗談めかしてファイティングポーズをとった。

「お、何だよ、やるか！」

真顔の柊さんは心底意外そうに言った。

「よくそんな珍種の名前を知っていましたね。樹木嫌いなのに……」

岩浪先輩は肩透かしを食らい、ガクッと両腕を落とした。

「そこかよ！　俺だって『緑の窓口』に配属された以上、多少は勉強してるさ」

柊さんはじとっとした目を向けている。

「……タオヤメザクラもツクバネザクラも、京都の平野神社に咲いているサクラの珍種十品種の中の二種ですね。どうせ、修学旅行で訪れたときに覚えていたとか、そんな理由じゃないんですか」

まさか、いくらなんでもそんな——と思ったものの、岩浪先輩は「ぐっ」と言葉に詰まっていた。

格好よく主張しておきながら……。

まあ、真面目なんだか不真面目なんだか分からない先輩の場合、事実はどうなのか表の反応では判断できない。

柊さんは土手のヤマザクラに近づき、直径を測るようにそっと木を両手で包み込んだ。

「抱きついたら折れそうですね」

ぽつりとつぶやく柊さんに対し、先輩が茶化すように言った。

「体重によるな」

「五十一キロです。間違いなく倒れます」

ためらいもなく答えられ、おそらくツッコミ待ちだった先輩は逆に少しあたふたしていた。

思わぬ形で柊さんの体重を知ってしまった。決して低くはない身長を考えたら、むしろ平均より軽いだろうか。

柊さんはヤマザクラを丹念に診てから振り返った。

「写真から下した推測と差はあまりなさそうです。樹齢はおそらく十五年前後でしょうか」

「若いヤマザクラですね」僕は言った。

「い、いい、若すぎます」

「え？　何か問題が――？」

「おかしいと思いませんか」

何が変なのだろう。樹齢十五年前後――つまり、華月さんが二、三歳のころに植えられたサクラだ。ん？　待てよ。手紙によると、タイムカプセルが埋められたのは十五年前だった。当時はまだ埋設場所の目印にできるほどの大きさはなかったはずだ。たしかにおかしい。どういうことだろう。

「つまり――」柊さんが人差し指を立てた。「タイムカプセルを埋めた目印のサクラはこれではないんです」

「え？」

「根拠はあります。蘭さんという女性からの手紙の内容を思い出してください。サクラの描写の件です」

――**二人で通りかかったとき、一本だけぽつんと満開のサクラがありましたね。花**

ばかりで葉が一枚もないから、全体が綺麗なピンク色をしていました。

華月さんから見せてもらった手紙には、女性っぽい丸文字でそう書かれていた。そして——最後にここの住所が記載されていた。

「満開でも葉が一枚もない綺麗なピンク色——そんなことはありえないんです」

「な、なぜですか」

「ヤマザクラは開花と同時に赤茶色の葉を付けるからです」

開花と同時に葉を付ける？　そうだとしたら、手紙の内容と矛盾している。第一、手紙には『満開のサクラ』と書かれていた。幼木に対する表現ではない。

「では、開花しても葉が付かないサクラは何か。代表的なものはソメイヨシノです。ソメイヨシノは葉が出るより先に花が咲く性質を持っていますから、花ばかりで豪華絢爛に見えるんです。ソメイヨシノとヤマザクラは見た目が似ていますが、開花と同時に葉が出ているかどうかを見れば、簡単に見分けられます」

「タイムカプセルはソメイヨシノの根元に埋められた、ってことですか？　でも、他にサクラなんて——」

僕は周辺を見渡した。歩道の〝植樹帯〟にはプラタナスが街路樹として等間隔で並んでいる。土手には雑草が生い茂っているだけで、他に樹木は見当たらない。

「そこで俺の出番ってわけ」岩浪先輩が得意顔で進み出た。レンガで囲まれた何もない〝植樹帯〟を指差す。「ここ。十二年前まではここにソメイヨシノがあったんだ」

「本当ですか！」

「間違いない。調べたら台風で倒れて、区が撤去してた。記録が残ってたよ」

「え？　何でそんなことを知って――あっ」僕は声を上げた。「柊さんからの頼み事って――」

「ああ。この場所でサクラが倒れたり枯れたりした記録はないか、って訊かれて、調べたんだ」

華月さんが〝植樹帯〟に怖々近づいていく。

「じゃあ、タイムカプセルはここに……」

柊さんが慎重な口ぶりで答えた。

「倒木のドサクサで処分されていなければ――ですが。倒木を撤去した後、業者がそのまま土を埋め戻していたら、まだ埋まっている可能性は充分あります」

「掘ってみる！」

華月さんはスコップを取り出し、土を掘り返しはじめた。僕と岩浪先輩も手伝った。街路樹は植えられていないから、ヤマザクラの根元と違って遠慮はいらない。

十分後――華月さんのスコップがコンッと硬質な音を立てる。僕らは顔を見合わせ、動きを止めた。

彼女は細い喉を上下させると、一息ついてから掘りはじめた。やがて土の中から金属製の小箱——紐とガムテープで封がされている——が現れた。

「あった！」華月さんが興奮の歓声を上げ、薄汚れた小箱を取り上げた。「信じらんない。本当にあった」

奇跡のような結果！　きっと、赤の他人に発見されないよう、深く埋めたから、倒木の撤去の際も発見されなかったのだろう。

無事に解決——という空気の中、岩浪先輩がうんざりしたように大きなため息を吐いた。

「まったく！　それにしても誰だよ、こんな土手にサクラを植えたのは！　おかげで無駄な労力を費やしたぞ」

それは僕も思う。誰かがこんな斜面にわざわざヤマザクラを植えなければ、風邪の柊さんを引っ張り出さなくても見つかったのに。

「誰かが悪いわけではありません」柊さんが言った。「むしろ、自然の生命力の賜物です」

僕らは三人揃って首を傾げ、彼女を見つめた。

「これは人が植えたサクラではないんです」

「なんと！」岩浪先輩がおどけた。「タンポポの綿毛みたいにサクラの種が飛んで、土手に着地したわけだな！」

「違います。サクラは——サクラにかぎらず、大抵の植物もなんですが、自家不和合性があるんです」

「……耳慣れない言葉が出てきたな」

ガーデニングが趣味の僕は一応知っている。

柊さんは再び人差し指を立てた。

「花にはおしべとめしべがあることは知っていますね？」

「それくらいは小学校で習った」

「一つの花におしべとめしべが同居しているものを『両性花』といいます。代表的なものはサクラです。普通はおしべの花粉がめしべに付着することで種が作られますよね？　でも、サクラは自分のおしべの花粉では受粉できないんです。それが自家不和合性です」

「じゃあ、どうやって受粉するんだ？」

「他のサクラに花粉を飛ばせば受粉できます。自分の花粉で受粉したら同一の個体ばかり生まれるので、もし環境に適しなければ全滅してしまいます」

「さすがの俺も分かったぞ。違う個体と子供を作ることで、寒さに強いタイプとか暑さに強いタイプとか、色んなタイプの木が生まれる——ってわけか」

「そうです。進化の多様性を大事にしているんです。ですから、街路樹に一本だけサクラが植えられている状況では、仲間を増やせないんです」

「……ん？　待てよ。人間が植えたんでもなく、サクラが種を飛ばしたんでもないとしたら、この土手のヤマザクラはどうやって生えたんだ？」

柊さんが笑みを見せた。

「それこそ、興味深い現象です。元々、ここの〝植樹帯〟にはソメイヨシノが街路樹として植えられていました。しかし、ソメイヨシノは大気汚染などに弱いデリケートな樹種です。環境的に適さなかったのか、人為的な何かが原因なのか、弱ってしまったんです。弱ったソメイヨシノは最後の力を振り絞り、こう――」柊さんは人差し指で歩道の〝植樹帯〟を指し示すと、そこからアスファルトの地面の下を横断し、土手に生えたヤマザクラの根元まで誘導した。「根を伸ばし、そこからヒコバエを出したんです」

「待った待った。また馴染みのない単語が出てきたな。ヒコバエ？　どんな蠅(はえ)だ？」

「虫じゃありません。実際は難しい漢字を書くのですが――」

柊さんは人差し指で空中に『蘖』の字を書いてみせた。反対側からは鏡に映したように見え、岩浪先輩はますますちんぷんかんぷんの顔をしていた。

「〝孫生(まごば)え〟と書いて、ヒコバエとも読みます。要するに樹木の本体が弱ったときに、何とか子孫を残そうとして根や切り株から生やす若芽のことです」

歩道の〝植樹帯〟に生えていたソメイヨシノは、弱りながらも子孫を残そうとして根を伸ばした。アスファルトは突き破れないので、根は歩道の下を這い進み、土手の斜面の柔らかい土にたどり着いてから若芽（ヒコバエ）を出した。そのヒコバエが十五年ほどかけて一本のサクラに成長した――。そういうことか。

「本来、根が這い上がるのは珍しいですが、生存本能の賜物でしょう。ですから、誰かが土手にサクラを植えたわけではないんです」

「サクラが一人で歩道から土手に移動したようなもんだな。そりゃ凄い話だ」岩浪先輩は感心したようにヤマザクラを眺めた。だが――。「いやいや、待てよ。おかしいぞ、それ」

「何がでしょう？」

「いや、だって、土手に生えているのはヤマザクラだろ。でも、歩道の〝植樹帯〟に植えられていたのはソメイヨシノだ。樹種が違う」

「それは不思議でも何でもありません。そもそもソメイヨシノは、江戸時代中期、日本固有種のオオシマザクラと、エドヒガンを交配させて作った園芸種のクローンなんです。ＤＮＡ解析でそれは証明されています」

「クローン！」

「ソメイヨシノはヤマザクラと違って遺伝子が全く同じですから、たとえ別の個体同士でも種子を作れません」

「自生できないってことか？」

「そうです。野生のソメイヨシノというものは、この世には存在しないんです。存在するなんて吹聴する人がいたら、見物客を集めたい詐欺師です」

僕はふと思い出した。柊さんと出会う前、僕は一度彼女を見かけている。彼女は公園にふらっと現れ、一本のサクラを診察し、問題点を管理者に忠告していた。そのとき、ソメイヨシノの知識を説明していた。

僕はそれを聞いている。

「自生できないソメイヨシノを増やす手段は一つ。〝接ぎ木〟です。つまり、分かりやすく説明すると――」柊さんは〝植樹帯〟の前にしゃがみ、土の上に右拳を置いた。生えている草でも掴んでいるようなポーズだ。「これがヤマザクラの根です。こうしてまず他のサクラの根を土台として植えるんです」次に右拳の上に左拳を乗せる。「で、その上にソメイヨシノを〝接ぎ木〟します。ソメイヨシノはこうして人工的にしか育たないんです」

「物流センターで踏み潰してしまったときは、悪かった……」

柊さんはうなずいてから続けた。

「ですから、〝植樹帯〟に生えていた街路樹は外見こそソメイヨシノですが、根はヤマザクラなんです。一言で言えば、〝脚がヤマザクラで、体がソメイヨシノ〟です」

「なるほど！　土台のヤマザクラが土手まで伸ばした根からヒコバエが出たから、土手のサクラはヤマザクラなのか」

「はい。ソメイヨシノの性質上、親子が別人だったわけです」

「へえ！」一緒に話を聞いていた華月さんが驚嘆の声を上げた。「面白い！」

「ソメイヨシノが倒れてしまったのは、ただでさえ体が弱っているのに、土台のヤマザクラが膨大なエネルギーを使って根を伸ばしたからだと思います」

「木のパワーって凄いんだね。樹木も生き残るために子供を残そうとしたり、必死なんだね」

「だからこそこのヤマザクラは、倒れる前に〝植樹帯〟に移植したほうがいいですね」

樹木は摩訶不思議で意外性にあふれている。柊さんと一緒にいたら興味深い話がたくさん聞けて楽しい。

僕は華月さんを見た。

「ところで——タイムカプセルはどうするんですか」

彼女は興奮の表情を消し、「うーん」と悩ましげにうなった。

「どうしようかな。とりあえず中身を確認して――」

華月さんが答え終える直前、歩道の向こうから駆けてくる人影があった。息せき切ってやって来た中年男性は、僕らの前で立ち止まり、上半身を折って息を喘がせた。

呼吸が整うと、がばっと顔を上げた。

「さ、桜！」

「……お父さん。」

「お、置き手紙を見た。ここ、分かったんだ」

「お、置き手紙を見た。蘭との思い出の場所のタイムカプセルを掘り起こすって。お前、一体何を……」

華月さんは小箱を掲げてみせた。

「もう見つけた」

お父さんは動揺が滲んだ顔をしていた。

「な、何を知った？」

華月さんが黙って見返すと、しばらく沈黙が続いた。口を開いたのは柊さんだ。

「親子が別人だった、という話をしていました」

樹木の話だけれど、はたで聞いていたらなんて誤解が生まれそうな台詞！　――と思ったのもつかの間、突然お父さんが青ざめ、愕然とした口ぶりでつぶやいた。

「し、知ってしまったのか……生みの母親のことを……」

5

場の誰もがぽかんとする中、お父さんだけは失言を悔いるように下唇を噛み締めていた。

華月さんははっと何かに気づいた顔になった。お父さんに駆け寄り、今にも胸倉を摑まんばかりの勢いで迫る。

「う、生みの親って何！　お母さんはお母さんじゃないの？」

「い、いや、それは――」

お父さんは後ずさっている。

「お父さんも本当のお父さんじゃないの？」

「ち、違う！　あっ、いや、違わない！　父さんはお前の父さんだ。本当だ」

「じゃあ、お母さんは他人ってわけ？　何なの。何が何？　私、騙されてたの？」

柊さんのズレた返答がまさかこんな話を暴いてしまうなんて――。

僕は言葉も差し挟めず、ただ黙って二人を見ているしかなかった。お父さんは苦悩するように眉間に皺を寄せていたが、もう誤魔化せないと悟ったらしく、やがて観念したように言った。

「あいつは不妊で――父さんたちは相談して友人の女性に代理母出産を頼んだんだ」

華月さんは目を剝いた。全身を貫いた衝撃に打ちのめされたようにふらつく。岩浪先輩がいち早く肩を支えた。

「平気か？」

華月さんは岩浪先輩を全く見ていなかった。お父さんの目を刺し貫くように見返している。

「当時は日本国内初の代理母出産が公表された時期で、自主規制を破って実施してくれるクリニックがいくつかあったんだ」

僕が小学生くらいのころの話だろう。初の代理母出産後、二年ほどで厚生労働省や日本産科婦人科学会が『代理母出産は認めない』と結論を出したと聞く。賛否ある難しい問題だ。

華月さんは意志の力を総動員するような面持ちで口を開いた。

「代理母って、お父さんとお母さんの受精卵を他の女の人の子宮に入れて、代わりに出産してもらったってこと？」

「そうだ。父さんたちは血の繫がった我が子にこだわったんだ。そのためには他に方法がなかった」

「待って。待って待って。代理母って、ひょっとして――」彼女は手の中の小箱――

タイムカプセルを見つめた。「蘭って人？」

お父さんはためらいを見せたすえ、静かにかぶりを振った。

「逆なんだ」

「逆って何？」

「……美紀子が代理母で、蘭が母親なんだ」

真横で説明を聞いていた僕も、混乱している。浮気相手と思われていた蘭さんこそ本当の母親で、母親だと信じていた美紀子さんのほうが他人？　代理母？　でも、なぜそんなややこしい状況に？

僕の頭の中にはクエスチョンマークがあふれていた。当然、華月さんも同じだったらしく、お父さんをさらに問い詰めた。

お父さんが苦渋の顔で語ったところによれば、娘を生んでくれた友人の美紀子さんと華月さん夫婦は家族同然の付き合いをしていたという。写真に三人一緒の姿が写っているのもそういう理由だった。

桜という娘の名前は、蘭さんが思い出のサクラから閃いた。二人で歩道を歩いていて一本だけのサクラに立ち止まったとき、プロポーズされたのだ。ちょうど母親も花――蘭――の名前だし、ぴったりだと思った。

二人の母親は娘を愛し、大事にしていた。娘も二人を『ママ』と呼んでいた。だが、ある日、母親の蘭さんに難病が発覚する。

——あの子には母親と死別する苦しみを与えたくない。

思い詰めたある日の夜、蘭さんがぽつりと漏らした。彼女自身、中学生のころに交通事故で母親を失っていたから、その苦しみをいやというほど知っていた。

その後は三人で話し合いに継ぐ話し合いだった。だが、蘭さんの悲壮な決意は揺るがず、結局、彼女は二人のもとを去った。

話を聞き終えた華月さんは、ただただ呆然としていた。真相の重みに耐えかねたように、足元がおぼつかない。お父さんは抱えてきた全てを吐き出したのに、楽になるどころか、むしろつらそうだ。

「華月さん……」

僕が声をかけようと一歩踏み出したとき、彼女は突然立ち直り、お父さんを睨みつけた。

「それって——あの人が私の母親面して騙してたってことだよね！」

娘からぶつけられた言葉がよほどショックだったらしく、お父さんは目を瞠っていた。だが、表情を見るかぎり、そんな言葉を発した華月さんのほうが傷だらけだった。

「騙してたわけじゃない。美紀子はお前のために母親としてずっと育ててくれたんだ」

「でも、母親じゃなかったんでしょ！」

言いたくないのに批判の言葉が飛び出してきてしまう――。そんな表情だった。

「お前を生んだんだから母親だ」

「何よ、何ヵ月かあたしをおなかの中に入れてたくらいで、母親面してきたわけ――」

止める間もなく、お父さんの平手打ちが飛んだ。乾いた音が鳴り、華月さんが頰を押さえて立ち尽くす。

どうしたらいいのだろう。何だか責任を感じる。ふと思い出すのは、最初にここへ来たときに華月さんが何げなく口にした話だった。

「華月さん」

呼びかけると、彼女は頰を押さえたまま僕を見た。

「……何？」

「おなかの中に入れてたくらい、、、、で――ってのは言いすぎですよ。〝一時は命も危ない難産だった〟って、華月さん、言ったじゃないですか」

華月さんははっとした。視線を地面に落とし、僕の話を噛み締めるように黙り込む。初夏の風が吹き渡る中、彼女は土手のヤマザクラを見つめた。

「……このヤマザクラとおんなじ」

「え？」

「自分自身が枯れ果てそうなのに、子供を生むために必死で根を土手まで伸ばして、そこからヒコバエを出して――。お母さんもリスクを背負ってあたしを生んでくれたのかな……」

「そ、そうですよ！　二人のために命懸けで代理母を引き受けた想いは本物だと思います。それはやっぱり愛情ですよ」

華月さんは土手のヤマザクラを眺め続けていた。接ぎ木の土台として陰に甘んじながらも命懸けで根を伸ばし、〝子供〟を生み落としたヤマザクラを。

「……でも」華月さんがつぶやくように言った。「でも、許せないのは十五年も前に姿を消したお母さんのほう。身を引くって何？　思い出を作る機会を自分から捨ててさ。自己中だよ」

「それは――」

「だからさ、命があるうちにうんと文句言うつもり」

お父さんが驚いたように言う。

「蘭に――蘭に会ってくれるのか？」

「十五年分の文句をぶつけなきゃ。自分勝手な考えで身を引かないでって。娘の気持ちを一番に考えてって」

そう答えた華月さんは決意に満ちていて、その顔はどこか晴れ晴れしていた。

6

一週間後——。

区役所に出勤した僕は、荻村さんから『緑の窓口』宛ての封筒を手渡された。送り主は『華月桜』となっていた。

「おっ」岩浪先輩が僕の手元を覗き込んだ。「桜ちゃんか。何て何て？」

「待ってください」

僕はペーパーナイフで開封した。中には一枚の写真が入っていた。お父さんと美紀子さん、華月さんが並んで写っている。病室のベッドで上半身を起こしている蘭さんと一緒だ。

写真にはマジックで一言——。

『私もあのヤマザクラのように逞しく生きていきます！』

手紙で多くの文章を費やすより、写真と一文が何より雄弁に彼女の家族の関係を語っていた。

当初は樹木とは無関係の相談だと思った。関わってみると、樹木が思わぬ残酷な真相を暴いてしまい、どうなるかと思ったが——最後は樹木が華月さんを励ましてくれた。

樹木を巡る人々が幸せになってくれたら嬉しい。

『緑の窓口』は僕の性(しょう)に合っている気がする。岩浪先輩も何だかんだ楽しそうだ。

僕は嬉しさを胸に秘め、窓から街路樹たちを眺めた。様々な樹種はほとんどの人に見向きもされなくても、元気よく緑の葉を輝かせていた。

症例5

チャボヒバを前に無力です……

1

「天野君。最近、岩浪さんの様子が変なの」

昼休み、事務の荻村さんが僕に囁いてきた。美人だから顔を近づけられたら緊張する。

「変――？」

僕は回転椅子に座る岩浪先輩の背中を見つめた。鼻歌を歌いながら綿棒で耳掃除している。

「うーん。いつもどおりな気もするけど……」

「今は普通だけど、昨日なんて、閉庁時刻が近づいてきたら一時間に七回も腕時計を確認したり、パソコンで『女の子』『喜ぶ』『花』なんてキーワードで検索していたり……ね、ね、変でしょ」

「先輩を観察しすぎ！」

「わわ、私だってずっと見てるわけじゃ……たまたまよ、たまたま！」

　僕は苦笑しながら答えた。

「でも、今の話は、変って言うより、女の子とのデートを楽しみにしているようにしか思えないんだけど……」

「オブラートって——」

「オブラートに包んで包んで！」

「ほら、何か変だし、気になるでしょ」

「いや、僕は——」

「天野君、後輩として先輩のことは把握しておかなきゃ。仕事にも影響あるかもしんないし！」

「えー、そうかなあ？」

「お願い！」荻村さんは僕に両手を合わせてみせる。「岩浪さんが何してるか探って！」

　恋心を抱くと不安になる気持ちは分からないわけでもない。

「それとなく訊いてみるだけだからね」

　僕は立ち上がり、岩浪先輩に近づいて声をかけた。

「先輩。そういえば、おつまみが美味しい居酒屋を見つけたんですけど、今日、一杯どうですか」

　週に一回は岩浪先輩と飲みに行っている。先輩はお酒に飲まれるような醜態は晒さないから、安心して付き合える。まあ、酔ったら〝質問魔〟になるのが珠に疵だけれど。柊さんとの関係の進展ぶりを追及されると、いつも返事に困る。

　僕からの誘いを断られたことは一度もない。だから今回もそうだと思っていた。でも――。

「悪いな。今日はちょっと野暮用で」

「……そうなんですか。じゃあ、明日はどうですか」

「いやあ、俺もちょくちょく忙しくてさ」

「もしかしてデートですか」

　ストレートに尋ねてみると、後ろで荻村さんが「ひゃっ！」と悲鳴を上げた。岩浪先輩が体を傾け、怪訝そうに彼女を見やる。僕が振り向いたときには、荻村さんはあたふたしながらパソコン作業中を演じていた。

　オブラートに包んで包んで！　と彼女の心の中の懇願が聞こえるようだった。

――いや、会話の流れを考えたら不自然じゃないはず。

「デートでしょ、先輩」

　改めて問い直すと、岩浪先輩は「さて、どうかな」と笑った。この反応で好きに察しろ、という口調。女性の話題にはかなりオープンな先輩にしてはむしろ不自然だった。

たしかに少し変かもしれない。僕は他人のプライベートにはあまり踏み込まない主義だけれど、荻村さんの期待もあるし――。

「えぇー、何か怪しいですよ、先輩」

僕は笑いながらからかう口調を繕った。

「……まあ、デートっちゃデートだな。だからあまり探るな」

同じく笑いを返す先輩。背後で聞き耳を立てている荻村さんの動揺が感じられる。声もなく硬直しているのではないだろうか。

昼休みが終わると、僕は席に着いた。隣の荻村さんに身を寄せ、「――だって」と囁く。

彼女は眉間に皺を寄せてしばらくうなった。傷心で打ちのめされているかと思いきや――。

「岩浪さんの話、嘘っぽい」

現実逃避が返ってきた。

「そ、そうかな？」

正直、僕も変だとは思うけれど、下手に希望的観測を口にして事実だったら罪悪感を覚える。とりあえず、曖昧に濁した。

彼女が再び何か言おうとしたとき、『緑の窓口』に相談者が現れた。隣家の植木の枝々が敷地まで伸びてきて邪魔——という相談内容だ。僕と岩浪先輩は現地へ出向き、双方の言い分を聞いた。法律的な観点から話をしたところ、意外にも話は簡単についた。

他にも三件の相談を解決した後——。

閉庁時刻前、岩浪先輩がそわそわしはじめた。腕時計と何度も睨めっこし、五時半になったとたん席を立つ。

「じゃあ、お先！」

先輩はそそくさと区役所を出て行った。

翌日も翌々日もそんな調子だった。隠し事の匂いがぷんぷんする。

月曜日——。

閉庁時刻が近づいてきたとき、隣の荻村さんがキャスター付きの椅子ごとそばまで滑ってきた。

「天野君、天野君。岩浪さん、不審すぎ！」

「……〝道ならぬ恋〟とか」

「えー、まずいよ、それ。私なら〝道なる恋〟なのに！」

「そんな表現、初めて聞いたよ」

「ツッコミはいいから！」荻村さんは僕にぐいっと迫った。「調査しようよ、天野君！」

「調査って――」

岩浪先輩には引っ込み思案の荻村さんだが、同い年の僕には遠慮なく強引だ。

僕は肩ごしに振り返り、後ろの席の先輩を見やった。最近はかなり真面目に書類仕事をしている。課長から残業を命じられないよう、勤務時間内に頑張っているのかもしれない。公務員といえども、残業はあるのだ。

閉庁後の付き合いが急に悪くなった先輩。僕としては少し寂しくもある。とはいえ、調査なんて……。

「ほらほら、天野君も早めに帰宅準備して！」

ためらう僕の尻を引っぱたく荻村さん。もちろん、物理的にではなく、言葉で。

結局、勢いに負けてうなずいてしまった。

押しに弱い僕――。

「また明日な！」

岩浪先輩が区役所を出て行くと、僕らは鞄を手に立ち上がった。「早く早く」と荻村さんに手を引かれながら後を追う。

高層ビルが建ち並ぶ通りを歩いた。六月の夕方はまだまだ明るい。初夏の熱を孕んだ微風が排気ガスを巻き込み、街路樹を撫でるように吹き抜けていく。

荻村さんと並んで歩いていると、通行人の視線がまず彼女に向き、続いて僕に注がれる。嫉妬と羨望が混じり合い、刺々しい。何でこんな平凡そうな男と——と心の声が聞こえてくるようだ。

思わず外側に半歩、距離を取るも、荻村さんはいぶかしげな顔つきで自然に寄り添ってくる。カップルを装っているわけじゃないんだからそんなにくっつかなくても——と軽口めかして言おうかと思ったが、口にしたらむしろ余計に意識するはめになりそうだ。

荻村さんとの距離を気にしているうちに先輩を見失いそうになり、僕は慌てて気を引き締めた。岩浪先輩が駅に入り、電車に乗る。帰宅するなら逆方向のはずだ。やはり何か用事があるのだろう。

僕らは隣の車両に乗った。荻村さんは連結部に移動し、窓から先輩の動静を窺っている。

見つかったとしても先輩相手なら洒落ですむ、という思いがあるから僕も付き合える。とはいえ、はた目には怪しすぎる。

ドアが開き、荻村さんが連結部から戻ってきた。

「次で降りそう！」

電車で一駅――か。目的地はどこだろう。

僕らは先輩が降りたのを確認してから下車すると、慎重に尾行し続けた。飲食店がひしめく通りを進んでいく。

岩浪先輩は交差点前のカフェに入っていった。荻村さんはウィンドウから店内を覗き込み、「あっ！」と声を上げた。

「あああ、あ、あれ……」

岩浪先輩はテーブルを挟み、二十代後半か三十代くらいの女性と向かい合っていた。

「た、単なる相席かも――」希望を口にした荻村さんは、店内に空席が半分以上ある事実や、仲良く会話する二人の姿を確認し、「ああ、やっぱり違いそう……」と一人で絶望的な声を漏らしている。

本当にデートだとは思わなかった。いや、実は不動産屋とか保険のセールスウーマンとか、そんなオチかもしれない。

荻村さんが「うーん」とうなった。「何とか会話聞けないかなあ……」

「店に入ったら一発でバレるよ」

「だよねえ……」落胆の顔を見せる荻村さん。突然、はっと顔を上げた。「そうだ、名案を思いついた！」

頭の上に電球が灯ったような表情だ。

「ちょっと待ってて」

荻村さんは向かいのコンビニに入っていった。店員に話しかけ、奥へ消えていく。一体何をするつもりだろう。

僕は五分ばかり店外で待った。やがて自動ドアが開き、現れたのは――化粧を落とした荻村さんだった。

その手があったか！

僕は膝を打ちたくなった。今の荻村さんは別人だった。すっぴんの彼女は素朴な顔立ちに変わっている。

「変装してきた！」

控えめなピースサインと共に言い放つ荻村さん。

「それは変装したっていうか――」

「むしろ変装を解いたって？　ほっといて！」彼女はおどけるようにツッコミを入れた後、「よし」と胸の前で拳を作ってみせた。「じゃあ、行ってくる。天野君は待ってて」

荻村さんは堂々とカフェに入っていった。テーブル席の岩浪先輩は一瞥したものの、すぐ連れの女性に目を戻した。さすがの先輩も見抜けなかったらしい。

彼女は先輩と背中合わせの席に座った。外から見ていると、椅子をさりげなく近づけたり、背もたれに体重を預けて耳を傾けたり、ずいぶん不審な動きをしている。ハラハラした。だが、先輩に気づいた様子はなく、女性と会話している。何を話しているのだろう。

十五分ほど経ったとき、岩浪先輩が伝票を手に立ち上がった。会計を済ませ、二人で出てくる。僕は慌ててプラタナスの街路樹の陰に隠れた。幸い、先輩たちの行き先は反対方向だった。背を向け、通りを歩いていく。

荻村さんもカフェから駆け出てきた。立ち止まり、きょろきょろしている。

僕が木陰から出て行くと、彼女が駆け寄ってきた。

「何か分かった？」

「デートじゃなかったっぽい」

「やっぱり何かわけあり？」

「うーん……何だかあの女性の娘さんが入院しているとか、そんな感じだった。これからお見舞いに行くって」

「じゃあ、万事解決？」

荻村さんはぶんぶんとかぶりを振った。

「二人の関係はいまいち分からなかったし、このまま続行！」

荻村さんは今や探偵の真似事を楽しんでいるように見える。

僕は大胆不敵で積極果敢な彼女に引っ張られ、病院まで付き合うことになった。

2

僕は彼女と一緒に岩浪先輩を病院まで尾行した。先輩と女性は三階へ上がり、大部屋に姿を消した。

荻村さんは開いているドアの陰から病室内を覗き見た後、振り返った。

「天野君、突撃、ゴー」

「え？」僕は指で自分を指し示した。「僕？」

「うん。偶然を装うもよし、正直に話すもよし。お任せ」

「いやいやいや。荻村さんは？」

「私は……ほら、すっぴんだし！」

「僕一人はちょっと……」

荻村さんは、頼りないなあ、と言いたげな顔を見せ、ポーチからメイク道具をシュピッと取り出してみせた。

「じゃあ、トイレで変装解いてくる！」

彼女は突き当りの女子トイレに消えると、あっという間にメイクアップして帰ってきた。マジシャンの早変わりのようだった。先輩の隣にお似合いの美貌だ。

「さあ、ゴーゴー」

僕は背中を押され、病室の前まで進んだ。開いているドアをノックする。五床のベッドが配置され、女性患者が使用している中、ベッドで上半身を起こしているパジャマ姿の少女と、傍らの丸椅子に座る先ほどの女性――。ベッドの縁に腰掛けた岩浪先輩は驚きの顔を見せている。

「お前、何してんだ」

お前？　らじゃなく？

振り返ると、荻村さんは僕の背中に姿を隠していた。小柄だから完全に先輩の視界から消えている。

「お、荻村さん……？」

僕が声を掛けると、彼女はかくれんぼの最中に物陰から様子を覗き見るようにおずおずと顔を出した。

岩浪先輩はますます驚いたように目を見開いた。

「ふ、二人揃って何やってんだ？」

僕は困惑しながら「いやあ」と首の裏を掻いた。

「あっ！　俺を尾行したんだろ！」

「あはは……当たらずといえども遠からずと言いますか、大当たりと言いますか。先輩の様子が変だったので、少し気になって」

岩浪先輩は呆れたようにため息をついた。

「まったく。〝おはぎちゃん〟まで使って何してんだよ」

いや、使われたのは僕のほうなんです――。

服ごしに背中の肉をぎゅっと摘まれていたから、僕は尾行の首謀者を引っ被るしかなかった。

それにしても、岩浪先輩はいまだ〝荻村さん〟を〝萩村さん〟だと誤解したままなのだろうか。相変わらず〝おはぎちゃん〟と呼んでいる。まあ、あだ名に喜んで訂正しない荻村さんも荻村さんだけれど。

「僕は純粋な気持ちで、気になって……」

目を向けると、少女が好奇心いっぱいの顔で「大地お兄ちゃんのお友達？」と訊いた。

岩浪先輩が少女に笑顔で答えた。十歳くらいだろう。イチゴの髪留めが可愛らしい。

「仕事の仲間だな」

「へえ！」

興味深そうに答えた少女は、僕の後ろの荻村さんをじっと見つめた。思い悩んだような顔を先輩に向ける。

「……大地お兄ちゃんの恋人？」

岩浪先輩は笑いながら「いや、同じく仕事の仲間」と即答した。荻村さんは少しがっかりしていた。

「ふーん……？」

少女は疑り深そうに先輩と荻村さんを交互に見ていたが、やがて安心したように息を吐いた。

「よかった。あの人が恋人だったら、あたし、敵いそうにないし」

「マセガキめ」岩浪先輩は少女の額を人差し指で軽く突いた。「立候補には十年早いっての」

「十年経ったら、大地お兄ちゃん、大地おじさんになっちゃう！」

「おじさんはないだろ、おじさんは」

少女が悪戯っぽく「えへへ」と笑う。

「あの……」僕は先輩に声をかけた。「この子は？」

岩浪先輩が振り返った。

「ああ、紹介忘れてたな。大場美紀ちゃん」

「親戚とかですか？」

「いや、たまたま知り合った」

「先輩は何で病院に？」

岩浪先輩は言いにくそうに頭を掻いた。

「……ほら、前に話したろ。祖父ちゃんの介護をしてたって。今はこの病院に入院中だから、週一で見舞いに来ててさ。まあ、そうしたら廊下で出会って……懐かれて今に至る」

「子供みたいに言わないでよ、大地お兄ちゃん！」

美紀ちゃんが膨れっ面をする。

女性はしばらく微笑ましそうに眺めていたが、はっと思い出したように僕らに向き直った。

「美紀の母親です」

僕らも自己紹介をした。

「岩浪さんには毎日のように娘の相手をしていただいて――。美紀も喜んでいます」

先輩が子供好きとは知らなかった。

荻村さんが先輩に訊いた。

「何で隠してたんですか」

岩浪先輩は照れ臭そうに苦笑いした。

「いや、子供のお見舞いなんて格好よすぎるだろ。これ以上イケメン設定が追加されたら近寄りがたくなる。俺は親しみやすいイケメンでいたい！」

握り拳を作って熱弁する先輩。本気なんだか冗談なんだか。

荻村さんは「素敵です！」と王子様を見る眼差しを向けていた。恋は盲目だ。美紀ちゃんは先輩の服の裾を摘み、「だから子供じゃないってば！」と抗議している。

そのうち、美紀ちゃんの目が僕に向いた。

「お仕事の仲間ってことは、お兄ちゃんも『緑の窓口』の人？」

「そうだよ」僕はうなずいた。「先輩から聞いてる？」

「うん！」美紀ちゃんの瞳がきらきら輝いている。「面白いお話たくさんしてもらった！」

僕は「へえ？」と先輩に意味ありげな流し目を送った。

「な、何だよ」

「……先輩、『緑の窓口』の仕事、実は結構好きだったんですね」

「ば、馬鹿！　話のネタだよ、ネタ！」

「いや、マジだって。あいつには言うなよ。調子に乗るからな。『ついに樹木の素晴らしさに目覚めたんですね！』なんて迫られたらたまらん！」

意地っ張りだなあ、先輩も。

僕が岩浪先輩をいじっていると、美紀ちゃんが笑った。

「あたし、樹木のお話、大好き！」

「樹木は面白いよね」

僕が同意すると、美紀ちゃんはベッドの上から病室の窓を見やり、地上を指差した。

「見て見て！　あたしね、入院はつらいけど、右のあの木みたいに元気になるの」

僕は窓際に近づき、彼女が指差す先を見た。コの字形になっている病棟の向かいには、庇(ひさし)の下に樹高二メートルくらいの細い二本の樹木が仲良く並んでいた。一本は枝々にずいぶん葉を茂らせている。突き立った緑の綿菓子のようだ。もう一本はほとんど枯れそうになっている。裸の枝々に葉はわずかだ。

大場さんが娘に温かな眼差しを注ぎながら言った。

「この子、看護師さんにもいつも話しているんです。あっちは枯らさないでね、って」

「またまたあ」

美紀ちゃんは元気な植木に感情移入し、励まされているようだ。

病名は分からないけれど――プライバシーだから詮索しなかった――、外で走り回れるくらい元気になってほしいと思う。

3

区役所の閉庁時刻になると、岩浪先輩は席を立った。鞄を取り上げながら振り返る。

「じゃあ、病院に顔を出してくる！」

先輩も面倒見がいいなあ。

荻村さんはにこやかに「行ってらっしゃい！」と新妻みたいな笑顔で見送っている。デートではなく、安心したのだろう。

僕は帰り支度をし、区役所を出た。電車で二駅の町のアパートに帰宅する。

岩浪先輩から電話があったのは、植物図鑑で草木の勉強をしているときだった。

「天野！　ちょっと助けがいる！」

開口一番の台詞に僕の心臓は飛び上がった。

「まさか美紀ちゃんに何かが――」

「いや、そういうんじゃないんだけど、無関係でもないっていうか……彼女を連れてきてほしい」

「荻村さんですか」

「違う違う。樹木の相談なんだ」

「……柊さんですか」

「ああ。急で悪いけどさ、病院へ来てくれ」

深刻な口ぶりの中にも怒りが混じっているように聞こえた。一体何だろう。

先輩は「来てくれたら話す」と言い、電話を切ってしまった。僕はすぐさま柊さんの名前を選択した。彼女が出ると、事情を説明し、駅前で待ち合わせた。

柊さんは約束の時刻の五分前にやって来た。僕は十分前に来ていた。

「すみません、急に呼び出してしまって」

「樹木が助けを呼んでいるなら、私はいつでも駆けつけます」

「ありがとうございます。でも、樹木の危機なのかどうかは先輩に聞いてみないと……。僕も事情がよく分かっていないもので」

「岩浪さんが私を呼んだんでしょう？　よほどのことでなければ、私に助けを求めたりはしません。行きましょう！」

僕は彼女と電車に乗り、例の病院へ駆けつけた。三階の大部屋を訪ねると、岩浪先輩と大場さんが丸椅子に腰掛けていた。美紀ちゃんは引っ被っていた布団を少しずらし、僕らを確認してからまた顔を隠してしまった。

何があったのだろう。

岩浪先輩が立ち上がり、柊さんを紹介した。

「さっき話していた樹木医です」

柊さんがぺこりと頭を下げ、名刺を差し出した。大場さんは受け取ってためつすがめつした。

「彼女はこれでいて頼りになるんですよ」

先輩は珍しく柊さんを素直に称賛している。やはり何か樹木絡みの問題が発生したのだ。

「先輩、それで一体何が――」

僕が水を向けると、岩浪先輩は振り返った。大真面目な顔だ。

「美紀ちゃんが敷地内の植木を大事に想っていたことは、天野も知ってるだろ。それなのに――」先輩は窓に近づいた。「見てくれ。見舞いに来たらあのありさまだ」

僕と柊さんは窓から地上を見下ろした。コの字形になっている病棟のちょうど真向いの建物の前――庇の下に生えている植木は、幹の部分でへし折れ、地面に横倒しになっていた。枯れそうな一本だけが寂しげにぽつんと残っている。

「倒木――ですか」

先輩の眉間に縦皺が刻まれた。倒れた植木を睨みつけている。

「現場を見てくれたら分かる。何者かに伐り倒されてたんだ！」

僕は柊さんと顔を見合わせた。

「美紀ちゃんの希望の象徴だったのに。誰かの嫌がらせだ」

「まだ嫌がらせとはかぎらないんじゃ……」

「隣の枯れ木なら伐採するのも分かる。でも、そっちは無視して、元気なほうだけ伐り倒してるんだぞ。看護師さんに訊いたら、処分とか、そういう話は出てないって」

「……たしかに作為的ですね」

「だろ。夜中の犯行みたいでさ。朝、美紀ちゃんが窓から見てショックを受けてる。

……」

美紀ちゃんが布団をずらし、顔を出した。半泣きだ。つぶらな瞳に涙が浮かんでいる。

「あたしの木、死んじゃった……」

希望を根こそぎ奪われたかのような少女のつぶやきは、痛いほど胸に突き刺さった。

「現場を見に行きましょう」柊さんが踵を返した。

僕と先輩は彼女の後を追った。階段を下り、外へ出る。花壇が寄り添う駐車場を横切り、隣の病棟へ向かう。庇の下で明暗を分けている二本の樹木――。

柊さんは交互に見つめた。

「二本ともチャボヒバですね。葉が短足の鶏――矮鶏に似ているから、矮鶏檜葉と名付けられたんです」

文字どおり針を思わせる針葉が鶏の足のように寄り集まっている。イメージとしてはマツに近く、ギリシャ文字の『Ψ』のような葉の集合体だ。

普段の先輩なら『短足』に反応して何か茶化しそうなものだが、今日は真剣な顔つきを崩さない。

柊さんはしゃがみ込み、倒れたチャボヒバの切断面をいたわるように撫でた。

「間違いなくノコギリですね。途中からもぎ取ったような傷跡がありますから、たぶん、ノコギリで半分ほど切り込みを入れてから、思いきり力を加えて折ってしまったんです」

犯行時間の短縮だろう。作業が長引けば、それだけ目撃される可能性が高くなる。

「クソッ」先輩が吐き捨てる。「誰の仕業だ」

柊さんはチャボヒバの天辺の葉に触れた。

「こんなに懸命に頑張っていたのに……ひどいです」

僕はカイワレを思わせる異様に長い一部の針葉を見つめた。楕円形の樹形を崩すように、通常の針葉の何倍も伸びている。

「何かいびつですね……」

柊さんはチャボヒバの〝カイワレ部分〟を撫でながら答えた。

「ここだけヒノキなんです」

「へ？　ヒノキ？　チャボヒバからヒノキの葉が生えているってことですか？」

「はい。チャボヒバはヒノキの園芸種ですから。分かりやすく言えば、ヒノキを家庭の庭用に小型化したのがチャボヒバなんです。ですから、針葉もヒノキより短いんです」

「じゃあ、この一部分だけ長い針葉は――」

「このチャボヒバはいい加減な剪定をされたんでしょう。必要以上に枝を切られたら、一刻も早く光合成をしなければなりません。とはいえ、短い通常の針葉を出しても光合成の量は変わらないので、ＤＮＡに刻まれた先祖のヒノキの長い針葉を生やし、光合成の量を増やそうとしていたんです」

「先祖の葉まで呼び出すなんて――凄すぎですね」

「そんなに頑張ってた木なのか」岩浪先輩がチャボヒバを睨みつけた。「木と一緒に女の子の想いまでこんな無残に……許せないな」

「僕も気持ちは同じです」

「美紀ちゃんがこの木を大事に想っていたのは、結構知られてる。誰にでも嬉しそうに話していたらしいから。犯人は彼女を傷つけようとしたんだと思う。でなきゃ、元気なほうだけわざわざ伐り倒す理由なんてないだろ」

「先輩の相談って、もしかして――」

「樹木絡みだろ。今回は俺が依頼する。こんな卑劣なことをした犯人を見つけてくれ！　美紀ちゃんに謝らせたいんだ！」

岩浪先輩は「頼む！」と柊さんに頭を下げた。

4

岩浪先輩が美紀ちゃんの病室に戻ると、僕は柊さんを見た。

「難しい依頼を受けましたね」

彼女はチャボヒバを凝視している。

「……犯人捜しは私の仕事ではありません。でも――なぜ何の罪もない樹木を殺してしまったのか、犯人に問い詰めたい気持ちはあります」

柊さんも怒っている。岩浪先輩も怒っている。理由は違えど、二人共、犯人に対して怒りを感じている。

とはいえ――夜中の犯行なら目撃者はいないかもしれない。どうやって犯人を捜せばいいのだろう。

「柊さんは何か分かりませんか」

彼女は伐り倒されたチャボヒバを再び撫でた。死者のまぶたを閉じてやるような繊細さで。

「……チャボヒバは日向を好みます。こんな日当たりが悪いところで必死に生きようとしていたのに、無残に人間の手で殺されてしまいました」

「ひどいですよね。何か犯人特定の手がかりになりそうな情報は――」

「私に分かるのはそのくらいです。これは樹木がどうの、という話ではなく、何者かが伐採した、という犯罪の話ですから」

犯罪――か。私有地の樹木を勝手に伐採したら、法律上は器物損壊罪になる。悪戯ではすまないのだ。

「うーん、目撃してそうな人に聞き込みするとか、刑事の真似事をしてみるしかないですかね」

柊さんが困惑顔を見せた。

「どうかしました？」

「……樹木はそこに立っているだけで意味がありますし、色んな役に立ちますが、私は違います。今回の私は無力です」

大真面目な想いの吐露なのか、ツッコむべき自虐的ジョークなのか、判然としない口調で柊さんは言った。

「いやいやいや」僕はとりあえず否定した。「そんなことはないですよ！　柊さんが一緒だと心強いです！」

「私は人から話を聞くのは苦手です」

「そんなふうには見えませんけど……」

「仕事は平気なんです。依頼者も、私の説明をしっかり聞いてくれますし、治療が上手くいけば喜んでくれます。でも、それ以外ではうまくコミュニケーションが取れません。呆れられたり、困られたり、引かれたりすることが多いです」

そうか。僕が今まで見てきた柊さんは全て仕事絡みだ。だから樹木医としての彼女しか見ていなかった。その言動の数々は、樹木を愛するゆえだと肯定的に捉えてきたが、世の中にはそうでない人もいる、ということだろう。

「私ももう少し人とうまくコミュニケーションが取れるようになれたらいいのに、と思うのですが……」

柊さんの想いを聞き、人付き合いが苦手だという彼女の耳代わりになろうとした以前の自分の思い上がりを恥じた。苦手な部分を補い合うことと肩代わりすることは違うのだ。

僕は深呼吸し、思い切って言った。

「じゃあ、なおのこと、一緒に真相を探ってみましょうよ！」

「でも――」

「可能性があるなら行動しましょうよ。柊さんも今回の〝事件〟を軽くは見ていないんでしょう？」

「……もちろんです」

「じゃあ、僕らで動きましょう！」

柊さんは少し迷ったすえ、ためらいがちにうなずいた。

さて――と僕は病棟を眺めた。威勢よく提案したのはいいけれど、実際問題、聞き込みは難しい。入院患者に迷惑をかけないよう、細心の注意を払わなければ……。

僕は柊さんと二人で病棟へ戻った。

「二手に分かれて話を聞いてみましょうか」

僕が提案すると、柊さんが驚きの顔を見せた。

「別々に行動するんですか？」

「はい。そのほうが効率的かと」

「でも、刑事さんとかは二人一組ですよね！」

食い下がる柊さん。

「いや、僕らは刑事じゃないですし……」

コミュニケーションがうまくなりたい、という願望はあっても、いきなりの〝実戦〟では心の準備が難しいのだろう。正直、僕も柊さんと一緒のほうが嬉しい。でも、僕がでしゃばりすぎて彼女のためにならないのだとしたら――。

「別々に話を聞いて、目ぼしい情報が手に入ったら共有するほうが効率的だと思います」

柊さんは逡巡（しゅんじゅん）した後、諦めたようにうなだれた。

「……そうですね。私も頑張ってみます」

「はい。よろしくお願いします！」

柊さんと別れ、僕は廊下を見回した。慌ただしく歩き回っている医師や看護師を避け、話が聞けそうな病院関係者を探す。僕が目に留めたのは、病室から出てきた一人の女性看護師だった。雰囲気が落ち着いていたから声を掛けやすいと思った。

「すみません」

「はい、何でしょう？」

「向かいの病棟の前にチャボヒバがあったのはご存じですか？」

「あっ、植木なんです。枯れそうな一本と元気な一本が並んでいて」

「すみません。あまり敷地内の木を意識したことはありませんから、よく分からないです」

「実はそのうちの一本が誰かに伐り倒されていて……」

「枯れそうだったなら、危ないから対処したんじゃないですか」

「それが――枯れそうな木はそのままで、元気なほうが伐り倒されていたんです」

女性看護師は不可思議そうに首を捻った。

「変なお話ですねえ」

「そうなんです。変なんです。誰かが悪意を持って伐り倒したとしか思えなくて……」

「何だか怖いですねえ」

彼女は同意するときには語尾が伸びる。そのせいで、話を軽く受け流されているような気になる。

「実は入院している子供がショックを受けていたものですから……」

「あっ、もしかして美紀ちゃん？」

「そうです！　ご存じでしたか」

「窓から見える木がどうとか、話していた気がするから」

「やっぱり有名だったんですね。美紀ちゃんが感情移入していたチャボヒバが伐り倒されていたから、見舞いに来ている人間としては許せない気持ちが強くて。美紀ちゃんを嫌っている人とか、仲が悪い人に心当たりありませんか」

「……すみません。私もひどいとは思いますが、ちょっと分かりません」

「昨日の深夜のうちにノコギリで切断されたみたいなんです。だから犯人には明確な意志があったんだと思います」

「深夜、ですか。だったら昨夜の夜勤だった看護師に話を聞かれたほうがいいんじゃないでしょうか」

なるほど。

僕は夜勤の看護師の名前を聞くと、礼を言い、柊さんを目で追った。彼女は「あのう……」「あのう……」「あのう……」と手当たり次第に声を掛けては言いよどみ、相手を当惑させていた。しばらくして点滴袋を下げた男性患者と話し込み、僕のほうへやって来た。嬉しそうに笑みを浮かべている。

「話、聞けました！」

「本当ですか！　やりましたね。で、何か分かりました？」

「木には興味がないそうです。好きなものは野球だそうです」

「話を聞けたんじゃ……？」

「はい。話は聞けました」

あっ、話を聞けたってそういう意味……。

樹木と無関係の話題に不慣れなのだ。柊さんにとっては大きな進歩だったのだろう。

「天野さんは何か分かりました？」

僕は先ほどの女性看護師から聞いた情報を教えた。

「早くも手がかりを見つけたんですね。さすがです！」

「い、いや、そんな大した情報じゃ……」

「どんなふうに聞き出したんですか」

柊さんは鼻先が触れそうなほどぐっと僕に顔を寄せた。好奇心いっぱいの眼差しだ。僕は反射的に上半身を引いた。心臓は動揺して引っくり返っている。

「私は樹木医だと名乗って、チャボヒバが殺された件について尋ねたんですけど……困られるばかりでした」

警戒する相手の表情が目に浮かぶようだった。

「え、ええと、ですね……相手は病院関係者だから、入院している子供がショックを受けていた話をしたらちゃんと耳を傾けてくれるんじゃないかなあ、と思って、訊いてみたらうまくいったんです」

柊さんは腕組みし、「納得です」とうなずいた。「ただ一方的に答えを求めるだけじゃ駄目なんですね。勉強になりました」

「い、いえ。たまたまです、たまたま」

「私も真似てみます」

柊さんは黒髪を舞わせながらくるっと踵を返した。

僕はナースステーションに行き、夜勤だったという女性看護師を待った。名前を聞いていたから、胸元の名札に注意していたら戻ってきたところを見つけられた。話しかけ、事情を説明する。

「――というわけなんです。何か目撃していませんか」

女性看護師は「んー」とうなり、首を横に振った。「ごめんなさい。向こうが見える病室には行っていません。それに、夜のあの辺は真っ暗ですし、窓から見ても何も見えないと思います」

思い返してみると、病棟の窓明かりも届かない場所だった。だからこそ犯人は犯行に及んだのだろう。聞き込みを続けても目撃者は見つからないかもしれない。美紀ちゃんを嫌っているような人にも思い当たらないという。

一歩前進したと思ったら、そこには何もなかった。僕は落胆し、思わずため息を漏らした。

女性看護師は申しわけなさそうに言った。

「美紀ちゃんにはお気の毒ですけど……ごめんなさい、お役に立てなくて」

「いえ。お忙しいところ、すみませんでした」

僕はお辞儀をし、病室のほうに戻った。柊さんは僕を見つけるなり、またしても笑みを浮かべて駆け寄ってきた。

「天野さん！　話が聞けました！」

「ええと……今度は何か情報が？」

「はい。天野さんを真似て、入院している子供が傷ついている、って伝えたら、同情してくれて。樹木医を名乗って尋ねたときはほとんどスルーで、チャボヒバにも同情してくれなかったのに」

「何が分かったんですか？」

「達也君でしょ、って」

いきなり登場した初耳の名前に僕は混乱した。達也君？

「どういうことですか？」

肝腎な部分が端折られていて何が何やらいまいち分からない。樹木に関する話なら、子供にも理解できるくらい分かりやすく説明してくれるのに……。

柊さんは納得できないような顔をしていた。

「だから、入院している子供が可哀想で、って話したら、達也君でしょ、って言われたんです」

「美紀ちゃんじゃなく？」

「はい。美紀ちゃんの病室の隣に入院中の男の子らしいです」

「……つまり、美紀ちゃん以外にもチャボヒバに感情移入していた子供がいる、ってことですか」

「そうみたいですね。詳しく話を聞こうとしたら、他の患者さんに呼ばれて去られてしまいました」

達也君——か。

僕は思い違いをしていたのかもしれない。実は美紀ちゃんではなく、その少年への悪意で伐り倒されたのではないか。柊さんが僕の聞き方をそのまま真似た結果、新情報が得られた。

僕は件の病室を見つめた。

「達也君を訪ねてみましょう！」

5

「いつまで待たせるんですか！」

　病室を覗き込んだとたん、怒声が叩きつけられた。僕は反射的に肩を縮こまらせた。

　男性患者たちが入院している大部屋内を改めて窺うと、どうやら僕らが怒鳴られたわけではないと分かった。老舗(しにせ)の頑固親父という風貌の中年男性が若い医師を睨みつけている。眉は跳ね上がり、歯を剝き出しにしていた。

「落ち着いてください、釜元(かまもと)さん」

「何で達也に回ってこないんですか！　登録してるのに！」

「デリケートな内容ですから、お話しするなら診察室へ——」

「ここじゃ話せないんですか。達也の移植待ちはここの患者さんたちはみんな知ってますよ。守秘義務がどうのなんてもっともらしいこと言って、丸め込もうっていうんでしょ」

「いえ、そういうわけでは——」

　医師は大部屋の男性患者たちを一瞥し、困り顔で押し黙った。

「後ろめたいことがないなら、堂々と言えばいいでしょ。『あなたの息子に移植させる臓器はありません』って！」

若い医師は葛藤するように渋面を作り、観念したように口を開いた。

「ご理解ください、釜元さん。脳死ドナーが発生した後、候補者の選定が行われます。タイミングというものがありますし、病院のほうから何か働きかけができる問題ではないんです」

「何かあるはずでしょ！」

「以前もご説明しましたが、移植の順番には医学的緊急性が考慮されます。達也君の症状は安定していますし、どうしても重篤な方が優先されてしまい――」

「達也は――」釜元さんは痛切な表情でベッドの少年を見た後、若い医師をねめつけた。「達也はこんなにつらい思いをしているんですよ！」

「医師としてもつらいんです。ですが、これればかりは……」

「もう三度目の入院ですよ。この先、希望はあるんですか！」

「もちろん、希望はあります」

「気休めでしょ、どうせ！　大体――」

釜元さんが鼻息荒く言い募ろうとしたとき、ベッドの達也君が「お父さん！」と声を上げた。

「もういいよ。僕は大丈夫だから。他の患者さんも――」病室内を見回す。「ほら、困ってるし」

　釜元さんは我に返ったように立ち尽くし、大部屋のベッドに横たわる数人の患者を見た。怒りを全て吐き出すように大きく息を吐き、ほんの一、二秒、目を閉じる。目を開け、男性患者たちに頭を下げる。

「すみませんでした。お騒がせして」

　男性患者たちは文句をぶつけたりはせず、むしろ、お気持ちはよくよく理解できますから、という同情の顔を見せていた。たぶん、同室の達也君への思いやりだろう。

　若い医師は申しわけなさそうに一礼すると、僕らとすれ違うように病室を出て行った。釜元さんの顔が僕らに向く。

「どなたかのお見舞いに来られたんですか？　すみません、入りにくかったでしょう」

「あっ、いえ。隣の病室で入院中の女の子のお見舞いに――」

「そうでしたか。大声でどうもご迷惑をおかけして……以後は注意します」

　苦情を述べに来たと勘違いしたらしい。

「いえ、お気になさらず」僕は誤解させたままにしておくことにし、病室に入って達也君を見た。

「移植——待ちなんですか？　すみません、不躾で。やり取りが耳に入ってしまって」

「とんでもない」釜元さんは首を横に振った。「あんな大声を出していたんですから、聞こえて当然です。父親としては自分の肝臓を分けてやりたいんですが、肝機能異常があるらしくて、何もできません。情けないかぎりですが。生体肝移植ができる親族もなく……脳死ドナーを待つしかない状態です」

「さぞ気を揉まれているでしょう」

「息子の前では感情的にならんようにと思ってるんですが、落ち着き払った担当医の言葉についかっとなってしまって。こっちは移植のお金だって用意して待っているのに」

「……あのう、失礼ですが、移植費用は高額なんですか？」

「登録料は三万円程度ですし、医療費は基本的に保険診療なので、三割負担ですみます。高額療養費制度の補助も受けられますんでね。まあ、コーディネート費用十万と臓器の搬送費用なんかは請求されるそうですが、お金の問題じゃありません。正直、真っ先に移植手術をしてくれるなら、何百万円要求されても払います。私財をなげうって、借金してでも払います」

息子を想う親心が痛いほど伝わってきた。釜元さんはしばらく喋り続けていた。息子の手前、ネガティブになりすぎないよう、言葉はかなり選んでいるようだった。

釜元さんが喋り終えると、僕は窓際に近づいた。世間話を装って切り出す。

「向かいの病棟の植木の件、ご存じですか」

釜元さんが「え？」と顔を向ける。

「二本、並んで立っていたチャボヒバです。達也君も大切に思っていたとか」

「あ、ああ、はい。も、というのは？」

「隣の美紀ちゃんもその木に感情移入していたものですから」

釜元さんの眉間に皺が生まれた。

「そうでしたか……」

「はい。朝見たら一本になっていて……」

「知っています。ですが、無事でよかったです」

聞き間違いかと思った。

無事でよかった——？

完全に伐り倒されてしまっているのに、どこが無事なのか。釜元さんと話が合っていない気がする。

「すみません。無事というのは——？」

釜元さんは訝しむように顰めっ面を見せると、向かいの病棟の側壁に寄り添うチャボヒバを指差した。

「ほら。無事ですよね？」

釜元さんが指し示しているのは、枯れそうなチャボヒバだった。枝には針葉がほとんど残っていない。

「あれですか？　枯れかけ――ですよね？」

「そうですね。辛うじて耐えています」

何かがズレている。

まさか――。

「達也君が感情移入しているのは、あの枯れかけの――？」

「そうです」釜元さんは枕元から一冊の文庫本を取り上げた。『オー・ヘンリー傑作集　最後の一葉』だ。「せがまれて買ってきてやったんです」

達也君は窓の外に視線を投じ、口元に達観したような儚い微苦笑を浮かべた。

「あの木が枯れたとき、僕も力尽きる――かもね」

「達也、馬鹿言うな！」

「冗談だよ、お父さん。ちょっと感傷的になってるだけ」

「……まったく！」

釜元さんは疲労感が籠ったため息を吐いた。

「天野さん」

柊さんが僕の服の裾を摘み、軽く二、三度、引っ張っていた。置いてけぼりにされた顔をしている。

「あの文庫本は何ですか？」

「えええー」達也君が声を上げた。「お姉ちゃん、知らないの？」

「……はい。小説は読まないです。専門書ばかりで」

「結構面白いのにな。ま、僕も国語嫌いだし、入院してなかったら興味持たなかっただろうけど」

「どんなお話なんですか？　樹木が関係しているんですか？　だったら知りたいです」

「変なとこ食いつくね、お姉ちゃん」

「そうですか？」

「そうだよ。普通、物語の主役は人じゃない？」

「私、樹木医ですから」

「ジュモクイ？　え？　何を食べるの？」

柊さんは小首を傾げた。

「違います。何も食べません。いえ、食事はします。『樹木』プラス『医者』で、樹木医です」

「ああ、そういうこと。〝面食い〟みたいに言うから」

　達也君は「あはは」と照れ笑いを浮かべた。先ほどまでの厭世的な表情と打って変わり、年齢相応の無邪気さが表れていた。

「樹木の病気を診るわけ？」

「はい。そうです。樹木が弱っていたら原因を突き止めて、治療するんです」

　達也君が「へえ」と興味深く身を乗り出す一方、釜元さんは「樹木の医者――か」と何やら思案げにつぶやいている。

　柊さんが達也君に言った。

「私はその文庫本の話が知りたいんですが……」

「僕は樹木医さんのお仕事の話が聞きたい」

「……本の話をしてくれたら樹木の話をします」

「了解。取引成立だね！」達也君は嬉しそうに笑った。「『最後の一葉』はオー・ヘンリーって作家の短編小説でさ。ストーリーをどこかで聞いたことがあって、入院中に木を眺めているうちにふと思い出して、買ってきてもらったんだ」

「どんな物語なんですか？」

「せっかちだなあ、お姉ちゃん」

柊さんのほうが子供のようだった。

「ちゃんと話すってば。ええとね、画家の女の人が肺炎で寝込んじゃってね、アパートの窓から見えるツタの葉っぱに自分を重ね合わせるんだよ。『あの枯れ葉が全部落ちちゃったら私は死ぬんだわ』って。で、嵐が来て枯れ葉を引き千切っていくんだけど、最後の一枚だけ残るんだ」

「枯れ葉——ということはセイヨウキヅタではないですね。キヅタ属は常緑性ですから」

「難しいよ、お姉ちゃん。僕、理科とか苦手だし」

「舞台はどこですか？」

「ニューヨーク。社会は好き！」

「ニューヨークだったらたぶん落葉性のツタですね。北米にはキヅタ属は自生しませんから。セイヨウキヅタが大半のヨーロッパが舞台なら、成り立たなかった物語だと思います」

「難しいってば」

「すみません。それで物語はどうなったんですか」

そういえば、オチは僕も知らない。『あの葉っぱが全部落ちたら私も——』という有名な台詞は知っているけれど。

「枯れ葉は落ちたんですか？　嵐の中でも一枚だけ残り続ける、なんて非現実的です」

「ううん。実はリアルなお話なんだよ、お姉ちゃん。落ちずに残った最後の一葉は、本物の葉っぱじゃなく、そのツタが這う壁に描かれた絵だったんだ。主人公の女の人のために、同じアパートに住む画家のお爺さんが大雨の中で必死で描いたんだよ。本物とそっくりの葉っぱを」

「あっ！」柊さんが手のひらをぽんと打った。「だから風雨に晒されても落葉しなかったんですね。納得です」

「主人公の女の人は、いつまでも落ちない最後の一枚に元気づけられて完治するけど、お爺さんは雨の中で絵を描いたせいで肺炎になって、死んじゃうんだ。ハッピーエンドなのかバッドエンドなのか分かんないや」

「父さんも——」釜元さんは悔しげに顔を顰めた。「自分の肝臓を移植してやれたらよかったんだがな。移植に適してるもんなら、物語の老人のように自分の命とだって引き換えにしたんだが」

「それはもう言いっこなしって言ったでしょ。お父さん死んじゃったら僕、悲しいし」

釜元さんは力なく笑った。

「そうだった——な。ついな。それくらいの気持ちだってことだ。達也も葉っぱなんかに運命をゆだねず、諦めないでくれ」

「……うん」

達也君はほほ笑みを返すと、ベッド脇の丸椅子をポンポンと叩いた。

「次はお姉ちゃんの番！　面白い木の話、聞かせてよ！　分かりやすくね！」

柊さんは子供からこのように懐かれる経験が少ないのだろう、戸惑いがちに僕をちら見した。

「せっかくですから、何か話してあげたらどうですか」

「でも、何を話せば面白いのか……。私の〝面白い〟は、他の人の〝面白い〟と一致しないことが多いですから」

「じゃあ、僕らが関わった依頼の話はどうですか？　それなら興味深いんじゃないかと」

柊さんはしばし考えるように黙り込み、丸椅子に座った。そして——僕ら『緑の窓口』が解決した樹木トラブルを話しはじめた。樹木絡みだからか、意外にも話し方がうまく、達也君はあっという間に引き込まれていた。

結局、医師の回診まで話は続いた。

廊下へ出ると、釜元さんが僕らに話しかけた。

「樹木医さんに相談があるんですが……」

柊さんが「何でしょう」と応じる。

「樹木の治療がお仕事なんですよね」

「診察、治療、予防――。樹木のために働くのが樹木医です」

「折り入ってご相談があるんですが。こうしてお会いできたのも何かのご縁ということで」

「樹木に関する相談であれば」

「もちろんです。実は向かいの病棟のチャボヒバなんです。達也はあの枯れそうな一本に自分を重ね合わせています。どうでしょう、元気にしてやってもらえませんか」

柊さんは患者に重病を告知する医者のような顔をした。

「……ご依頼ならば治療を施しますが、残念ながら望み薄です。チャボヒバは日向を好みますから、あの場所にあるかぎり、このまま枯れていってしまいます」

釜元さんは肩を落とした。

「やっぱり、そうですか」

「やっぱり？」

「あっ、いえ。昨日、造園業をしている方にアドバイスを貰ったら同じような話をされまして。もう少し手前に——日向に植え直したりはできないんですか」

「チャボヒバは移植が難しいんです」

「今はあまり聞きたくない言葉ですね……」

どういう意味だろう？　——あっ！　僕は疑問と同時に理解した。移植は難しい
——それは釜元さんがうんざりするほど聞かされてきた台詞だろう。

彼のつぶやきの意味が分かっていない様子の柊さんが続けた。

「ですから、最初に植える場所は慎重に決めなくてはなりません」

「もう枯れるのを黙って待つしかないんですかね……」

うなだれたまま下唇を噛む釜元さんの姿に胸が締めつけられた。

僕が言葉をかける前に柊さんが答えた。

「少しでも〝延命〟できるよう、これからも私が様子を見に来ます」

釜元さんが顔を上げる。

「本当ですか！」

「はい。微力ながら力になります」

僕と柊さんは美紀ちゃんの病室に戻った。岩浪先輩が小声で「どうだ？　何か分かったか？」と訊く。

「聞き込みをしたんですが、犯人に関しては全く。目撃者もいないんです。やっぱり深夜の犯行ですし。美紀ちゃんに嫌がらせをするような人も見当たらず――」

「そっか。悔しいな。彼女を傷つけようとした奴がどこかに絶対いるはずなんだが。その線からも駄目か」

岩浪先輩は拳を握り、美紀ちゃんを見やった。少女はときおり窓から地上を見下ろしては、ため息をついている。

「あたしの木、死んじゃったね。きっとあたしも……」

美紀ちゃんの悲痛なつぶやきに僕らは何も言えなかった。

沈黙を破ったのは柊さんだった。窓際に近づき、枯れそうな一本しか残っていない敷地を眺めながら言う。

「死んだわけではありません。人間の手で殺されたんです」

岩浪先輩が「お、おいっ！」と慌てた形相で止めに入る。

「死因は病気ではありません。自分の状況に重ね合わせる必要はありません」

岩浪先輩が「おっ……」と踏みとどまる。

「重ね合わせるなら――」柊さんは枯れそうなチャボヒバを窓から指差した。「あれではないでしょうか」

「お、おいっ！」岩浪先輩は今度こそ彼女に駆け寄った。耳元に顔を寄せ、囁く。

「何考えてんだ、あんな瀕死のチャボヒバを勧めるなんて。感情移入できる木が他にないならないでいいんだよ。そんな無理やり作らなくても。しかも弱ってる木を」

柊さんは制止も無視し、続けた。

「私はあのチャボヒバを死なせません。絶対に」

釜元さんには現実的な説明をした柊さんが今回は断言した。それは樹木医としての矜持ではなく、ただ美紀ちゃんを——そして達也君を思いやっての発言に思えた。

「本当？」

美紀ちゃんが疑うように尋ねた。いや、彼女自身、柊さんの言葉を信じたがっているように聞こえた。

「本当です。どんなに元気がない木でも、治らないなんてことはないと証明します。指切りです」

柊さんが小指を差し出すと、美紀ちゃんはそれをじっと見つめ——そして指を絡めた。

岩浪先輩は柊さんを意外そうな目で眺めていた。僕も同じ気持ちだ。

美紀ちゃんは今日初めてほほ笑んだ。大場さんが「励ましていただいてありがとうございます」と頭を下げる。

樹木の治療以外でのお礼に慣れていないのか、柊さんは恐縮したように身を引き、

「い、いえ……」と視線を逸らしてしまった。岩浪先輩が不安そうに訊く。

面会時間が終わると、廊下に出た。

「だけど、本当に治せるのか？」

「……移植を試みます」

「植え替えか？　別の木を植えたと疑われないか？」

「移植といっても、二、三十センチです。ほんの少し移動してやるだけで日光を得られます。ただ――〝根回し〟もできませんし、難しい移植になるでしょう」

まさに外科医のような台詞だった。

「根回しって病院関係者にか？　それが難しいって、まさか、無断で移植してしまうのか？」

柊さんは意味が分からないように首を傾げた。先輩の素の勘違いだからだろう。

「先輩。根回しってのは慣用句の話じゃなく、樹木の植え替えの前に意図的に根を傷つけて、そこから新しい根を出させる作業のことなんです」

「そうです、さすがですね、天野さん」柊さんが補足した。「移植したら根を傷める可能性が高く、活着してくれないこともあります。ですから、〝根回し〟するんです。新しい根は新天地でも水分や栄養をよく吸収してくれますから、大事な準備なんです」

「それができないってわけか。大丈夫なのか？」

「根回しは通常、移植の半年から一年前には行って、新しい根が出るのを待たねばなりません。あのチャボヒバは数ヵ月もこのままだったら間違いなく枯死してしまいますから、〝緊急移植〟しかないんです。そもそも〝根回し〟は意図的に根を傷つけるわけですから、弱っている木に行ったらますます死期を早めてしまいます」

「賭(か)け――か」

「はい。でも、残ったチャボヒバは必ず助けます！」

6

柊さんは延命治療を施しつつ、病院関係者から移植の許可を得ようとしている。

当の達也君は、体調のいい日もあれば悪い日もある。その日は悪い日だった。

見舞いを終えて病室を出たとき、釜元さんは力尽きたように廊下のベンチに座り込んだ。太ももの上に肘をつき、神に祈るように組み合わせた両手の上に額を乗せた。魂が抜けるようなため息を漏らす。

「大丈夫ですか」

僕は気休めにもならない言葉をかけることしかできなかった。

釜元さんは視線を落としたまま、絞り出すような声で言った。

「もう……日本で移植を待っていても無理なのかもしれませんね……」

「え？」

「東南アジアなんかに行けば、お金次第で移植ができるとか」

「でも、それって――」

釜元さんは顔を上げた。うつろな眼差しだった。

「ええ、違法です」

「……それはまずいですよ。そういう場合、犠牲になるのは現地の貧しい子供で――」

「分かってますよ！　でもね、他に選択肢がないとき、どうすればいいんですか！　何を犠牲にしても守りたいのは我が子じゃないですか！」

釜元さんが声を張り上げた。廊下を行き来する患者や看護師が驚き、立ち止まる。

彼は唇を引き結ぶと、黙ったまま周りに頭を下げた。

僕が吐く言葉は所詮綺麗事なのだろうか。自分の大切な誰かの命が危なくなったとき、僕ならどうするだろう。父さんなら？　母さんなら？　柊さんなら？

答えが出せないまま、釜元さんと別れた。夕日があらゆる影を伸ばす中、僕は柊さんと並んで歩いた。

「柊さんはどう思いました？」

「私ですか？　私は——少し羨ましいと思いました」

「羨ましい？」

「はい。美紀ちゃんも達也君も、親に愛されていて、大事にされて。私なんて、植物さえ与えておけばいい、とばかりに花の種や苗を渡されただけで、後は放置です」

植物学者のお母さんは家を頻繁に留守にし、全国——いや、世界を飛び回っているという。帰宅は年に数えるほどらしい。逆に僕の両親は過保護で、僕が成人して独り暮らしをはじめてからも、メールや電話を頻繁にしてくる。甘やかされている気がして反発した時期もあったが、恵まれているのかもしれない。

「私の大事な〝妹〟だって、無断で——」

柊さんは打ち沈んだ顔をしていた。夕日が顔に陰を作っている。そのせいでよりいっそう悲しげに見えた。

子供のころに妹をねだった柊さん。離婚して女手一つで彼女を育てていたお母さんは、代わりにユリノキをプレゼントしたという。庭に植えられた〝妹〟は柊さんの背丈をあっという間に追い越し、ぐんぐん育った。

二十メートルの大樹に育つユリノキとはいえ、プレゼントされたのは庭木に最適な『矮性品種』だから、成長しても五メートル程度だ。だが、お母さんは、庭には邪魔だからという理由で勝手に伐採してしまったらしい。柊さんが樹木医になって間もないころだ。

　柊さんは〝妹〟を失ったショックが大きく、それを機に実家を出て独り暮らしをはじめた――。

　彼女が理由のない樹木の伐採に過剰反応するのは、単に木を愛しているからだけでなく、そのときの心の傷があるからかもしれない。

　とはいえ、今の彼女の台詞を聞けば、お母さんに反発を抱いていても、心の奥底では愛情を求めているのではないかと思う。

「柊さんのお母さんも――その、愛情がないわけじゃないと思いますよ」

「そうでしょうか」柊さんは自嘲気味に笑った。「母が愛していたのは研究対象としての植物だけです。私じゃありません」

　僕は柊さんから聞かされたお母さんしか知らない。彼女がそう断言する以上、否定する材料は何もない。

　僕の沈黙を誤解したらしく、彼女が申しわけなさそうに言った。

「すみません、愚痴ってしまって。普段はこんな話、人にしないんですけど、天野さん、話しやすいから、つい……」

「い、いえ！」声が裏返りかけた。「僕でよかったら何でも話してください！　聞き役くらいにはなれますから！」

「……ありがとうございます」

柊さんが笑みを浮かべた。夕日の朱に照らし出され、その表情は一枚の絵画のように輝いて見えた。

嬉しさの余韻を引きずったまま歩く。

話を変えなければ動揺が続くと思った僕は、街路樹を眺めながら訊いた。

「チャボヒバはどんな感じですか」

「……丸一日、観察していて分かったことがあります。日当たりはたしかに悪いですが、太陽が真上に昇るまで――正午まではですね、それまではぎりぎり日光が当たるんです。だから今は何とか光合成ができているようです」

「じゃあ、回復を――」

「いえ。チャボヒバは成長が遅い樹種ですから、適切に手当てをしても回復には時間がかかるんです。移植のタイミングを計りつつ、それまでは気長に続けていくしかありません」

一筋縄ではいかないか――。

ふと疑問が思い浮かんだ。

「あの……午前中だけでも光合成できるなら、そもそもなぜ枯れそうになっていたんですか」

「今までは栄養状態と日当たりが最悪だったんです」

「え？　何で今までは——あっ！」

その理由に思い至った瞬間、全てを悟った。美紀ちゃんへの嫌がらせとしか思えないチャボヒバ伐採事件の謎が解けた。

僕は柊さんを見つめた。

「……今回の事件、犯人探しはしないほうがよかったかもしれません」

7

翌日の夕方——僕らは枯れそうなチャボヒバの前に立っていた。柊さんが木をじっと見つめる中、岩浪先輩は疑念に満ちた顔をしている。

「なあ、伐採の真実が分かったって、マジかよ」

「……はい」

「で、犯人がやって来る——と」

「先輩。犯人という呼び方はちょっと……」

「犯人は犯人だろ。敷地内の樹木を勝手に伐り倒すのは、器物損壊になる」

「実はお願いがありまして。今回のことを大事にしないでほしいんです」

「いや、だけど、美紀ちゃんがどんなに傷ついていたか。天野だって知ってるだろ」

「もちろんです。でも、伐採には同情の余地があったんです。僕の想像が正しければ」

「美紀ちゃんへの嫌がらせじゃなかったってのか？」

「おそらく」

岩浪先輩はため息をつきながら髪を掻き毟った。

「まあ、天野がそう言うなら信じるよ。でも、話を聞いてからな。俺は納得したわけじゃないんだから」

「……はい」

僕らは五分ほど待った。待ち合わせの時刻になると、向こうからやって来たのは
――釜元さんだった。顔には不安が貼りついている。

釜元さんは岩浪先輩をちらっと見やった。

「こちらの方は――？」

「職場の先輩の岩浪です」

僕が紹介すると、岩浪先輩がお辞儀をした。釜元さんは「初めまして。釜元です」

と挨拶した。

「お呼びしたのは、チャボヒバのお話をするためなんです」僕は単刀直入に切り出し

た。「実は、僕ら、元気なチャボヒバが伐り倒された〝問題〟を調べていたんです」

〝事件〟という表現は強すぎるから避けた。

釜元さんは「え？」と漏らしたまま、言葉を失った。

「回りくどい話はしません。釜元さんがやったんですよね」

釜元さんは否定せず、顔を歪めただけだった。

「事情は想像がつきます。ですから、僕は釜元さんを責めるつもりでお呼びしたわけではないんです。正直、僕の心の中に真実は留めておこうかとも思いました。でも、釜元さんに知ってほしいこともあり、こうしてお話しすることにしたんです」

釜元さんの大きな喉仏が上下した。唾を嚥下(えんげ)する音が聞こえた気がした。

「ど、どういうことでしょう」

「釜元さんは達也君のために元気なチャボヒバを伐り倒したんでしょう？」

「そ、それは――」

釜元さんが言いよどむと、岩浪先輩が混乱した顔を向けてきた。

「達也君って何だ？　子供か？　そのためって？」

「……達也君は釜元さんのお子さんで、臓器移植の順番待ちで入院中なんです。オー・ヘンリーの『最後の一葉』を読んで、この枯れそうな一本に自分の今の状態を重ね合わせているんです」

「『最後の一葉』って、あれだろ、あの葉っぱが全部落ちたら私は死んじゃう、とか、有名な。もしかして、隣に〝健康な木〟が並んでいたら羨んで落ち込んでしまうから――」

「違います。たぶん、違うと思います。ですよね、釜元さん」

釜元さんが黙ってうなずく。

「釜元さんは、チャボヒバが枯れずにすむ方法がないか、造園業者に相談した、とおっしゃいました。同じ場所に並んでいるチャボヒバなのに、なぜ一方だけが弱っているのか、その理由を聞いたんですよね」

「……はい」

「ただでさえ、庇があって日陰になっている中、東側に立つもう一本が午前中の日光を独占していたから、こっちのチャボヒバは一日じゅう日が当たりません。地面の栄養だって、元気なほうが独り占めしています。それが二本の明暗を分けたんです」

柊さんが『今までは栄養状態と日当たりが最悪だったんです』と答えたとき、ぴんときた。なぜ今は日当たりが改善されたのか。以前と何が違うのか。それはもう一本の存在だ。

「釜元さんは枯れそうなチャボヒバを元気にするために、邪魔な一本を伐採したんです」

岩浪先輩も柊さんも啞然としていた。釜元さんは下唇を嚙んでいる。

一種の〝口減らし〟だ。的中しても得意な気分になるどころか、どんどん落ち込んでいく。

「このチャボヒバが枯れてしまったら、達也君は生きる気力を失ってしまうかもしれません。苦肉の策だったのだと思います。栄養と日当たりが改善されたら、少しでも長く持ちこたえるかもしれない――。そう考えたんですよね」

「……はい」

柊さんが感情的に釜元さんを責めないことが救いだ。彼女は無言で視線を落としている。何を想っているのだろう。

僕は非難の口ぶりにならないよう、注意しながら釜元さんに言った。

「お気持ちは分かりますが、でも、よくないことです」

「もちろんです。分かっています。病院の木を勝手に伐り倒してしまって、犯罪行為だと承知で、でも――」

「違うんです」僕はかぶりを振った。「法律上の問題でこんな話をしているんじゃないんです」

釜元さんが当惑した顔を向ける。

「では、何が――」

「釜元さんはご存じなかったので仕方がないことですが、伐り倒された元気なチャボヒバは、隣の病室の女の子が大事に思っていた木なんです」

釜元さんがはっと目を瞠った。

「そうなんです。僕が説明しなかったので達也君と同じだと誤解されたと思いますが、その女の子が勇気を貰っていたのは、枯れそうでも頑張っているチャボヒバじゃなく、元気になろうと頑張って葉を茂らせているチャボヒバだったんです」

「し、知りませんでした……」

「伐り倒されたほうを大事に思っていた女の子もいたんです。それを知ってほしくて、こんな追及の真似事をしてしまいました。すみません」

釜元さんは悄然(しょうぜん)と立ち尽くしていた。

そう、僕は美紀ちゃんの存在とその想いを知ってほしかったのだ。ただそれだけだった。

釜元さんにとっては、栄養と日当たりを独占する邪魔な一本でも、それを大事に思っている親子がいたのだ。

釜元さんの切羽詰(せっぱつ)まった気持ちも理解できるから、僕の心は強く締めつけられていた。

「天野さん……」釜元さんが心苦しそうに口を開いた。「その女の子は、今どうしていますか」

「今は――希望を持っています。達也君と同じで、残ったチャボヒバが元気になるよう、願っています」

「そう、ですか」

「はい。もしよければ、達也君とは年も近いと思いますし、仲良くしてもらえれば」

釜元さんは決然とうなずいた。

「チャボヒバのことを謝って、達也のことを話します。同年代の友達ができたら、退屈な入院生活を送る達也の励みにもなると思いますから」

後味が悪いまま終わらずにすみ、僕は胸を撫で下ろした。

伐採は間違っていたけれど、動機は我が子への愛情だった。理由もなく樹木を傷つける人なんて、そうそういないのだ。

それが分かり、僕は嬉しかった。

8

一ヵ月半後――。

日向への移植を成功させたチャボヒバは、あのまま枯れてしまうことなく、元気を取り戻しているようだった。葉の数が目に見えて増えているわけではないが、何となく分かる。

僕は一通の手紙を手にしたまま、病棟の窓を見上げた。美紀ちゃんの病室の窓から、笑顔を弾けさせた彼女と達也君が揃って手を振っている。

僕ら三人は手を振り返した。

達也君と美紀ちゃんが顔を引っ込めると、僕は改めて手紙を広げた。釜元さんからだ。移植の順番が巡ってきた、と書かれている。達也君は無事に手術を終え、術後も良好だという。

だが、手紙は喜びだけでなく、複雑な心境もしたためられていた。

達也に肝臓が提供されるということは、脳死した方がいらっしゃる、ということです。

東南アジアの闇移植に頼ろうとまで思い詰めた浅慮を恥じています。そのような愚行を犯さなくてよかったと今では思います。これは天野さんのおかげでもあります。

あの日、チャボヒバの話をしてくださいましたよね。それを聞いたとき、私は思いました。一本を生かすために別の一本を犠牲にする——。それは許されるのか、と。その一本も誰かが愛しているのに、と。

それは臓器移植と同じでした。達也の命を救うために東南アジアで大金を払ったら、犠牲になるのは誰でしょう。前に天野さんがおっしゃったように、貧しい子供です。親に売られる子供です。

これからは目を曇らせず、大事な息子と一緒に生きていきたいと思っています。

その節はどうもありがとうございました。


達也君も美紀ちゃんも元気になるよう願う。彼女のほうは重病ではなかったらしく、近々退院できると聞く。

チャボヒバの治療経過を確認している柊さんが僕を見た。

「私——ずっと言おうと思っていたことがあるんです。チャボヒバの伐採の真実を突き止めた天野さんは凄いです。私には想像もつきませんでした」

「柊さんの知識がヒントになったからですよ」

「……栄養や日当たりを奪い合って負けている木があれば、その木を離れた場所へ移植して元気にしてあげる治療は珍しくありません。知識としてはありました。ですが、枯れそうな一本を残そうとした人の想いは想像できませんでした。そんな不合理なことをする理由なんてないと思っていたんです。人の気持ちを見る天野さんは凄いです」

「こ、今回はたまたまですよ！」

「私は何か大事なことを学んだ気がします」

「そんな。ぼ、僕は何も——」

返事に困った僕は苦笑いしながら頬を掻いた。

「私は一人前の樹木医になりたいです。ですが、すぐには難しいかもしれません。だから——しばらくは私の足りない部分を補ってもらえると嬉しいです」

横から岩浪先輩がしたり顔で僕の二の腕を肘で突っつく。先輩は腰の前で小さく親指を立てて、ウインクしていた。

僕は柊さんを見つめ返した。

「僕でよければ喜んで！」

症例6 全ては、樹木が語ってくれました

1

柊さんから電話がかかってきたのは、熱気がむしむしはじめる七月のことだった。僕は区役所で仕事をしていた。

「天野さん、助けてください」

彼女の懇願する声が耳を打った。何事かと思い、返すべき言葉を失いながら焦っていると、柊さんが続けた。

「母が帰ってきます」

予想外の台詞に僕はさらに戸惑った。

「……柊さんのお母さんですか？　ええと……何か問題が？」

「あります。喧嘩中ですから」

「ユリノキの件ですか」

「はい、そうです」

邪魔だから、という理由で勝手に伐り倒された〝妹〟だ。柊さんが実家を出た理由だという。

「……仲直りするチャンスじゃないですか」

「母はユリノキのことなんか、もう忘れています」

「いくら何でもそんなことは――」

「メールには何事もなかったように、樹木医として手伝ってほしい問題がある、としか書かれていませんでした」

二人に温度差があるのか。難しい問題だと思う。

「だから助けてください、天野さん」

プライベートで彼女からこんなふうに頼られるのは初めてだ。困ったときに僕を頼ってくれたことが嬉しい。

「僕はどうすれば？」

「天野さん、得意ですよね、こういうの」

「得意というわけでは――」

「得意だと思います。助けてくれますよね？」

期待に満ちた声――。何をどうすればいいのか分からないけれど、頼りにされているなら応えたい。

「任せてください！」

　僕は後先考えずに請け負っていた。

「ありがとうございます！」柊さんの声が明るくなった。「断られたらどうしようかと思っていました。母は明後日、実家に帰宅します。私のマンションで待ち合わせて、一緒に行ってください」

「はい」と答えてから少し話をし、電話を切る。いつの間にか滲み出ていた額の汗を拭い、スマートフォンをデスクに置いた。

「何の話だ？」

「明後日、柊さんのお母さんが帰ってくるので――」

　背後からの質問に脊髄反射で答えてから、あっと思った。振り返ると、案の定、岩浪先輩は興味津々の顔をしていた。個人的な相談内容を勝手に話してしまうわけにはいかない。僕は何とか誤魔化そうと試みた。だが、先輩には通じなかった。

「母親に挨拶か。当日は薔薇の花束を持ってタキシードだな！」

「いつの時代のイメージですか。違いますよ。そんなんじゃなく、相談に乗るだけで――」

「ほう」先輩がにやにや笑う。「もう家族の相談をされる仲か」

　駄目だ。馬に蹴られることも恐れない先輩は、人の恋路にどんどん首を突っ込んでくる。

「本当にそういう話じゃないんですって。柊さん、ちょっとお母さんと喧嘩中で気まずいから、僕に声がかかったんです」

「例の植物学者のお母さんか。よし、俺もひと肌脱ごう！」

「えっ！　いやいや、それは——」

「まあまあ。遠慮すんな」

遠慮じゃなく——。先輩が絡むと余計にこじれそうな気がする。口にはできないけれど。

「この前の美紀ちゃんのときには世話になったし、恩返ししなきゃな」

岩浪先輩が親指を立ててみせる。しかし、顔には抑えきれない好奇心が表れていた。

当日——金曜日の夕方、僕らは退庁後に二人で柊さんのマンションを訪ねた。ドアを開けた彼女は先輩を見るなり、「うっ」と声を詰まらせた。

「こんなところで何してるんですか。私が呼んだのは天野さんだけなのに……」

「お母さんにご挨拶をと思ってな」

柊さんがじっと睨むような眼差しを向けた。岩浪先輩は苦笑いしながら後頭部を掻く。

「冗談、冗談。興味本位でついて来た」

なんて正直な――。

柊さんは先輩を睨んだまま言った。

「母は植物学者ですよ？　岩浪さんの苦手な植物ですよ？　来ても楽しいことないですよ？」

「大丈夫だって」

「私は大丈夫じゃないです」

岩浪先輩は平然と笑っている。

結局、柊さんがしぶしぶ諦め、僕ら三人で彼女の実家へ向かうことになった。

電車に乗り、東京郊外に移動した。閑静な住宅街の片隅に、二階建ての一軒家があった。ブロック塀で囲まれた向こう側から、数本の樹木が頭を出している。

彼女は一呼吸してから門を開け、踏み入った。僕は誰にともなく「失礼します」と挨拶し、先輩と後を追った。

柊さんがチャイムを鳴らして一分後――ドアが開く。顔を出したのは五十代くらいの中年女性だった。眼鏡の奥の瞳は理知的な光を宿していて、顔立ちに柊さんの面影がある。間違いなく彼女のお母さんだろう。純白のスーツは白衣を思わせる。

「おかえり、紅葉」お母さんは控えめな微笑と共に言った。そして——僕らを見やる。「こちらの方々は？」

柊さんはお母さんと目を合わさずに答えた。

「仕事関係の人」

「まあ。助っ人にお呼びしたの？」

「助っ人って何！　私は別に助けがなくてもお母さんに会えるけど——」

「何言ってるの。仕事の話でしょう？」

「あっ」

柊さんは過剰反応に気づき、黙り込んでしまった。岩浪先輩が僕の二の腕を肘で小突く。

「珍しい光景だな。彼女が慌ててる」

「先輩、しっ」僕は軽く咎めてから、お母さんに自己紹介した。「区役所の『緑の窓口』で働く天野です」

「岩浪です」

お母さんは人差し指で眼鏡の位置を調整し、答えた。

「ごめんなさい。造園業の方かと。紅葉の母の葉子よ。全国各地、世界各国の植物を研究しているの。今日は樹木医としての娘を呼んだんだけど……あなた方も付き合ってくれるのかしら」

「は、はい」僕は若干緊張しながら答えた。「微力ながらお手伝いできたら——と」

「それはどうもありがとう。男手があると助かるわ」

「待って！」声を上げたのは柊さんだ。「私、お母さんを手伝うなんて一言も言っていないけど」

「あら？　じゃあ何のために来たの？」

「それは——」柊さんは庭を指差した。「あれ！」

玄関先から見える庭のど真ん中に、小さな切り株が哀れっぽく残っている。あれが例の伐り倒されたユリノキか。

お母さんは呆れ顔でかぶりを振った。

「紅葉、あなた、まだ根に持っていたの？　あんな何年も前の話……」

「何年も前じゃなく、一年半前！」

「もう充分昔じゃないの」

「全然違う」

「邪魔だったんだもの、仕方ないでしょう？」

「私が〝妹〟をどんなに大切にしていたか、知っているでしょ」柊さんは目を三角にしている。「大体、お母さんは昔っからそう。植物を研究対象としてしか見ていないんだから」

「紅葉は樹木に入れ込みすぎなのよ。あなたこそ、昔っから――」

対立がヒートアップしそうだったから、僕は「まあまあ」と割って入った。それが僕の役目だと思う。

柊さんは僕の姿を目に留めるなり、冷静さを取り戻した。胸に手を添え、一呼吸置く。

僕は頃合いを見計らい、お母さんに話しかけた。

「あのう。今日はどういうお話で――」

「実はね、埼玉の山村の植物を研究したいんだけど、村人同士、樹木が原因でいがみ合っちゃって……それどころじゃなくて」お母さんは柊さんを見た。「問題の解決、手伝ってくれるでしょう？」

柊さんがじろりと睨みつける。

「私は〝妹〟のことを許したわけじゃないんだけど……」

「放っておいたら、村の大事なエドヒガンが伐採されちゃうかもしれないんだけど、紅葉は見殺しにするの？」

柊さんが目を見開いた。

「伐採って何？」

今の柊さんには地雷ワードだ。神経を逆撫でする単語だと思う。一年半前の自分の行為を棚に上げて――と。

だが、お母さんは強かった。強かったというか、無神経というか。余裕のほほ笑みを見せている。

「ようやく話を聞く気になったみたいね、紅葉」

2

翌日の土曜日の朝――泊まりになると言われた僕らは着替えなどの荷物を持って再集合し、電車に乗った。車窓からは都会のビル群が遠のき、緑の山々を背景に田畑が広がっていく。青空の中、電車の速度に反比例するように白雲がゆったりと流れていた。

「すみません、天野さん。付き合わせてしまって……」

僕の左隣の柊さんが申しわけなさそうに謝る。

「平気です！　明日は休日ですし、暇でしたから！」

自慢にもならないフォローをしてしまった。僕は「あはは」と苦笑いした。

右隣の岩浪先輩が「俺にも気遣ってくれよ」とツッコミを入れた。柊さんはそっぽを向き、しれっと答えた。

「岩浪さんは面白がって勝手について来ているだけですよね。気遣う必要はないと思います」

「そりゃないだろ。俺だって半分くらいは役立ちたい気持ちで――」

「嘘です」

「本当だって」

彼女は疑り深そうに岩浪先輩を横目で睨んだ。柊さんとのあいだに僕ら二人を挟んでいるお母さんが、くすっと笑みをこぼした。すかさず柊さんが「何？」と反応する。

「あなたのそんな楽しそうな姿、珍しいものだから」

「楽しそう？　どこが！」

「そういうところが。ありのまま、自然体で」

柊さんは不満げに眉間に皺を作りながら、視線を逸らしてしまった。目的の駅に着くまで二人はほとんど会話しなかった。

うーん、溝は深そうだ。

駅を出てからバスで揺られること二十分。三方を山で囲まれた山村に着いた。未舗装の道にバス停の標識がぽつんと突っ立っている。周囲は見渡すかぎり田畑だった。

「ここがそうですか」

僕はお母さんに訊いた。

「そう。問題の村」

彼女は率先して畦道（あぜみち）を歩いていく。カエルや虫の鳴き声が響き渡っていた。麦わら帽子を被ったお爺さんや、手拭いを被ったお婆さんが農作業に精を出している。

僕らが通るたび、物珍しそうな一瞥が向けられた。やがて物々しい怒声が聞こえてきた。数軒の木造家屋が散らばる中、緑の枝葉を伸ばした樹木のそばに人が集まっていた。ダムの建設反対のデモでもしているかのように気炎を吐いている。

「こいつは伐らせせんからな！」

老人が怒鳴ると、数人が口々に叫び立てた。

「ふんっ。今年だってずいぶん見栄えが悪かったじゃねえか」

「ああ。スカスカだったろ」

「ひどい枝ぶりだった」

「寿命だ、寿命」

一対多数の状況だ。緊迫している。僕は遠巻きにしながら二の足を踏んだ。だが
――柊さんは違った。睨み合う人々など意に介さずに進み入り、中央に立つエドヒガンザクラを見上げた。ソメイヨシノの片方の親だ。木は指を目いっぱい広げた巨人の

手のひらのように、黒墨色の枝が幹の辺りから左右に伸びていた。先が尖った楕円形の葉が付いている。

さすがに集団も面食らっていた。柊さんは、誰だこいつ、という目にも動じず、相変わらずのマイペースだ。樹木を仰ぎ見たまま独り言のように語る。

「エドヒガンの平均樹齢は五百年ほどで、サクラの中でも長寿です。たとえば、『新日本名木百選』の一本に選ばれた山梨県の山高神代ザクラは、日本で最初に国の天然記念物に指定されたエドヒガンです。根元の周囲は十一メートル、樹高は十メートルもあります。このエドヒガンの樹齢は——まだ二百年前後でしょうか。寿命には早すぎます。弱っているのは人害の可能性があります」

突然の闖入者に集団が戸惑っていると、お母さんが進み出た。一人で抵抗していた老人は、彼女を見るなり表情を綻ばせた。赤茶色の帽子の隙間から、外側に跳ねた白髪が飛び出している。

「おお、よく来てくれたな」老人は柊さんに目を移した。「ああ！　この子が紅葉ちゃんか——」

「そうそう！」お母さんが必要以上に大きな声で答えた。老人は耳が遠いのだろう。

「私が連れてきた樹木医です！」

「おお！」

柔和な顔つきの老人に眺め回された柊さんは、真顔で言った。

「私はプロの専門家です。ちゃん付けなんて、子供扱いはしないでください」

「おっと……」老人は慌てたように禿頭を掻いた。「そうか、そうか、すまなんだ」

僕は柊さんに近づき、囁いた。

「あのう。今のはきっと孫くらい年齢が離れているからつい出た呼び方で……子供扱いしているわけじゃないと思いますよ」

柊さんははっと目を瞠ると、すぐ老人に頭を下げた。

「すみません！」

「よいよい」老人は皺だらけの手で柊さんの手を取って包み込み、ほほ笑んだ。「よう来てくれた。本当によう来てくれた！」

お母さんが割って入り、老人の手を放させた。

「海老沼(えびぬま)さん！　あまり馴れ馴れしいスキンシップはちょっと――困ります。言ったはずですよね？」

「お、おお、またしてもすまなんだ、植物の先生！　そのう……問題を解決してくれる専門家がこんな山村まで来てくれて、つい嬉しくなっちまって」

僕はおずおず声をかけた。

「これは――何が起こっているんですか」

海老沼さんは集団の中の一人――萎(しぼ)みかけの紙風船をイメージさせる顔の老人で、白い顎鬚(あごひげ)を生やしている――を指差した。

「この村長がな、邪魔だからって、エドヒガンを伐り倒したがっとる。反対しとるのはわしだけでな。ほとんどの村人は村長派だ」

邪魔――。その単語に柊さんが反応した。

「そんな身勝手な理由で伐り倒そうなんて、ひどい話です！」

そして――お母さんをちらっと見やる。当のお母さんは、幼児の我がままを受け流すように平然としていた。

「そうだろう、そうだろう」海老沼さんが同意した。「わしは毎年春に咲き誇るエドヒガンを眺めて酒を飲むんが生き甲斐でなあ。伐り倒すなんてとんでもない話だ。それなのにこいつらときたら――」

「何を言うとる」村長が睨み返した。「灌漑(かんがい)設備を作るっちゅうのは村のもんの総意だろうが。サクラなんぞ、ないほうがすんなりいく」

村人たちが「そうだ、そうだ！」と叫ぶ。

「収穫を増やすにはそれしかねえ」

「このままじゃおまんまの食い上げだ」

単なる私情ではなく、灌漑設備の開発という現実があるのか。僕らが可哀想という理由で反対していいのだろうか。

僕の及び腰に気づいたのか、海老沼さんが声を荒らげた。

「鵜呑みにするでない！　こいつを伐り倒さんでも灌漑設備は作れる。もっともらしい理由でエドヒガンを伐採しようとしとるんだ。見栄えのする花を咲かせなんだら、敷地内の邪魔な巨木にすぎんからな」

「あの……」僕は訊いた。「このエドヒガンの所有者はどなたなんですか」

「わしだ」

「嘘をつけ！」村長が声を上げる。「私だ」

「戯言（ざれごと）を。見ろ」海老沼さんは距離を足で測るように自宅の壁から四歩、ゆっくり外側へ歩き、その位置からエドヒガンザクラを指差してみせた。「ちょうど敷地内にあるだろうが」

「そこはぎりぎり私の敷地内だろう」

「耄碌（もうろく）したんじゃないか。わしの土地だ」

お母さんがため息交じりに説明した。

「実はね、二人の家の敷地のちょうど境に立ってるの」

数メートル離れて並ぶ二軒の家屋、そしてエドヒガンザクラ――。二等辺三角形のような位置関係だ。

「昔は揉めてなかったんだけど、伐採って話になると、事は別で、二人共所有権を主張しはじめたってわけ」

お母さんが補足すると、村長が不快そうに吐き捨てた。

「怪しいよそもんなんか連れてきおって！」

「何だと？」海老沼さんが怒鳴った。「ば、馬鹿にすると承知せんぞ！」

お母さんが「海老沼さん！」と咎める。

「……あ、ああ、すまんな、つい感情的になってしもうた。とにかくだな、この人たちは樹木の専門家だぞ。怪しいものか！」

「何を企んどるのか……分かったもんじゃない」

「よからぬことをしとるから、不安になるんじゃないのか、え？」

「何の話だ」

「……エドヒガンに何か仕掛けとるんじゃないか？　だから急に衰弱しはじめたんだろ」

「何を馬鹿な」

一触即発の空気の中、お母さんが僕らに囁くように言った。

「ね、こういう状況なの。もうサクラを咲かせる元気なんかないから伐る伐らない、って言い争ってばかり。海老沼派だと思われている私は、村の植物を調べる許可が下りないのよ」

「なるほど」僕はようやく状況を把握した。「それで柊さんにエドヒガンが弱ってい
る原因を探ってほしい、と」

「そ。私も仕事柄、植物形態学やら植物生理学やら植物地理学やら、まあ、樹木の知
識はあるけど、医者と研究者じゃ役目は全然違うでしょ」

海老沼さんは自宅の壁に立てかけてある箒を手に取り、エドヒガンザクラの周りを
乱暴に掃きはじめた。村長たちに向かって砂埃と落ち葉を飛ばしている。

柊さんが「あっ」と割って入る。

「落ち葉は掃かないでください」

「……なぜ?」

「落ち葉は樹木の栄養なんです。掃かなくても山が落ち葉であふれ返らないのは、何
年もかけて微生物が分解し、土になっているからです。そういう土は理想的で、四十
五パーセントの水と三十パーセントの空気を含んでいて、柔らかいんです。人工的な
肥料よりよっぽどいい土です」柊さんは人差し指を立てた。「それに——落ち葉はク
ッションにもなります。樹木の周辺を人が歩いても、土が踏み固められにくくなるん
です」

話を聞いていた村長の目がぎらりと光った。

「エドヒガンが弱っとるのは海老沼さんが原因か。そうかそうか」

「阿呆(あほ)抜かせ！　わしが落ち葉を掃いとるのは、あんたが迷惑だっちゅうからだぞ。風が吹くたびに落ち葉が舞うとかどうとか」

「事実を言うただけで何が悪い？」

「あっ！　そうか。そうやってエドヒガンに悪影響があることをわしにさせたんだな！　卑怯者の策士め！」

「また言いがかりか！」

激昂する二人に対し、柊さんが「あのう……」と気おくれもせず話しかけた。

「落ち葉はたしかに重要ですが、この弱り方だと、原因は間違いなく別にあります」

彼女が冷静に指摘したが、結局、言い争いはしばらく続いた。お母さんが平静を保っているのは、すでに何度も見てきた光景だからだろうか。岩浪先輩は他人事のように腕組みしたまま眺めている。

村長たちが引き揚げて行くと、海老沼さんがうんざりしたように嘆息した。

「分からず屋め……」

海老沼さんは僕ら――というより柊さん――を見やり、「すまんな、みっともないところを見せて」と謝った。

「村長もな、看病しておった婆さんを昨年に亡くしてからは、すっかり偏屈になりおって」

「……お気になさらず」柊さんが答えた。「私はエドヒガンの衰弱の原因を調べにきたんです。診察を妨害されなければ平気です」

「心強いな。どうだ、茶菓子でも？」

「いえ。まずエドヒガンを診ます」

柊さんはリュックサックを下ろし、診察道具を取り出しはじめた。

3

柊さんはエドヒガンザクラを触診し、打診し、その根元の土をスコップで軽く掘り返して根を調べた。

「妹のことを許したわけじゃないから。これはお母さんのためじゃなく、このエドヒガンのためだから」

彼女は反発しながらも、真剣な面持ちで調査し続けた。凛々しい横顔に見とれてしまう。

海老沼さんが「どうだい？」と尋ねる。しゃがみ込んだ柊さんは、根を診ながら答えた。

「外傷はありませんし、木材腐朽菌もありませんね。ただ——穿孔虫が何ヵ所か侵入しているところがあります」

「まずいんか？」

「対処はできます。殺虫剤の原液を注入して穿孔虫を殺した後、ウレタン含浸コーティングで防菌・防腐を行います。木質の露出部に何回か重ね塗りをすれば、固い皮膜ができます」

「穿孔虫で衰弱しとんのか？」

柊さんは原因不明の奇病を前にした医者のような顔でエドヒガンザクラを見上げた。彼女にしては珍しい表情だ。

「……残念ながらまだ特定はできません」

海老沼さんはうなりながら帽子を被り直した。

「応急手当とか、とりあえず何かできんのか？」

「それでは駄目です。木は百年、二百年単位で生きなければなりませんから、その場しのぎの小手先の治療では意味がありません」

「難しいもんだな。弱りはじめてからは肥料も与えとるんだが……」

「肥料では木は成長できません。木は光合成をしてからでないと養分をエネルギーにできないからです。今、このエドヒガンは光合成をする力が弱まっています」

「肥料も効果なしか。どうかな、ここらで一休みするのは？　二時間も三時間も、疲れたろう」

「いえ。どうぞ、お構いなく」

「そう言わず。飯も用意しとるでな」海老沼さんは柊さんの腰に手を回し、「ほれほれ」と押していく。少し手つきがセクハラっぽい気がした。

「海老沼さん！」

またしてもお母さんの一喝が飛んだ。海老沼さんがさっと手を放し、愛想笑いを向ける。

「すまなんだ」

「……まったくもう」お母さんはため息と共に言った。「海老沼さんは誰にでもこうなの。気にしないでちょうだいね」

なぜ僕のほうを向いて言うのか。初対面でも秘めた想いを見抜かれたのだろうか。

何にせよ、僕らは昼食をいただくことになった。

「貧乏臭い家だが、我慢してくれ」

海老沼さんが恐縮したように言った。木造の室内は床も木目が鮮やかで、中央に囲炉裏がある。

「ちょっと待っとれ」

海老沼さんが座卓に運んできたのは、鶏肉の雑炊、焼き魚、山菜の炒め物だった。僕らはありがたくいただいた。

彼は好奇心旺盛で、食事のあいだじゅう、柊さんを質問攻めにした。樹木医としての仕事内容ややり甲斐だけでなく、恋人の有無まで訊きはじめた。傍からはプライバシーに踏み込みすぎていると感じたものの、当の彼女は履歴書の項目を埋めるように淡々と答えていた。

「――私のことより、村のことです」

柊さんは質問を遮り、計画されている灌漑設備の話を訊いた。村長は他にもいろいろ近代化を考えているという。利便性を追求し、子供たちの都会への流出を避ける狙いもあるらしい。老人ばかりになりつつある村の行く末を危惧しているとのことだ。

「何年も前は長期的な目線で、事業と自然の共存を目指してスギの植林も行ったが……今じゃ、短期的な荒療治で発展を求めとる」

隣の岩浪先輩は顔を顰めて箸を止め、おぞけ立ったように「スギ……」とつぶやいた。

初めて柊さんと会ったのは、スギ絡みの樹木トラブルだった。そういえば、そのときにスギがいかに植林に適しているか、教わった。とはいえ、数十年先を見据えた植林ではたしかに即効性はないだろう。

「海老沼さんはご家族は？」

僕が尋ねると、海老沼さんは唇を結んで遠くに目を向けた。

「……十年前に連れ合いを亡くしてからはずっと一人だ。子供はずいぶん前に村を出て行ってしもうたしな。村に魅力がないんだろう。近代化を望む村長の気持ちも分からんでもないがな、二百年以上前から村を見守ってくれているエドヒガンを伐採するのは違うだろう。わしが赤子を取り上げたときも、満開のサクラで祝福してくれたもんだ」

思い出を懐かしむ口調で語った後、海老沼さんは緑茶を一息に飲み干した。

「あのエドヒガンは孫の誕生も見守ってくれたしな。大きくなった孫にもいつか満開のサクラを見せてやりたいんだ。だから――」

口調には切実な思いが籠っていた。

「私が必ず原因を突き止めて、元気にしてみせます」柊さんは決然と言った。「海老沼さんやそのご家族のために。何より、エドヒガンのために」

〝何より〟の後にエドヒガンザクラが出てくるのが彼女らしかった。

柊さんが居ても立ってもいられないように家を出て行く。僕は慌てて彼女と自分の茶碗や皿を台所へ運び、追いかけた。

柊さんはエドヒガンザクラの診察を行っていた。再び根元の土をチェックする。

僕が折を見て話しかけると、彼女は悩ましげに答えた。

「根の成長を阻む障害物も土中にはありません。根が切断されているわけでもないです」

彼女は様々な角度からエドヒガンザクラを診た。そのたび、ノートに鉛筆で書き込んでいく。

覗き込むと、エドヒガンザクラの枝や根の形状が簡略図として描かれていた。『枝の切り戻し部分にカールコート？』『根の切り戻し部分にルートン？』『gは？』『何倍に希釈（きしゃく）？』『深植え　なし』などなど、専門用語が走り書きされている。

海老沼さんがやって来て訊いた。

「どんなもんだい」

「……根には異常がなさそうですが、葉が萎（しお）れがちですから、土の水不足の可能性があります」

「水？　ホースで撒きゃいいんか？」

「木は水があれば微々たる栄養でも生きていけるんです。ただ、毎日ホースで水をあげれば解決するという話ではなく……あくまで可能性の話ですから、逆効果になる危険性もあります。水が多すぎたら排水不良になって、土の通気性が損なわれます。結果、酸欠になって木は急速に枯れてしまいます」

「難しい問題だな」

「治すためにあれこれするのではなく、根本的な原因をどう改善していくか――。それが大事なんです。樹木はやはり自然の中で生きているわけですから」

海老沼さんは渋面で村長の家屋を睨みつけた。

「やっぱり村長派の連中が何かしとるんじゃないか。伐採の口実を作るために」

「証拠はあるんですか？」

反論の質問というより、証拠さえあるなら検討します、というニュアンスを帯びていた。

「いや、証拠はないけどよう。怪しいじゃねえか」

推測では判断は下せないとばかりに、柊さんはエドヒガンザクラに向き直り、診察を再開した。だが、今回は苦戦しているらしく、山並に沈んでいく太陽が田畑を橙色に染めるころになっても、衰弱原因の特定には至らなかった。

村長が帰宅したのはそんなときだった。僕らを目に留めるや、迷惑そうな顔で近づいてきた。

「私のエドヒガンをいじくっとるのか」

海老沼さんがきっと睨み返す。

「わしのエドヒガンだ。あんたのじゃない。土地を半端に跨(また)いどるからややこしいが

「……」

「植えたのは私の先祖だ。文献にもある！」

「何が文献だ。偉ぶった言い方しても、後世の人間が又聞きでしたためたただの日記だろう。植えたのはわしの先祖だ。わしだって、代々、伝えられとる」

「でっち上げだろう。根拠もない妄想だ」

二人の口論が激化しはじめたとき、相変わらず柊さんが躊躇なく話しかけた。

「私がどちらの所有する樹木なのか、特定します」

二人が揃って驚きの顔を向ける。

「そんなことが可能なのか？」

海老沼さんが訊くと、柊さんは「方法はあります」とうなずいた。

「土地を跨いでいるなら、後は植えた先祖を特定するしかありません。二人共、自分の先祖が植えたと証言しています。では、その植えたという時期は分かりますか？」

二人が同時に「もちろんだとも！」と断言した。

「では、教えてください」

最初に答えたのは海老沼さんだ。

「母から聞いた話だ。今から二百十五年前、田畑ばかりで寂しかったから、わしの先祖が種を植えたんだ」

次に村長が答える。

「サクラ泥棒め。植えたのは私の先祖だぞ。文献によると、亡くなった娘をしのんで、その娘が好きだったサクラを植えたそうだ。日付は二百二十一年前だった」

言い分は真っ向から対立している。時期もズレている。本当に二百年以上前のエドヒガンザクラの所有者を特定できるのだろうか。

僕ははらはらしながら柊さんを見つめた。

「では、確認してみましょう」彼女はリュックサックを開け、青色の筒を取り出した。「これを使うと、樹木に小さな傷をつけてしまうので個人的にはあまり使いたくないんですが……」

「インクリメントボアです」

岩浪先輩は「何だ、それ」と興味津々だ。

「イ、インクリボン？」

「インクリメントボア。要するに成長錐(せいちょうすい)ですね」

「……全く分からん」

「成長錐は樹木を伐り倒さずに年輪を調べる道具なんです」

柊さんは手慣れた様子で組み立てはじめた。筒のキャップのねじを緩めると、銀色の棒状のもの——ドライバーくらいの細さだ——を抜き出し、その筒に垂直に嵌めた。金属のフックをかけると、T字形の器具が出来上がった。

　彼女はエドヒガンザクラに歩み寄り、空洞になっているドリル状の錐の先端を樹皮に押し当てた。そして青色の筒――ハンドルを握り、時計回りにゆっくり回す。錐がどんどん挿入されていく。

「中心部に到達したら、抽出棒を挿します」柊さんは錐の後端の穴に抽出棒――縦に半分に割ったストローに似ている――を挿入すると、ハンドルを四分の一ほど反時計回りに回した。抽出棒を引き抜いていく。すると、木のコアサンプルが採取されていた。

「なるほど！」岩浪先輩が声を上げた。「つまり、ゼリーの側面からストローを突き刺して、一部分をくりぬくようなもんだな！」

　先輩の喩（たと）え話はとてもイメージしやすかったが、柊さんは少し呆れ顔をしていた。

　彼女は即座に樹皮から成長錐を抜きはじめた。

「すぐ抜かないと、樹木は自然の治癒作用で樹脂を抽出しはじめるので、抜けなくなってしまいます」

　柊さんは成長錐を片付け、エドヒガンザクラのコアサンプルを取り上げた。

「年輪年代学は専門ではないですが……このコアサンプルを見れば、年輪が確認できます。読み方を誤らなければ、かなり正確に樹齢が特定できるんです」

柊さんは慎重な顔つきでコアサンプルを調べはじめた。僕らは固唾（かたず）を呑んでその様子を見守った。

「……分かりました」

柊さんが立ち上がった。海老沼さんと村長は緊張の面持ちで彼女の次の言葉を待っている。

「このエドヒガンは――」

柊さんが唇を開いたとたん、二人の喉仏が上下した。

「おおよそ二百二十年前に種が植えられたと思われます。成木になるまでの歳月を考慮し、年輪から導き出した結論です」

愕然としたのは海老沼さんだ。口をあんぐり開けたまま、言葉が出てこない。

「村長さんの話のほうに信憑性があります。エドヒガンの所有者は村長さんですね」

樹木に関しては正直すぎる柊さん。村長のエドヒガンザクラだと判明したら、伐採を止められなくなってしまうのに――。

「……そういうわけだ、海老沼さん」村長が残念そうに言った。「あんたの反対は根拠を持たなくなったな」

海老沼さんは何も言えずにいた。

村長が自宅に去っていくと、柊さんは再びエドヒガンザクラの診察に戻った。

「なあ」海老沼さんがその背中に話しかける。「こりゃまずいぞ。こいつが伐られちまう」

柊さんが振り返り、小首を傾げる。

「なぜですか？」

「いやいや。村長の所有物なら、わしが反対できんだろ。今までは所有者が曖昧だったから、向こうもわしを説得せずに伐り倒したりはせんかったんだ」

「あ！」

岩浪先輩が「気づいてなかったのか！」とツッコんだ。

「ど、どうしましょう？」

柊さんの顔に焦りが浮かび上がる。

「……どうするも何も、原因を突き止めて回復させるしかないだろ。来年にまた綺麗なサクラを咲かせるって分かったら、さすがの村長もむげにはしないだろ」

「そ、そうですね。伐採される前に原因を突き止めないと！」

樹齢からエドヒガンザクラの本当の所有者を突き止めた結果、僕らに残された猶予はほとんどなくなった。

柊さんは一心不乱にエドヒガンザクラを診はじめた。夕日が山の向こう側に沈みきり、一帯が暗くなるまで脇目も振らなかった。だが、目ぼしい成果はなかったようだ。

海老沼さんが声をかけた。

「さあさ、逸る気持ちは分かるが、今日はこれくらいにして、飯を食おう。今夜はわしの家に泊まるといい」

「構わないんですか？」

僕が訊くと、海老沼さんは温和な笑みを浮かべた。

「もちろんだとも。民宿をとると言われたが、わしが反対した。無駄に金を使ってももったいなかろう」

「ご迷惑なんじゃ……」

「何を言うとる。この歳になると、独りは寂しいもんだ。賑やかなほうが嬉しい」

僕らは海老沼さんの厚意に甘えることにした。放っておいたら懐中電灯を片手に徹夜しそうな柊さんを何とか説得し、全員で海老沼さんの手作りの郷土料理に舌鼓を打つ。

「ぜひ食ってほしくてな」

海老沼さんは嬉しそうに料理を振る舞った。

食後、お母さんが僕と岩浪先輩を見ながらふすまを指差した。

「二部屋しか余裕がなくて……男同士で構わないでしょう？」

僕らは同時に答えた。

「もちろんです」

柊さんが「え？」と声を上げた。「私、お母さんと一緒？」

「あらあら、天野君か岩浪君がお好み？」

「そうじゃなくて！　私、お母さんと喧嘩中なのに……」

「喧嘩中なんて誰が決めたの？」

「私！」

「もう、紅葉は子供なんだから」

「あんなひどいことしておいてその言い草……。エドヒガンは——今度は守ってみせるから！」

「……お願いね。樹木医として成長した姿を見せてちょうだい」

「何その上から目線……」

岩浪先輩が「まあまあ」と二人のあいだに割り込んだ。「せっかくなんだし、休戦、休戦。仲良くしようぜ」

柊さんは呆れたように岩浪先輩を見やり、嘆息を漏らした。

「……岩浪さんは本当、空気を読めないですね」

「あんたが言うな！」

「な！」柊さんは心底びっくりした顔をしている。「私のどこが空気が読めないんですか。樹木の気持ちも分からない人には言われたくありません」

「俺は分かるぞ、人の気持ち」

「絶対嘘です！」

いつもの調子の柊さんに僕は安堵した。落ち込んだり、怒ったりしている姿はあまり見たくない。

僕らは男女に分かれて和室に入った。窓からは、真後ろの山の緑が触れられそうなほど間近で見える。

荷物を置き、休憩してから先輩と順番に風呂に入った。それから一人で外に出る。星空が近く、無数の光が瞬いていた。

柊さんと眺められたらロマンチックだろうなあ、と夢想するうち、背後から「天野さん……」と声をかけられた。驚いて振り返った先には柊さんが立っていた。妄想の続きかと錯覚した。風邪のときのあの葉っぱ柄のパジャマかと思ったら、予想外に浴衣姿だ。薄桃色の生地に花柄がちりばめられている。解いた黒髪は湿ったまま肩から胸元まで流れ落ちていた。仄かに漂って鼻孔(びこう)をくすぐる石鹸の香り。

仕事柄、洒落っ気とはほど遠い〝山ガール〟のような服装が多い彼女のなまめかしい姿を目の当たりにし、いつもより女性を感じてしまう。緊張した僕はテンパって、思わず――。

「ひ、久しぶり！」

意味不明の挨拶を発してしまった。

柊さんはわずかに小首を傾げた。

「久しぶりです？」

「あっ、いや、すみません、久しぶりじゃないです！」

「そうですよね。変だと思いました」

僕は苦笑いで誤魔化した。

「柊さんは――浴衣なんですね」

「母に渡されました。パジャマより涼しいと言われて。変ですか？」

「似合ってます！」

僕は即答した。柊さんは少しはにかんだ。

「よかったです。母に従うのはちょっと癪でしたが」

「……お母さんとは仲直りできず、ですか？」

「はい。謝られても〝妹〟は戻ってこないのに、謝られもしません。母はユリノキの伐採を悪かったと思っていないんです。私は一年半、忘れたことがないのに……」

柊さんの心の傷は深そうだ。彼女の部屋に飾られていたユリノキとの笑顔の一枚を思い出し、胸が痛む。

「エドヒガンは治してあげたいですね」

僕がエドヒガンザクラを眺めながら言うと、柊さんは神妙な顔で答えた。

「もちろんです。ですが、今のところ、原因の特定は困難です。都内なら根気強く通って診察しますが、私も仕事をたくさん抱えていますから、毎日村まで出向いてくるのは難しいです。時間がかぎられているのに手がかりがなくて……」

「外傷とか障害は見当たらないんですよね」

「ここまでエドヒガンが弱まるほどのものは、何も。樹木に問題がないとすれば、環境に問題があるはずなんですが、土壌も悪くはありませんでした」

「踏み固められているなんてこともなく？」

僕は柊さんと行動するうちに学んだ知識を絞り出し、何とか閃きのきっかけにならないか、質問をぶつけてみた。

「はい。充分な柔らかさと通気性を保っていました」

「周辺に生えている草木に栄養や水を奪われているとか？　スギの周囲にアジサイを植えたら危険でしたよね」

柊さんは足元を見回した。

「見てのとおり、周りに草木は見当たりません」

「ですよね。日陰にもなっていませんし、うーん……」

　素人の僕の発想では何の役にも立たない。自分はなんて無力なんだろう。病院のチャボヒバのときは頑張ったのに――。

　思い返してみたら、頑張ったといっても、樹木の知識で解決できたわけではなかった。

　そう考えたとき、僕ははっと思い出した。

「柊さん、樹木を診て分からないときは――」

「あっ、人から！」

「そうですよ。人から情報を集めましょう！」

　――樹木が語ってくれないときは、周りの人に語ってもらう。

　柊さんの先生の教えだという。

「私たちは部外者ですから、何も知りません。だからこそ、そこに住んでいる人々の情報が大事なんですね。私はこの前学んだことをすっかり忘れていました。天野さん――」

　柊さんが突如、僕の手を両手で握った。柔らかく包まれ、僕は言葉を失うほどどぎまぎした。

「明日は聞き込みに協力してください！」

僕は火照った顔の熱を実感しながら「もちろんです！」と精いっぱい力強く答えた。

彼女が嬉しそうにほほ笑んで家屋に入っていくのを僕は見送った。背を向けたときに黒髪が翻り、一瞬だけ白いうなじが覗いた。その鮮やかで艶っぽい映像はいつまでも網膜の裏側に残っていた。

高鳴っている心臓の音に足音が割って入り、「天野君」と呼びかけられたとき、僕は飛び上がった。

「あああ、あの、その……」

柊さんのお母さんだった。親子揃って浴衣姿だ。

妙な後ろめたさを覚え、柊さんの手のぬくもりが残る右手を反射的に後ろに隠してしまった。

「こ、こんばんは！」

お母さんは唇に微笑を刻み、「こんばんは」と応じた。

「……紅葉を励ましてくれてありがとう」

「え、え、え？　もしかして――」僕は恐る恐る訊いた。「聞かれていました？」

「ええ。親しげに話しているものだから声をかけそびれてしまって」

「あっ、いえ、親しげというか何というか……」

「紅葉を支えてくれていたのね」

「支えていたなんて、そんな……僕のほうが――僕らのほうが彼女には助けられています」

「紅葉があんなふうに人に積極的になるのは初めてだから。あの子、あなたをずいぶん信頼しているみたい」

「そ、そんな――」

「信頼しているからこそ、今回も天野君を頼ったんだと思うわ」

「……ご存じだったんですか」

「一応母親だもの。何となくはね。あの子、付き合いにくいでしょう？」

「い、いいえ！」

「気を遣わなくても構わないのよ」

「気なんて遣ってません！　柊さんは樹木に一途なだけなんです！」

お母さんは「ふふっ」と控えめな笑みをこぼした。「ありがとう、天野君。紅葉をそんなふうに好意的に見てくれる人、いなかったものだから」

「……柊さんの子供のころって、どんなふうだったんですか」

お母さんは懐かしむようにエドヒガンザクラに触れた。

「妊娠したころの私は院生だったの。教授に認められようと必死だったから、論文に取り組む毎日で……。夫も今で言うブラックな会社で働いていて多忙で。子育ては無理かも、って悩んだの。でも、話し合って、産むことに決めて……私は休学して、何年も帰っていなかった実家に帰ってあの子を産んだの。それから半年ほどしてから大学に戻ったんだけど、相手をなかなかしてやれないし、子育てのイロハも分からなくて、物心ついたあの子に与えたものといえば、植物の観察キット。紅葉は使い方もろくに理解しないまま、私の真似をして、楽しんでた」

「目に浮かぶようです」

「植物には人並みに興味を示していたけど、嵌まったのはやっぱりユリノキの若木をプレゼントしたころかしら。その辺りの事情は天野君も聞いているようだけど？」

「はい。前に柊さんから聞きました。どうして――その、柊さんが大事にしていたユリノキを伐採してしまったんですか」

お母さんは後悔するような悲しみの眼差しをしていた。樹皮に触れる手のひらに若干力が籠ったのが分かる。何かを言いたげに口を開いては閉じ、何秒か迷いを見せた。

「……紅葉が話したでしょ。大きくなりすぎたの。庭のど真ん中に居座っちゃって」

「でも、そんな理由で――」

「多種多様な研究用の植物を育てたかったんだけど、ずいぶんスペースを取られていたから。まさか紅葉があんなに傷ついて怒るなんて、想像もしなかったの」

「切り株を見て、僕も少し悲しかったです」

「……切り株も取り除こうと思ったんだけど、紅葉の怒りぶりがあまりに強くて、できずにいるの。いつか――ううん、何でもないの。とにかく、悪いことをしたわ」

お母さんの横顔を眺めていると、彼女自身がつらそうで、非難はできなかった。

「時が経てば紅葉も吹っ切るかと思ったけど……そううまくはいかないみたい。紅葉は元々樹木に入れ込む傾向があったけど、樹木を容赦なく伐採しちゃった私への反発か、いっそう樹木ばかり見るようになって。正直、視野が狭くなっているんじゃないかって心配していたんだけど、今のあの子は自然体で……天野君たちと出会ったおかげかしら？」

「いえ、そんな、僕なんて――」

「謙遜しなくていいのよ。娘のことだもの、楽しそうに仕事をしているのが分かるわ」

「……そうだと僕も嬉しいです」

「あの子は取っつきにくいところがあるけど、これからも支えてやってね」

「は、はい、それはもちろん！」

お母さんは僕のほうを向き、深々と頭を下げた。

「よろしくお願いします、天野君」

4

朝日が山の向こう側から顔を出したころ、僕らは再びエドヒガンザクラの前に集まっていた。

「今日は村の人たちから話を聞きたいと思っています」柊さんが僕らを見回しながら言った。「要するに聞き込みです。いいですか？」

「待った」岩浪先輩が手を挙げる。「俺も？」

「もちろんです。ついて来たからには協力してください」

「俺、刑事でも探偵でもないんだけど」

「人の気持ちが分かると豪語する岩浪さんなら、樹木の前にボーッと突っ立っているより、役に立てると思います」

僕は思わず噴き出した。岩浪先輩が「笑うな！」とツッコむ。

「墓穴掘りましたね、先輩。ここは人の気持ちが理解できるところを見せましょうよ」

「……仕方ないな。で、何を聞けばいいんだ？」

柊さんは唇を結んだまま、一時、沈黙した。僕らは彼女の口元を注視した。

やがて、柊さんが口を開いた。

「さあ」

僕らはずっこけかけた。

真っ先にツッコミを入れたのはやはり先輩だ。

「さあ、って何だ、さあ、って！」

「何が重要かは私にも分かりません。でも、何か重要なことはあるはずです」

「曖昧すぎるぞ」

「樹木は、思わぬ原因が作用して悪影響を受けたりします。そういう場合は樹木を診ても答えは出ません。周りの人たちから話を聞くうち、遠因が判明することもあるんです」

「……無茶振りしてくれるなあ」

「海老沼さんの話によると、去年の暮れから弱りはじめたそうです。故意の人害でなければ、その時期以前にエドヒガンに悪影響を及ぼす〝何か〟があったはずなんです」

「〝何か〟――ねえ。とにかく、去年の暮れ辺りの話を聞けばいいんだな」

「いいえ。必ずしもそうとは言い切れません」

「何で？　暮れに〝何か〟があったから、そのころから弱ってるんだろ？」

「樹木の一生は長いです。何年も前の〝何か〟が木に影響を与えている症例も少なくありません」

「それじゃ範囲が広すぎる」

「分かっています。ですから、とりあえずは去年一年の出来事を中心に話を聞いてください。それでも何も見つからなかったら、対象の範囲を広げていきましょう」

お母さんが柊さんを頼もしそうに眺めているように見えるのは、昨夜話をして好印象を抱いた僕の欲目だろうか。

「……ま、それなら何とか」岩浪先輩が親指を立てた。「任せとけ！」

「よろしくお願いします」

そうして僕らは村に散らばったのだった。

見回すと、鳥の巣のような白髪頭のお婆さんが目に留まった。向かいの家屋から出てきたところのようだ。

僕は駆け寄り、話しかけた。人口の少ない村では情報の伝達も速いらしく、僕らの存在はすでに知られていた。四人全員が樹木の専門家と誤解されてはいたが。

「——去年と言われてもねえ」

お婆さんは困惑した顔で首を捻っている。

「何か大きな変化に気づいたりはしませんでしたか？　あれ、っと思うような……」

「そうねえ。去年は特にカキが美味しかったかねえ」

発音からどちらのカキか判別できなかったので、僕は「海のほうですか？　木のほうですか？」と確認した。

「ここらでカキといったら、木に生るほうに決まっているじゃないの。海なんてないでしょう？」

カキ――か。カキが美味しかった。カキの木の育ちがよかった。栄養が優れていた。土壌か気候がよかった。それがエドヒガンザクラに何らかの作用を及ぼした。こんなふうに連鎖的に繋がっていたりしないだろうか。

可能性の一つとして頭の中にメモし、話を続けた。お婆さんは悩みながらも丁寧に答えてくれた。

「去年の冬は――雪の降る日が多かったねえ。本当に寒くて、防寒着を着ていても凍えそうだったもの」

寒さならかなり直接的に樹木に影響を及ぼすのではないか。

僕は話を聞き終えると、村人に次から次へと声をかけていった。聞き出せた話は他愛もない内容ばかりだったが。

農作業に向かう途中のお爺さんは、渋面でうなった。

「この辺りからカエル草がすっかり姿を消しちまったくらいかなあ」

「カエル草ですか」

「繁茂した緑一面に、桃色の花が咲いてなあ。そりゃ、鮮やかなもんだった」

お爺さんは惜しむように目を細めた。

「今までは咲いていたんですか？」

「おうよ。青空を背景に咲くエドヒガンと、地面のカエル草……上も下もピンクでなあ」

今までは咲いていた草花が姿を消した――。これはエドヒガンザクラが弱っているのと同じ理由だろうか。

昼前になると、エドヒガンザクラの前に再集合した。お母さんが「何か有益な情報はあった？」と尋ねる。

柊さんが無念そうにかぶりを振った。

「ピンとくるものは何も」

「俺、俺！」岩浪先輩が威勢よく挙手した。「俺はあった！」

全員の視線が向くと、先輩は咳払いし、数十メートルほど北にある広い丘――階段状になっている――を指差した。

「あの上にな、ゲートボール場がある」

ええと――。

「で？」僕は思わず訊き返してしまった。

「慌てんなって。まあ、ちょっと見に来てくれ。去年、作られたらしいんだよ」

岩浪先輩に付き従い、僕ら三人は石段を上った。平らな丘は一面が土だった。ボールを通過させるミニチュアの鳥居のような金具(ゲート)が色んな場所に刺し込まれている。
五、六人のお爺さんが談笑しながらプレイしていた。
麦わら帽子のお爺さんがハンマー形のスティックで打った赤いボールは、カーブを描き、ゲートを外れた。一同が楽しげに「がはは」と大笑いする。

一人のお爺さんが「駄目だ、駄目だ」と自分のスティックで小さく素振りをした。

「こうやって、腰を入れて打たにゃ」

「分かっとる！」

細かなルールは分からなかったものの、お年寄りが楽しく健康的に娯楽に興じているのは伝わってきた。

別のお爺さんが白いボールを打つと、一直線にゲートを通過し、僕らのほうに転がってきた。僕は慌てて飛びのいた。

「入ってきちゃいかん！」

「邪魔だぞ！」

叱責の言葉をぶつけられ、僕らは「すみません！」と頭を下げながら退避した。

岩浪先輩がゲートボール場を見回しながら言う。

「見ろよ、ここ。整ってるだろ？」

均（なら）された砂地は障害物もなく、ゲートが綺麗に設置されている。

「聞いた話じゃ、邪魔なカヤの木を伐り倒して、雑草に除草剤も使ってる」

柊さんが「除草剤、ですか……」とつぶやく。

岩浪先輩は「どうだ？」と胸を張った。「影響ありそうだろ？　ほら、モッコクのときは薬品が問題になったし」

先輩もよく覚えているなあ。モッコクのときは、ネオニコチノイド系の殺ダニ剤が人体に影響を及ぼしていた。今回使われているのは、文字どおり植物に作用する除草剤だ。

もしかしたら――。

「除草剤は使い方を誤ると樹木にも悪影響です。確認してみます」

柊さんは言うが早いか、ゲートボール場を突っ切った。止める間もなかった。案の定、お爺さんたちの抗議の声が飛ぶ。

僕らがコースを迂回して駆けつけたときには、柊さんが半ば強引にお爺さんから話を聞き出している最中だった。

「――なるほど、その除草剤でしたら主成分はグリホサートですね。ありがとうございます」

柊さんがぺこりとお辞儀をして向き直る。

「もう話を聞いたのか」岩浪先輩が言った。「速攻だな！　グリ何とかってのは？」

「グリホサート。除草剤に用いられる有効成分です。植物の生長に必要な一つの酵素を阻害するんです」

「安全なのか？　モッコクのときみたいにここのお爺さんたちに悪影響があったりは？」

「グリホサートで阻害される酵素をヒトは持っていませんから、野生動物を含めても健康被害のリスクは極めて低いです。四十年以上、安全に使用されている実績があります」

「そっか。それは安心だな」

「ですが、植物には残酷です。葉から吸収されたら、人間の鼻と口を塞ぐように光合成を阻害されて、根まで枯れてしまうんですから。それこそ、根絶やしです」

柊さんがヒートアップする前に今度は僕が尋ねた。

「エドヒガンには影響ありそうですか」

彼女は胸を押さえて深呼吸した。

「話を聞いたかぎり、散布はゲートボール場の範囲だそうです」

「地面を伝って成分が流れていったりは？」

「グリホサートは土壌の細菌に分解されますから、地面から伝わることはありません」

「エドヒガンの近くの雑草もすっかり消えたそうなんですけど……実はその辺りでも誰かが撒いたとか。で、エドヒガンにもかかった、なんて可能性は？」

「グリホサートは葉から吸収されて効果を発揮する成分です。樹皮からは吸収されないので、庭木を守りつつ下草だけを除去したい人に重宝されているんです」

「……そうですか」

「なああ」岩浪先輩が口を挟んだ。「エドヒガンを枯らす目的で誰かが葉に散布したとか？」

「いえ」柊さんが即座に首を横に振った。「それだと、エドヒガンは目に見えて枯れているはずです。あの弱り方は薬剤ではありません」

「じゃあ、丘の上で撒いた除草剤が風に乗って下のエドヒガンまで——なんて可能性もなしか。振り出しだな」

岩浪先輩が落胆のため息を漏らした。除草剤の話を聞き出したときは、原因だと確信したのだろう。先ほどまでの自信満々な笑みは消え、肩を落としている。

僕も先輩の話を聞いたときは、おお、と密かに興奮したので、その分がっくりした。

一筋縄ではいかないな、と思う。二百年以上、村の人々を見守り続けてきたエドヒガンザクラが枯れようとしている。伐採の危機だ。何とか助けたいけれど……。

柊さんはといえば、腕組みし、しばらくうなりながら思案していた。そして――ふと思いついたように僕を見た。

「あの……エドヒガンの付近で枯れた雑草の話なんですけど、もう少し詳しく分かりませんか」

「実は僕もそんなに詳しく話を聞いたわけじゃないんですけど……桃色の花を咲かせていたカエル草が消えてしまったとか」

僕がおずおずと答えたとたん、柊さんはお母さんと顔を見合わせた。二人共、何かに気づいた顔をしている。

「カエル草！」

二人が声を揃えた。

「何か意味があるんですか？」

柊さんが僕に振り向く。

「やっぱり最後は樹木が――草花が全てを語ってくれました」

「カエル草があったということは――」

柊さんが人差し指を立てようとしたとき、お母さんが台詞を引き取った。

「そこに水が湧き出ていた証拠」

柊さんがお母さんを見やる。私の台詞を盗らないで、と抗議するかと思いきや、表情に棘はなかった。むしろ、同時に同じ結論に至ったことに、争えない血を実感したような顔だ。

柊さんが今度こそ人差し指を立てた。

「カエル草は水を好みます。つまり、今まではエドヒガンの周辺には充分な水があったということです。でも、今はカエル草が姿を消してしまった。土壌が水分をほとんど失った証拠です」

カエル草の有無にそんな意味があったなんて、想像もしなかった。何がなくなっているかは、樹木やその周辺を調べても簡単には分からない。現地を知る人々に話を聞いてこそ、得られた情報だ。

樹木が語ってくれないときは、周りの人に語ってもらう――か。

改めて至言(しげん)だと思う。その結果、柊さんは樹木の声を聞けたのだ。

「エドヒガンが弱っているのは、水が失われたからですか？」

「おそらく」柊さんは慎重にうなずいた。「以前はカエル草が茂るほど水分に恵まれていたのに、あっという間に姿を消してしまったんですから、何か大きな原因があったはずです」

「でも、土壌から水分がなくなってしまうなんて……そんな原因、あるんですか」

柊さんは眉間に皺を寄せ、エドヒガンザクラを見下ろした。そのまま視線を滑らせ、ゲートボール場の上にある丘を見上げる。しばらく沈黙が続いた。

「あのう……」柊さんが声をかけたのは、順番待ちをしている麦わら帽子のお爺さんだ。「ゲートボール場を作ったときにカヤの木を伐採したと聞きましたが……」

「ん？　ああ、みんなで協力してな、何本か電動ノコギリで伐り倒した。それが何か」

「……カヤはどれも巨木でしたか？」

お爺さんは質問の意図を推し量るように首を捻った後、両腕を目いっぱい広げて幹を掻き抱くようなジェスチャーをした。

「こーんくらいはあったなあ。倒すときは、押し潰されんように注意が必要だった」

柊さんは丘の上に目を向けた。

「巨木がある――正確にはあった、ですが――ということは、上に水源があるということです。水は高いところから低いところへ流れますから。それが何らかの理由で堰(せ)き止められる形になったんです」柊さんは丘の上を指差すと、お爺さんに訊いた。

「あそこには何があるんですか？」

「何と言われても――樹林だが」

「この一、二年で何か変化はありませんでしたか」

「特には思い当たらんなあ」

「もっと遡ったらどうでしょう？」

「……数年前に植林したくらいだろうな」

「樹種は？」

「ジュシュ？」

「木の種類です」

「ああ、スギだ、スギ」

お爺さんが答えたとたん、岩浪先輩は天敵の名前に「げっ」と声を漏らした。既視感がある。そういえば、海老沼さんが話していたな、と思い出す。

――何年も前は長期的な目線で、事業と自然の共存を目指してスギの植林も行ったが。

一方の柊さんの顔には、難問を解き明かせたような微笑が浮かび上がっていた。

「天野さん、私たちが出会ったときの仕事、覚えていますか？」

「……庭木のスギを伐採したがっていた、あの？」

「はい。スギの特徴を思い出してください」

「あっ、水が大量に必要な樹種――！」

「そうです。だから、水を必要とするアジサイと同居させたら駄目なんでしたね。今回の〝加害者〟はスギのほうだったんです。スギが水を奪っていたんです」

「そうか。植林されたなら相当な本数ですもんね」

「植林されたときは若木だったので、そこまでの水分は不要だったんでしょう。でも、スギは成長するに従って大量の水分を吸い上げるようになったんです。上にある水源はスギ林が独占してしまって、下には流れてこなくなりました。その結果、豊富な水分を含んでいた下の土壌は乾ききって、エドヒガンが深刻な水不足に陥ったんです。カエル草が消えてしまった謎はそれで説明がつきます」

「つまり――村長派の細工なんかじゃなく、海老沼さんの誤解だったんですね」

「そうなりますね」

お母さんが驚いたように柊さんを見た。

「へえ。成長したのね、紅葉」

案の定、柊さんがお母さんをきっと睨む。

「……またその上から目線」

「娘の成長を喜んでいるだけじゃないの」

「そうは思えない」

二人の確執は続きそうだった。今回、手を取り合って問題に取り組むことで何とか仲直りするきっかけになれば、と思っていたものの、それはなかなか難しそうだった。

「それに――」柊さんが僕と岩浪先輩を見た。「そもそも、手助けしてくれる二人がいるおかげだから」

岩浪先輩は、俺も入ってんの？　という顔で自分を指差している。どこか嬉しそうだ。

「私一人じゃ、真相にはたどり着けなかった」

柊さんとお母さんの埋まらない溝を気に病んでいたにもかかわらず、僕は彼女の言葉で浮かれてしまった。

『緑の窓口』に異動したころは、本当に彼女に頼りっぱなしだった。常に申しわけなさがあった。でも、チャボヒバの事件を機に僕も頑張ってきた。そして――こうして彼女に認めてもらえた。

思わず拳に力が入った。緩む唇を嚙み締める。僕も少しずつ成長できているのだと実感した。

柊さんが踵を返した――というより、お母さんに背を向けた。

「さあ、真相を報告に行きましょう」

　僕らの話を聞いた海老沼さんと村長は、エドヒガンザクラの前で立ち尽くしていた。

「信じられん……」海老沼さんが目を瞠ったまま口を開いた。「村長派の仕業だとばかり。まさかあんな丘の上のスギ林が……」

　村長が海老沼さんをじろりと見やる。そらみたことか、と怒鳴りつけるかと思いきや、顔つきは意外にも穏やかだ。エドヒガンの樹皮に触れ、弱り切った枝を仰ぎ見た。ほとんどつぶやくように言う。

「こいつ、元気を取り戻すのか？」

　答えたのは柊さんだ。

「時間はかかります。害虫や病気に注意し、冬は幹への石灰硫黄合剤の散布と塗布を行います。踏み圧防止で柵の設置も考えたほうがいいでしょう。何より、水不足の解消が最重要です。そうしておいて、来春は花芽を調べて、一番花の開花日の記録もつけなくてはいけません。どの枝が一番花が咲いたか、葉が付きはじめたのはいつか――。そういうデータも取ります。三、四年は観察が必要です」

「長いな……」

「人間の患者なら数日様子を見て薬を変更したりしますが、エドヒガンは人間の何倍も生きます。年単位で治療の様子を見ることが大事なんです」

「そうしたら回復するのか？」

「はい。必ず」

「あんたが面倒を見てくれるのか？」

責任を丸投げしようとする口ぶりではなく、頼りにしても構わないのか、と問うニュアンスがあった。

「……ちゃんと様子を見に来ます」

「そうか……二日で原因を突き止めてくれた名医がついてりゃ、心強い」

村長はいとおしげにエドヒガンザクラを撫でた。まるで最愛の人を愛でるかのように――。

「伐り倒したかったんじゃないのか？」

海老沼さんが訊くと、村長は振り返った。

「好き好んで伐採を望んだわけじゃない」

「灌漑設備を利用してまで伐ろうとしていたろ」

村長の皺深い顔には含羞が表れていた。

「……枯死していく姿が哀れでなあ。婆さんを見ているようで。だったらいっそ、とそう思った」

——看病しておった婆さんを昨年に亡くしてからは、すっかり偏屈になりおって。

海老沼さんが漏らした話を思い出した。

傷心から立ち直っていない村長は、お婆さんの死に引きずられるように弱っていくエドヒガンザクラを見るに忍びなかったのか。

「ならそう言ってくれたらよかったろう！」

海老沼さんが声を荒らげると、村長はそっぽを向いた。

「阿呆。そんなこっ恥ずかしいこと、言えるか！」

二人共語調こそ強いものの、決して喧嘩をしているわけではなかった。長年の親友同士の誤解が解けた、という雰囲気だった。

しばらく沈黙が続いた後、村長が首の後ろ側を掻きながら、申しわけなさそうに言った。

「海老沼さんに話しておかなきゃならんことがある。エドヒガンの所有者のことだがな……」

「あんたのだろう？　樹齢で判明するとは思いもよらんかった」

「いや、実はな、文献の——日記の内容で話さんかったことがある。記述には幼木を植えた、と書いてあってな」

「幼木？　それが何だ？」

　僕も岩浪先輩も意味が分からず、首を捻った。反対に柊さんとお母さんは「あっ！」と声を上げ、またしても何かに気づいた表情で顔を見合わせた。

「種じゃなかった！」

　二人揃って台詞が重なる。

　海老沼さんが当惑した顔で訊く。

「幼木だと何か変わるんか？」

「変わります」柊さんが答えた。「私はエドヒガンが成木になる歳月も考慮し、種が植えられたのが二百二十年前だと推定しました。ですが、二百二十一年前に村長さんの先祖が植えたのがエドヒガンの幼木だったなら、樹齢は二百二十一年よりももっと長くなっているはずです」

　理解が及ばない様子の海老沼さんに対し、村長が言った。

「つまり、私の先祖の話も眉唾物ってわけだよ。結局、誰がいつ植えたのかは謎のままだ」

「……そうか。そういうことか」海老沼さんは大笑いした。「わしらはくだらんことで揉めていたようだな。誰が植えたエドヒガンでも構うもんか。こいつは村の大事な象徴だよ」

「そうかもしれんな。なあ、海老沼さん――」村長がしみじみと言った。「孫に満開のサクラを見せてやれたらいいな」

「ん？」

「口癖だったろう。サクラの季節に抱き上げた孫だから、いつか必ず――って」

そういえば、海老沼さんはしんみりした口調で家族の話をしていた。思い出のエドヒガンザクラが枯死せずにすみそうでよかった。

海老沼さんは顎を持ち上げ、エドヒガンザクラの枝々を眺めた。

「どうやら――来年はサクラを見に来てくれそうだ」

「おお、本当か。連絡とれたんか。村を出て行ったきり居場所も分からん、と言うとったのに」

「……駄目もとで新聞に一報を出したら、娘の目に留まってな」

「ほう。〝父、危篤、すぐ帰れ〟じゃあるまいな」

「まさか」

海老沼さんは苦笑いすると、唇を結んだまま黙り込んだ。思わしげな眼差しでエドヒガンザクラを見つめ続けている。

「〝村のエドヒガンザクラが枯れる。助けを求む〟」

つぶやくように言ったのは海老沼さんではなく――柊さんのお母さんだった。僕らは全員、彼女を見た。

「あんな文章が掲載されているのを見ちゃったら、無視はできないでしょ」

僕は驚きのあまり、声が出せなかった。

お母さんの口ぶりだと、海老沼さんの娘さんは彼女だということに――。

村長は目尻の皺が伸びるほど目を見開き、海老沼さんとお母さんを交互に見ている。

つまり、海老沼さんの孫は――。

僕は柊さんを見つめた。彼女はきょとんとしている。

お母さんは柊さんの肩に手を添えた。

「この人が紅葉の祖父で、この村が紅葉の生まれ故郷なの」

一拍置き、柊さんが特大の驚きの声を上げた。

岩浪先輩が「遅っ！」とツッコミを入れた。「真っ先に驚くべき当人だろ」

お母さんは少し恥ずかしそうに言った。

「そういうことなの。村を捨てるように上京した手前、言い出しにくくて。私自身、母が亡くなったときは海外にいて葬儀に出られなかった負い目もあったし。あなたもお母さんの生まれ故郷には興味を示さなかったでしょ」

「でも、苗字が……」

「何言ってるの。戸籍とか確認しなかった？　『柊』はお父さんの姓じゃないの」

なんと！　意外だ。想像もしていなかった。『柊』という名字は、植物学者や樹木医に似合いすぎていて、結婚した夫側の苗字とは考えたこともない。海老沼さんがまさか二人の祖父であり父であったなんて――。

――ああ！　この子が紅葉ちゃんか。

海老沼さんが思わず発した台詞――。それは大きくなった孫に会えた喜びだったのだ。まだ関係を知られたくないお母さんは慌てて『そうそう！　私が連れてきた樹木医です！』と遮った。必要以上に大声だったのは、海老沼さんの耳が悪いからではなく、柊さんの出自を隠していることを思い出させたかったからか。考えてみれば、普通の声量で会話が通じているのだから、耳が悪いはずがない。

柊さんに馴れ馴れしすぎる海老沼さんの態度を見て、セクハラ的だと感じた僕の目は汚れていた。

『海老沼さん！　あまり馴れ馴れしいスキンシップはちょっと――困ります。言ったはずですよね？』

『お、おお、またしてもすまなんだ、植物の先生！　そのう……問題を解決してくれる専門家がこんな山村まで来てくれて、つい嬉しくなっちまって』

たぶん、折を見て話すまで関係性は伏せておいて、と事前に約束があったのだろう。ついつい〝祖父〟になってしまう海老沼さんに対し、お母さんは他人としての呼び名を強調した。海老沼さんははっと我に返り、こちらもまた『植物の先生』と呼び、わざとらしいほどのよそよそしさで赤の他人を装った。

海老沼さんが柊さんを質問攻めにしたのも、独りは寂しいからと僕らの宿泊を望んだのも、娘と孫が帰ってきた嬉しさのあまりだろう。柊さんたちを『怪しいよそもん』扱いされたときに怒ったのは、娘と孫を侮辱されたように感じたからだ。

「でも、お母さん、私、来年サクラを見にやって来る約束なんてしていないけど？」

「開花具合なんかを確認するんでしょ。三年間は経過を見るんでしょ」

「あっ！」

ね、とばかりにほほ笑むお母さんの顔を目の当たりにし、僕はふと思い至った。

「もしかして——今回、協力を柊さんに頼んだのって、そういう理由なんですか？」

僕が訊くと、お母さんは、ふふ、と笑った。その表情が答えだった。

樹木の治療は、大木になればなるほど一筋縄ではいかない。回復させるには、根気強く付き合っていかなくてはならない。関われば、必然的に柊さんは何度も様子を見に帰郷することになる。

「でも、それだけじゃないの」お母さんは答えた。「私も紅葉も誕生日は三月下旬。ちょうどエドヒガンが綺麗に咲いていたの。出産を見守ってくれたエドヒガンが枯れるのは、やっぱり忍びないじゃない？」

——誕生日が近い以外に接点はありません。

以前、柊さんはお母さんのことをそう言った。実際は二人共同じくらい樹木を愛しているのではないか。

樹齢が二百年を超える巨樹だと、それだけ想いを寄せる人たちも多いのだと思った。

「ごめんなさいね」お母さんは柊さんを見つめていた。「驚いた？」

柊さんは困り顔を軽く背けた。

「別に……お母さんの生まれ故郷を初めて知っただけだから。お母さんが実はお母さんじゃなかった、なんて言われたら驚くけど」

柊さんの頭に思い浮かんでいるのは、タイムカプセルから出自の秘密が発覚したヤマザクラの樹木トラブルだろう。華月さんの衝撃に比べたら——と自分に言い聞かせて平静を装っているのか、本当に平気なのか。僕には判断がつかなかった。

「なあ」海老沼さんが不安そうな口ぶりで声をかけた。「また——顔を見せに来てくれるだろう？」

柊さんは彼を見返した。数秒の沈黙が不安を煽り立てる。

「私は——関わった樹木を見捨てたりはしません」

「……経過が気になるので、当初の予定より様子見の回数は増やさなければならないかもしれませんね」

「そ、そうか……」

少しの間があり、海老沼さんとお母さんが嬉しそうに柊さんを見た。

暖かな風が吹き、エドヒガンザクラの枝葉が揺れた。その穏やかなざわめきは、まるで、原因に気づいてくれてありがとう、私はまだまだ死にません、母親としてあなた方を見守り続けます、と主張しているかのようだった。

エピローグ

僕らは東京に戻った。柊さんのお母さんはもう一泊するという。東京駅に着くと、岩浪先輩は「後は二人で仲良くな」と僕に耳打ちし、理解者ぶったウインクを残して去って行った。

僕は苦笑いしながら先輩の背を見送るしかなかった。

柊さんと電車に乗り、扉のそばに並んで立った。車窓から都会の町並みを眺めているうち、僕はずっと引っかかっていた疑問を思い返した。

――お母さんは本当に邪魔だからユリノキを伐採したのだろうか。

実際に会い、話をして疑念が湧いた。

お母さんは柊さんを大事にし、気遣っていた。つい口出ししてしまう不器用な母親の顔を覗かせるたび、柊さんは反発していたが、実際は娘想いだった。柊さんから聞いていたように、『植物を研究対象としてしか見ていない研究者』には思えなかった。そんな母親が娘にプレゼントしたユリノキをいとも簡単に伐採してしまうだろうか。

電車が目的の駅に着き、柊さんが降りようとした。僕は思わず彼女の手首を掴んでいた。彼女が振り返り、僕の顔をまじまじと見つめる。

僕ははっとして手を放した。

「あ、いや、その——」

「何ですか」

「……ユリノキの切り株、調べてみませんか！」

「ユリノキ？　私の実家の？」

「はい」

「何のためにですか」

「実は、昨夜、柊さんのお母さんにユリノキの切り株の話をしたんです。そうしたら、あまりに怒っているから切り株を取り除くのをやめた、って。変じゃないですか？」

「そうでしょうか。跡形もなく処分したら、私が余計に怒ると思っているだけでしょう？　意味ないです。切り株を見るたびに悲しみと怒りを思い出しますから」

「そう。それなんですよ。柊さん、前もそう言ったじゃないですか。切り株を見るたびに怒りや悲しみが強まって、お母さんに感情をぶつけたって。切り株は柊さんの怒りの引き金なのに、なぜ残しているんでしょう」

「……言われてみれば、少し変かもしれません」

「でしょう。だから切り株には何かあるのかも、って思ったんです。お母さんは本当に邪魔だからユリノキを伐採したんでしょうか？」

アナウンスに続いて電車のドアが閉まり、発車した。

柊さんは小首を傾げた。

「母が自分でそう言いましたよ？」

「口にした話が本当かどうかは分からないじゃないですか」

「私は樹木のことで嘘はつきません」

真顔で宣言された。

「もちろん、柊さんはそうだと思いますけど、ほら、僕らが関わってきたトラブルって、人それぞれ色んな事情がありましたよね。実はお母さんにも何か事情があったんじゃないかって。チャボヒバのときみたいに」

柊さんは悩ましげにうつむいていた。だが、やがて思い立ったように顔を上げた。

「ユリノキの切り株、調べてみましょう」

「はい！」

僕らは途中で電車を乗り換え、柊さんの実家へ向かった。門を抜け、庭へ入っていく。

ユリノキの切り株は、庭の中央にぽつんと残っている。柊さんはその前で片膝をついた。

「そういえば――私、この切り株は何も調べていませんでした。理不尽に伐採されて、口論して、家を飛び出して……」

彼女は切り株を触診した。慎重な手つきだった。僕は黙ってその様子を眺めた。

やがて彼女が顔を顰めた。何か気になる部分を発見した表情だった。鞄から鋼棒を取り出し、深呼吸する。そして――根元に突き刺した。先端は粘土にでも刺したようにスムーズに侵入し、飲み込まれていく。

柊さんの顔色が変わった。

「腐朽が……」

僕は彼女の横顔を見つめた。

「腐朽がずいぶん進んでいます。鋼棒が易々(やすやす)と突き刺さったのがその証拠です」

「一年半も放置していたからですか？」

「いえ。たぶん、伐採の前からです。この腐朽の進み方だと、根元にはベッコウタケが発生していたかもしれません」

「ベッコウタケって、木材腐朽菌ですよね」

「はい。ユリノキはベッコウタケに対する耐性がとても低いんです。ベッコウタケの子実体(しじつたい)——キノコの部分ですが、それが現れた時点で腐朽はかなり進んでいるんです。キノコ臭があっただけでも要注意なんです」柊さんは下唇を噛み締めた。「……どうして気づかなかったんでしょう。迂闊(うかつ)だったとしか思えません。大事な〝妹〟だったのに……」

家族の重病を見抜けなかった医者のように苦しげな口調だった。濡れ気味の瞳で切り株を見つめている。

「私、樹木医失格ですね……」

彼女の落ち込んだ顔を見たとたん、僕ははたと気づいた。

そうか、だから——。

「柊さん。お母さんがユリノキを伐採したのは、それが理由じゃないでしょうか」

柊さんが「え？」と怪訝な顔を僕に向けた。

「たぶん、腐朽に気づいて、治療は手遅れだと悟ったとき、樹木医になって間もなかった柊さんがどんなに自分を責めるか、お母さんには想像できたんです。だから自分が悪役になって伐採してしまったんです」

「まさか、そんな」

「……お母さんは柊さんが思う以上に柊さんのことを思いやっていると思います」

「信じられません」

「お母さんが切り株を残している理由──。それって、柊さんにその気持ちにいつか気づいてほしいって思いがあったんですよ。柊さんを傷つけないように伐採の理由は隠し通すつもりだったけど、柊さんがあまりに落ち込んで、傷ついて、怒っているから、柊さんのほうから自分の想いに気づいてくれる日が来てほしいって……たぶん、そう思っていたんです」

柊さんが目を見開いた。瞳には動揺の色が表れている。開いた口から言葉は出てこず、手のひらで覆ってしまった。

「柊さん、前に子供のころの自分とお母さんの話をしてくれたとき、〝植物さえ与えておけばいい、とばかりに花の種や苗を渡されただけで、後は放置です〟なんて言いましたよね。もしかしたら、お母さんとしては、寂しい思いをさせるのは変わらないなら、〝せめて植物だけでも〟という思いで花や苗をプレゼントしたんじゃないでしょうか。不器用なんだと思います」

僕はそう言うと、彼女が答えを出すのを待った。やがて彼女が視線を外した。よく見ると頬をしずくが伝っていた。僕は驚いた。まさか柊さんの涙を見るなんて——。

植物学者のお母さんは研究一筋で娘をないがしろにしていたわけではないのだ。僕はそう思う。

「今度、母に謝ります。今なら謝れる気がします。今までずいぶんひどい言葉をぶつけてしまいましたから」

「はい！」

母娘の長いわだかまりが融けそうな気がして、自分のことのように心が弾んだ。

僕は何げなく切り株の側面を覗き込んだとき、それに気づいた。

「見てください、柊さん！」

伐採されたユリノキの根元からは、アスパラガスのような〝ヒコバエ〟が顔を覗かせていた。

「ユリノキ、まだ諦めず、生きようとしていますよ！　子供を出しています！」

柊さんは切り株の後ろに回り、側面の根元を見下ろした。〝ヒコバエ〟は未来の象徴のように——新たな希望のように光り輝いて見えた。

柊さんの顔が綻んだ。その優しい眼差しは、気のせいか、〝ヒコバエ〟を通して僕に向けられているように見えた。

「……天野さん、人の気持ちがよく見えるんですね」

「い、いえ、そんな――」

「本当です。天野さんと知り合って多くのことを学んだ気がします」

「ぼ、僕のほうこそ！　柊さんから多くを学んでいます！」

「ありがとうございます」柊さんは満開の花にも負けないほどの笑顔を浮かべた。

「天野さんにそう言ってもらえて嬉しいです。これからもよろしくお願いします」

今後も柊さんと一緒に『緑の窓口』に持ち込まれる樹木トラブルを解決していこう。

僕は真っすぐ彼女を見つめ返し、思いきり返事した。

「はい！」

青空はどこまでも抜けるように高く、金色に輝く太陽が燦々と光を地上に注いでいた。日本じゅうの樹木を健やかに育てようとしているかのように――。

本作は『街の木のキモチ　樹木医のおもしろ路上診断』（岩谷美苗著　山と溪谷社）の摩訶不思議で面白い樹木のエピソードの数々がきっかけとなり、生まれた物語です。

取材に関しては、快く引き受けてくださった樹木医の安田邦男さんに感謝します。樹木に纏（まつ）わる実地を教えていただいたおかげで、デビュー直後から長く温めていたアイデアをこうして形にできました。どうもありがとうございます。

もし作中に誤りなどがあった場合、それはひとえに作者の勉強不足によるものです。

参考文献

『樹医をめざすあなたへ　樹木診断ハンドブック』　山本光二著　学習研究社
『「樹医」が教える 庭木の手入れの勘どころ』山本光二著　講談社＋α文庫
『樹木ハカセになろう』　石井誠治著　岩波ジュニア新書
『図解 樹木の診断と手当て　木を診る 木を読む 木と語る』　堀大才・岩谷美苗著　農山漁村文化協会
『大人の樹木学』　石井誠治著　洋泉社・新書y
『植物医科学〈上〉』　難波成任監修　養賢堂
『樹木医完全マニュアル』　堀大才著　牧野出版
『樹木医学』　鈴木和夫編著　朝倉書店
『樹木医ハンドブック』　安盛博著　牧野出版
『葉っぱで調べる身近な樹木図鑑　街路樹、庭木、公園の木がわかる！』　林将之著　主婦の友社本書は二〇一七年八月に、単行本として小社より刊行されました。

|著者|下村敦史　1981年京都府生まれ。2014年に『闇に香る嘘』で第60回江戸川乱歩賞を受賞しデビュー。同作は「週刊文春ミステリーベスト10　2014年」国内部門2位、「このミステリーがすごい！　2015年版」国内編3位と高い評価を受ける。同年に発表した短編「死は朝、羽ばたく」が第68回日本推理作家協会賞短編部門候補に、『生還者』が第69回日本推理作家協会賞の長編及び連作短編集部門の候補、『黙過』が第21回大藪春彦賞候補となる。他の著書に、『フェイク・ボーダー』『サイレント・マイノリティ』と続く「難民調査官」シリーズ、『真実の檻』『失踪者』『告白の余白』『サハラの薔薇』『刑事の慟哭』『絶声』『コープス・ハント』などがある。

緑の窓口　樹木トラブル解決します

下村敦史

2020年4月15日第1刷発行
2024年4月5日第2刷発行

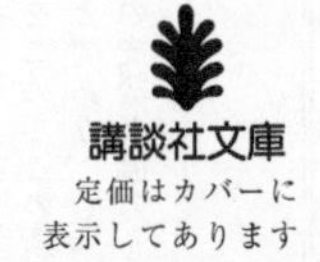

定価はカバーに
表示してあります

発行者――森田浩章
発行所――株式会社　講談社
東京都文京区音羽2-12-21　〒112-8001
電話　出版（03）5395-3510
　　　販売（03）5395-5817
　　　業務（03）5395-3615

デザイン―菊地信義
本文データ制作―講談社デジタル製作
印刷―――株式会社KPSプロダクツ
製本―――株式会社KPSプロダクツ

Printed in Japan

ISBN978-4-06-519015-9

講談社文庫刊行の辞

二十一世紀の到来を目睫に望みながら、われわれはいま、人類史上かつて例を見ない巨大な転換期をむかえようとしている。

世界も、日本も、激動の予兆に対する期待とおののきを内に蔵して、未知の時代に歩み入ろうとしている。このときにあたり、創業の人野間清治の「ナショナル・エデュケイター」への志を現代に甦らせようと意図して、われわれはここに古今の文芸作品はいうまでもなく、ひろく人文・社会・自然の諸科学から東西の名著を網羅する、新しい綜合文庫の発刊を決意した。

激動の転換期はまた断絶の時代である。われわれは戦後二十五年間の出版文化のありかたへの深い反省をこめて、この断絶の時代にあえて人間的な持続を求めようとする。いたずらに浮薄な商業主義のあだ花を追い求めることなく、長期にわたって良書に生命をあたえようとつとめるところにしか、今後の出版文化の真の繁栄はあり得ないと信じるからである。

同時にわれわれはこの綜合文庫の刊行を通じて、人文・社会・自然の諸科学が、結局人間の学にほかならないことを立証しようと願っている。かつて知識とは、「汝自身を知る」ことにつきていた。現代社会の瑣末な情報の氾濫のなかから、力強い知識の源泉を掘り起し、技術文明のただなかに、生きた人間の姿を復活させること。それこそわれわれの切なる希求である。

われわれは権威に盲従せず、俗流に媚びることなく、渾然一体となって日本の「草の根」をかたちづくる若く新しい世代の人々に、心をこめてこの新しい綜合文庫をおくり届けたい。それは知識の泉であるとともに感受性のふるさとであり、もっとも有機的に組織され、社会に開かれた万人のための大学をめざしている。大方の支援と協力を衷心より切望してやまない。

一九七一年七月

野間省一